LA FACE CACHÉE DE LA LUNE

Urs Blank est un homme mûr, avocat dans un cabinet d'affaires qui s'occupe, entre autres, de fusions d'entreprises. Il se plaît à faire son travail avec un grand professionnalisme, même si cela implique parfois de détruire la carrière de certains de ses adversaires. Se promenant un jour au marché aux puces, il y rencontre Lucille, une femme plus jeune que lui, hippie dont le style et le mode de vie sont à l'opposé de son univers. Bientôt, Lucille fait faire à Urs l'expérience de champignons hallucinogènes, mais rien ne se passe comme prévu et Urs part dans un « trip psychédélique » duquel il ressortira avec de lourdes séquelles.

Très vite, il n'est plus à même de mener ses affaires comme autrefois. Irritable et incontrôlable, l'avocat ne ressent plus aucun remords, a perdu toutes ses inhibitions, et ne s'aperçoit qu'à peine de la présence d'autres personnes auprès de lui. Seule la forêt, lieu de son expérience hallucinatoire, paraît lui apporter un calme intérieur. Mais cela n'est guère suffisant, et Blank, en quête d'une guérison, commence à commettre des actes irréparables, laissant derrière lui quelques cadavres…

La Face cachée de la lune est un hymne à la forêt autant qu'un roman policier de l'âme humaine. Soutenu par une écriture d'une précision et d'un impact exceptionnels, il est en outre étayé par des recherches extrêmement détaillées sur l'univers de la forêt et sur les effets des champignons hallucinogènes.

Né en Suisse en 1948, publicitaire de formation, Martin Suter vit aujourd'hui à Ibiza. Il est l'auteur de plusieurs scénarios et tient deux chroniques hebdomadaires dans les journaux. Weltwoche *et* Neue Zürcher Zeitung. *Il est l'auteur de* Small World *et de* La Face cachée de la lune.

Martin Suter

LA FACE CACHÉE DE LA LUNE

ROMAN

Traduit de l'allemand par Olivier Mannoni

Christian Bourgois Éditeur

TEXTE INTÉGRAL

TITRE ORIGINAL
Die Dunkle Seite des Mondes

ISBN 2-02-048605-9
(ISBN 2-267-01555-2, 1re édition)

www.seuil.com

Pour Margrith

1

— Aucun problème, répondit aimablement Urs Blank, qui se voyait bien gifler le Dr Fluri. Après tout, je suis là pour ça.

Ça n'était pas vrai. Blank n'était pas là pour recomposer cent fois de suite des contrats de fusion. Surtout s'il s'agissait uniquement de permettre au plus insignifiant des partenaires de goûter une toute dernière fois à son pouvoir. Ce n'était pas pour cela qu'il avait rédigé sa thèse de doctorat, passé son *Bar Exam* à New York et joué les grouillots pendant des années chez Geiger, von Berg & Minder, avant qu'ils ne se décident à faire figurer son nom sur l'en-tête de la société.

On négociait la fusion depuis bientôt trois semaines. Il s'agissait de regrouper deux chaînes de textile. De toute évidence, le terme de « fusion » était un euphémisme destiné à masquer le pur et simple rachat de l'entreprise que le Dr Fluri avait dirigée pendant vingt-trois ans, jusqu'à ce qu'elle soit bonne pour la reprise. En quelques semaines, tout ce qui rappelait l'*Elegantsa* serait éliminé. Les meilleures filiales de l'entreprise, l'atout du Dr Fluri, porteraient désormais l'enseigne *Charade*.

Le Dr Fluri ne se faisait pas plus d'illusions sur ce point que tous les autres participants. Son seul souci était de sauver la face, celle qu'Urs Blank aurait si volontiers giflée cet après-midi-là.

Par souci de confidentialité, ils s'étaient installés dans l'arrière-salle du Repos de la Forêt, un restaurant pour promeneurs, dans la forêt qui jouxtait la ville. C'est l'avocat du Dr Fluri qui avait proposé pour la rencontre ce lieu digne de conspirateurs. Il semblait considérer ces négociations comme une grande aventure, et il était le seul à s'être camouflé en randonneur. Tous les autres portaient des costumes sombres d'hommes d'affaires. Mais seul celui d'Urs Blank provenait de Savile Road à Londres, où un tailleur conservait ses mesures.

Cette fois, la signature des contrats avait achoppé sur le communiqué de presse. Le Dr Fluri réclamait qu'il soit intégré dans sa totalité au texte du contrat. Une condition nouvelle et inhabituelle, que la partie adverse n'avait acceptée qu'après de longues discussions.

Le chef de la délégation de *Charade*, Hans-Rudolf Nauer, s'était, cette fois encore, réservé un temps de réflexion. Comme toujours, c'était pour Urs Blank le signe qu'il n'aurait pas le dernier mot. La rumeur affirmait que la caisse de guerre de *Charade* était alimentée par l'argent d'un actionnaire discret. Blank soupçonnait Pius Ott, un spéculateur qui semblait, ces derniers temps, se concentrer sur le secteur du textile, d'avoir apporté les fonds.

Ces messieurs ouvrirent leur agenda et prirent date pour une nouvelle rencontre. Lorsqu'ils montèrent dans les taxis qui les attendaient devant le Repos de la Forêt, Blank décida de rejoindre à pied la station de tram.

Le ciel s'était éclairci au-dessus de la colline ronde aux arbres clairsemés. Le feuillage brillait au soleil de l'après-midi entre les troncs argentés des hêtres. Urs Blank se demanda quand il s'était promené en forêt pour la dernière fois. Il ne parvint pas à se le rappeler.

Il avait eu quarante-cinq ans deux mois plus tôt. Dans les milieux spécialisés, on le considérait comme l'un des plus brillants avocats d'affaires du pays. Sa licence américaine en avait fait un expert des reprises et des fusions d'entreprises avec participation américano-helvétique. Quelques-uns des plus importants *mergers* des dernières années étaient de sa plume. Il gagnait beaucoup d'argent, et comme il n'avait pas beaucoup de temps pour le dépenser, il lui en était resté un peu. Il avait élégamment mis un terme à un mariage resté sans enfants et partageait désormais la vie d'Évelyne Vogt, une femme indépendante qui possédait une boutique où elle vendait des meubles design des années vingt et trente.

Urs Blank s'était hissé plus haut qu'il n'aurait pu le rêver au début de ses études de droit. Mais s'il lui fallait attendre des négociations secrètes entre entrepreneurs pour pouvoir jouir de nouveau, après des années d'abstinence, d'une promenade en forêt, c'est sans doute que quelque chose clochait dans son existence.

Il s'arrêta près d'un poteau indicateur. On lisait sur l'une des flèches : « Station de tram de Buchenfeld, 15 min. » Et sur l'autre : « Station de tram d'Obertal, 25 min. » On devinait à peine sous l'épais plafond de feuillage le sentier que désignait le second. C'est celui-là qu'emprunta Urs. Il savoura le bruissement des feuilles où il s'enfonçait. Et l'idée de ce qu'il était en train d'infliger à ses chaussures. Elles venaient de Jermyn Street, à Londres. Un bottier y conservait son embauchoir.

À huit mille mètres d'altitude, les forêts de hêtres clairsemées ressemblaient à des taches de mousse desséchée sur une pierre. Mais l'unique passager du Learjet avait baissé les stores. Il dormait, étendu sur un siège que l'on pouvait, en quelques gestes, transformer en lit.

Il n'avait pas eu beaucoup de sommeil les nuits précédentes. Ils étaient partis trois jours plus tôt, à six heures du matin. La veille, il avait reçu un appel d'Estonie : la neige était tombée. Ils avaient atterri à Tallinn peu après neuf heures. Le pisteur était venu le prendre à l'aéroport et l'avait conduit directement dans le secteur. Le soir même, il lui montrait la trace du lynx dans la neige fraîche.

Ils passèrent la nuit dans une cabane de chasse venteuse, équipée d'un poêle à pétrole qui empestait plus qu'il ne chauffait. Tout près d'eux rôdait une meute de loups dont le hurlement l'arrachait régulièrement à un sommeil léger.

Une nouvelle couche de neige fraîche s'était déposée pendant la nuit et avait recouvert la trace du lynx. Le soir tombait déjà lorsqu'ils en retrouvèrent une autre. Ils durent faire demi-tour.

Mais la chance leur sourit le lendemain. Le lynx était venu à leur rencontre. Ils n'étaient pas à mi-parcours qu'ils retrouvèrent déjà sa trace.

Ils le prirent par surprise l'après-midi. Un mâle adulte, certainement un mètre trente de long. Il avait déchiqueté un chevreuil et était en train de le manger. Il laissa au chasseur beaucoup de temps pour viser.

Vingt-quatre heures s'étaient écoulées depuis. Le lynx, bien emballé, se trouvait dans la soute du Learjet, en route vers la chambre froide du taxidermiste.

L'homme auquel il devait ce destin était en train de se réveiller. L'appareil avait amorcé sa descente et traversait quelques turbulences. L'homme attendit qu'il en soit sorti et passa aux toilettes. Devant le miroir, il se nettoya les dents au fil de soie. Une vieille habitude, à laquelle il devait d'en posséder encore trente sur les mâchoires. La racine de chacune d'entre elles était fermement retenue par une gencive élastique et bien irriguée.

D'une manière générale, il était en forme pour ses soixante-trois ans. Cinquante-huit kilos, le même poids qu'aux trois jours, idéal pour son squelette fin et sa taille, un mètre soixante et un. Son pouls était au repos, à soixante, sa tension était de douze et demi pour sept et demi. Ses yeux vert pâle n'avaient besoin de lunettes que pour la lecture. Sa chevelure blanche coupée court était encore épaisse.

Il fit gicler un peu d'after-shave dans la main et en tapota son visage maigre, tout en faisant une grimace qui ressemblait à un sourire.

D'ailleurs, c'était peut-être bien un sourire. Il se sentait bien. Ce n'était pas le premier lynx de sa vie, mais avoir abattu un lynx était toujours un sentiment agréable. Même si ce n'était qu'en Estonie, où les lynx n'étaient pas encore protégés.

Lorsqu'il revint à sa place, le copilote était en train de transformer le lit en fauteuil.

— Hans-Rudolf Nauer a téléphoné pendant que vous dormiez. Il souhaite que vous le rappeliez.

Le passager attrapa le combiné sur sa console, à côté de son siège, et composa un numéro. Il était fier de sa mémoire des chiffres. Il connaissait par cœur les coordonnées de la plupart de ses relations d'affaires.

— Passez-moi monsieur Nauer, je vous prie, dit-il lorsqu'il fut en ligne. Ott à l'appareil.

L'appareil survola un bois et une gravière avant de se mettre en position d'atterrissage.

Au-dessus de chacune des six vitrines de la boutique d'Évelyne Vogt brillaient en lettres d'acier poli les mots « Collection V. ». L'entrée était surveillée par un vigile. On se pressait à l'intérieur. Évelyne présentait dans sa galerie une collection d'originaux rares du Bauhaus, et le vernissage était un succès.

Urs Blank, tout sourire, se frayait un chemin entre les invités, hochant la tête ici, serrant une main là, envoyant des baisers du bout des lèvres ailleurs. Presque tous les visiteurs étaient vêtus de noir. Il se demanda s'il n'était pas tombé dans une réunion de société secrète.

Évelyne se tenait à côté du buffet et discutait avec deux hommes. Ils avaient tous les deux le crâne rasé. Chez l'un d'eux, la nature semblait avoir accompli la plus grande partie du travail du coiffeur.

La maîtresse des lieux présenta les deux hommes en affirmant :

— Tu connais sûrement Niklaus Halter et Luc Hafner.

Blank les connaissait l'un et l'autre. Ils faisaient partie du champ de gravitation élargi de la nouvelle école d'architecture régionale, depuis quelque temps la coqueluche du monde entier. Pour être précis, ils étaient eux-mêmes cette extension du champ, sous le nom de Halter + Hafner.

— Je disais justement : il est navrant de constater que tout ce à quoi nous donnons le nom de mobilier moderne remonte pratiquement aux années vingt, déclara Hafner.

Cela ne m'étonne pas, ô crétin de Panurge, que tu répètes la phrase la plus entendue dans ces locaux comme si elle avait poussé sur ton misérable petit tas de fumier personnel, voulut répondre Urs Blank. Il se retint. Mais sa réplique n'était pas totalement dénuée de méchanceté.

— En architecture non plus, il ne s'est pas passé grand-chose depuis Gropius et Mies van der Rohe.

Ils regardèrent la pointe de ses souliers, consternés.

— Mais où es-tu donc allé traîner ! s'exclama Évelyne.

Après sa promenade en forêt, Urs Blank avait nettoyé ses chaussures tant bien que mal avec une poignée de feuilles. Il avait bien remarqué que les restes de terre humide de la forêt avaient commencé à sécher et à prendre une teinte claire pendant son voyage en tramway. Mais il ne s'en était pas soucié plus que cela. Il avait aussi laissé les feuilles de hêtre dans ses revers de pantalons.

— Dans la forêt, répondit-il.

— Voilà qui est excellent, dit Halter. Moi, je dis, quand on veut comprendre l'architecture, il faut marcher dans la forêt.

— Connard, marmonna Blank.

— Insulte donc tes propres clients, gronda Évelyne quand elle revint chez elle.

Urs Blank était assis dans le séjour, dorlotait un verre d'armagnac et écoutait du Mendelssohn. Il avait toujours aux pieds ses chaussures pleines de glaise.

— Il n'a pas entendu. Je lui ai souri en même temps.

— Mais *moi*, j'ai entendu. Et c'est *moi* que tu as offensée.

— Ce n'était pas mon intention. Excuse-moi.

Évelyne sortit de la pièce. Il entendit ses pas sur le parquet du long corridor, puis le bruit de la porte donnant sur le cabinet de toilette. Lorsqu'elle revint, Urs venait de succomber à la tentation et se versait un doigt d'alcool supplémentaire. Évelyne s'était démaquillée et portait un kimono couleur chocolat. Elle avait noué ses cheveux noirs sur la nuque, et sa peau reluisait de crème de nuit. C'est ainsi qu'elle se harnachait lorsqu'elle avait l'intention de passer la nuit toute seule dans sa chambre à coucher personnelle.

— Moi, je ne débarque pas dans tes réunions d'affaires pour traiter les clients de connards.

— Tu peux venir quand tu veux.

Évelyne dévisagea Urs, les paupières légèrement pincées. Elle avait déjà ôté ses lentilles de contact.

— Quelque chose ne va pas ?

Urs Blank haussa les épaules.

— Tout le monde a ses mauvaises passes.

Évelyne se pencha vers lui et lui tendit la joue. Elle sentait bon les crèmes de luxe. Il l'embrassa. Elle désigna le verre.

— Ça n'améliorera pas les choses, tu en es sans doute conscient.

Lorsqu'elle fut sortie, Urs s'en resservit un doigt supplémentaire.

Les sons de la forêt vierge résonnaient dans les douze haut-parleurs de la piscine. L'unique lumière était celle diffusée par les lampes sous-marines du bassin de cinquante mètres dans lequel Pius Ott nageait son kilomètre. Il le faisait presque sans bruit, en traits réguliers et sans effort.

La piscine se situait au deuxième sous-sol de l'immeuble, elle n'avait donc pas de fenêtre. Au bord du bassin, on avait installé des *deck-chairs* et autres sièges, et, à l'arrière, quelques trophées : hippopotame, alligator, arnis, requin marteau, et d'autres spécimens assortis à ce décor aquatique.

Lorsque Ott fit demi-tour, le cadran lumineux rouge installé au bord du bassin indiquait « 1 000 m ». Il continua à nager. Nager le tranquillisait. Il était toujours furieux d'avoir rappelé Nauer. Il avait secrètement espéré que celui-ci lui servirait la peau de Fluri pour accompagner celle du lynx. Or Nauer avait annoncé que ce vieil infatué n'avait pas encore terminé sa partie ; cette nouvelle-là aurait pu attendre le lendemain.

Il préparait depuis longtemps le coup de l'*Elegantsa*. Son entrée dans le capital de *Charade* s'inscrivait dans une stratégie à long terme, et immobilisait des fonds qui lui faisaient défaut ailleurs. Ce n'était certes pas la première affaire où des motifs personnels l'incitaient à prendre plus de risques que ne l'aurait voulu la sagesse économique. Mais cette fois, il dépassait d'un peu trop loin la limite qu'il avait coutume de se fixer. Même selon les critères de l'investisseur à risques qu'il était.

Bien entendu, on était loin du risque de déroute financière, et *a fortiori* d'une faillite. Il avait trop bien assuré ses arrières pour cela. Il était en revanche possible qu'il soit forcé de se retirer d'une affaire ou d'une autre. Or les replis n'étaient pas du goût de Pius Ott.

C'est la raison pour laquelle la tactique de rétention de Fluri commençait à le rendre nerveux. Être forcé de rester dans l'ombre et ne pas pouvoir intervenir personnellement n'améliorait pas les choses.

Le cadran lumineux passa à « 1 500 m ». Ott nagea vers l'échelle chromée et sortit de l'eau. Il était nu. Il n'y avait aucun souci érotique là-dedans, l'érotisme n'avait jamais joué de rôle particulier dans son existence. À l'époque, il se limitait à des rencontres sporadiques avec des femmes que la perspective de se faire attacher par quelques chaînes moyennant contrepartie financière ne dérangeait nullement. Ott n'était pas non plus un adepte du naturisme. S'il était nu, c'était pour une seule raison : dans sa piscine personnelle, il nageait ses longueurs de bassin dans la tenue qui lui plaisait.

Le lendemain matin, en montant dans sa Jaguar noire, Urs Blank ressentit une pression au-dessus des sourcils. Il n'en comprit l'origine qu'au moment où il franchissait les portes du garage souterrain de son cabinet : c'étaient les séquelles de son troisième armagnac. Il savait se contrôler, y compris pour l'alcool. Sa dernière gueule de bois remontait encore plus loin que sa dernière promenade en forêt.

Christoph Gerber, son assistant, l'attendait au cabinet. Gerber avait une petite trentaine d'années ; il avait passé son doctorat un an plus tôt. C'était un bosseur, il n'était pas trop gourmand et aucune besogne ne le rebutait. Sur bien des points, il ressemblait à Urs Blank lorsqu'il avait fait ses débuts au cabinet, une bonne dizaine d'années plus tôt. D'habitude, c'est ce qui lui plaisait chez Gerber. Ce jour-là, ça lui tapait sur les nerfs.

— La réunion d'associés est avancée d'une demi-heure, maître von Berg a une audience au tribunal, l'informa Gerber. Et la secrétaire du docteur Fluri a déjà appelé trois fois. Elle dit que c'est très urgent. Il faut que vous le rappeliez à la seconde où vous arriverez au bureau.

— Qu'est-ce qu'il veut encore, ce con ?

Gerber regarda Blank, effrayé.

— Vous n'avez encore jamais traité un client de con ?

Gerber secoua la tête.

— Vous, oui ?

— Je m'apprête à le faire.

La standardiste entra avec un fax, envoyé par Fluri : le communiqué de presse modifié selon son idée.

— Je dois vous le poser sur le bureau, puis vous mettre en ligne.

— Vous ne le ferez pas.

— Et qu'est-ce que je lui dis ?

— Qu'il aille se faire foutre.

La standardiste éclata de rire.

— Voilà qui me ferait bien plaisir.

— Ne vous gênez surtout pas.

Lorsqu'elle fut sortie, Gerber demanda, l'air soucieux :

— Et si elle le fait ?

— Je l'augmente.

Les partenaires de Blank avaient tous la soixantaine. Tous considéraient que leur mission principale était d'entretenir et de développer le réseau de relations du cabinet. Maître Geiger se concentrait sur les liens avec l'armée. C'était un ancien officier milicien, qui avait occupé des fonctions importantes dans la justice militaire.

Le secteur de Me Minder était la clientèle universitaire. Il était depuis des années chargé de cours indépendant à l'École supérieure du commerce. Maître von Berg s'occupait des autres. Il jouait au golf.

La réunion d'associés ne servait pas tant à régler les cas en suspens qu'à harmoniser le détail de leurs activités liées aux achats et aux ventes. La nature de leurs réseaux de relations voulait que celles-ci se recoupent en de nombreux points. Bien entendu, ces rencontres hebdomadaires étaient aussi une remarquable occasion d'échanger ragots, informations confidentielles et indiscrétions.

— Peux-tu me confirmer que c'est bien Ott qui met à la disposition de *Charade* les fonds dont elle a besoin pour avaler l'*Elegantsa* ?

La question d'Urs Blank était adressée à Geiger, qui avait un ami, un juge militaire, au conseil d'administration de *Charade*.

— Je ne peux pas l'affirmer sous serment, répondit Geiger.

Blank regarda à la ronde.

— Quelqu'un a-t-il une idée de ses motifs ?

Minder prit la parole.

— Il veut l'*Elegantsa* comme dot. *Charade* a présumé de ses forces. Dans un an, elle lui tombera entre les mains. Et dans deux ans au plus tard, il la vendra à *Universal Textile*.

— Et puis tout cela mis à part, compléta von Berg, Pius Ott déteste le vieux Fluri.

— Là, je peux le comprendre, grogna Urs Blank.

Blank avait rendez-vous pour le déjeuner avec Alfred Wenger. Le mercredi était leur « jour fixe ». Alfred était un vieil ami d'études, le seul avec lequel Blank eût maintenu le contact au cours de toutes ces années. Ils avaient été ensemble au lycée et à l'université. Bien que leurs centres d'intérêt aient été très éloignés – ou peut-être justement à cause de cela –, ils s'étaient régulièrement rencontrés pendant toutes leurs études. Même lorsque Alfred s'était concentré sur la psychiatrie et Urs sur l'économie – chacun considérant que la discipline de l'autre était superflue – leur amitié n'en avait pas souffert. Mises à part les périodes où ils étaient partis faire des études à l'étranger, ils avaient toujours essayé de respecter leur « jour fixe ». La seule chose qui se fût transformée au fur et à mesure de la réussite des deux hommes, c'était la catégorie du restaurant. Depuis quelques années, ils se rencontraient au *Doré*, puisque c'est ainsi que les habitués appelaient le Lion d'Or.

Le temps était au fœhn. Les voitures scintillaient au soleil, et la chaîne des Alpes, derrière le lac, paraissait à portée de main. Les passants de la rue commerçante dans laquelle se trouvaient les bureaux de *Geiger, von Berg, Minder & Blank*, avaient déboutonné leur manteau et marchaient un peu plus tranquillement que les autres jours.

Urs Blank fit un signe négatif lorsque le taxi de tête, à la borne située devant le bureau, ouvrit sa portière. Il était en avance, l'air sentait le printemps, et de toute façon, il allait peut-être devoir modifier deux ou trois choses dans son existence.

Un raccourci menait au Lion d'Or à travers un petit parc. Il était noir de monde. Les chemins en gravier étaient jalonnés de stands qui proposaient des livres d'occasion, des robes usagées, des ustensiles ménagers de deuxième main, des meubles patinés par le temps et toutes sortes d'autres vieilleries. Blank, les mains dans les poches, passait lentement devant les stands, tout étonné. Il n'avait encore jamais entendu parler d'un marché aux puces ici.

Il s'arrêta devant un stand où l'on vendait des jouets. Il se demanda à qui il pourrait bien offrir une vieille poupée, ou une locomotive à vapeur en fer-blanc. Un parfum familier lui monta au nez. Il venait d'un petit stand dont la tenture était couverte de foulards de soie et de sarongs indiens. Sur l'étalage, des brûleurs d'encens en bois et en laiton, des flacons de parfum, des clochettes et d'autres accessoires de méditation côtoyaient des pipes à marijuana dans toutes les tailles et toutes les formes. Au milieu de la table brûlait un bouquet de cinq bâtonnets d'encens ; c'est lui qui diffusait ce parfum qu'il lui semblait connaître.

— Qu'est-ce qui sent comme ça ? demanda-t-il à la jeune fille derrière le stand. Elle portait un manteau de soie chinois et plusieurs des châles de soie qu'elle proposait à la vente. Elle avait utilisé l'un d'entre eux pour empêcher une avalanche de boucles brunes de lui recouvrir le visage.

Lorsqu'il leva le regard, il vit que son front était orné d'un signe de caste doré, et ses paupières ourlées de noir.

C'est la couleur de ses yeux qui le laissa muet un instant. Ils n'étaient pas noirs, comme aurait pu le laisser croire son style, mais d'un bleu délavé, comme ceux d'un huskie. Elle souriait et ne paraissait pas le moins du monde étonnée de voir cet homme en costume sur mesure s'arrêter devant son stand.

— Il y a cinq parfums. Duquel parlez-vous ?

La jeune fille fit humer à l'avocat les bâtonnets odorants déployés en éventail. D'étroits bracelets d'argent lui tintaient aux poignets.

— C'est celui-là.

Elle renifla.

— *Sandlewood.* Quatorze francs.

Urs Blank paya et fourra le petit paquet dans la poche de son manteau.

Il se trouvait au Doré, face à Alfred Wenger. M. Foppa, le garçon qui les servait toujours, lui apporta son ginger ale avec glace et citron. Blank ne buvait pas d'alcool au déjeuner. Mais avec un verre de ginger ale, au moins, il n'avait pas l'air d'un pasteur en mission.

Les habitués du déjeuner envahissaient petit à petit le restaurant. Hommes d'affaires, banquiers, avocats, notables et semi-notables, dames au look *society* : grandes, minces, sportives, blondes, costumes pastel à la Jackie Onassis, dont les jupes s'achevaient bien au-dessus des genoux pointus. Elles avaient toutes trente-cinq ans, pas un jour de moins, pas un jour de plus.

Urs Blank buvait déjà son deuxième ginger ale lorsque Alfred Wenger s'installa auprès de lui.

— Excuse-moi, j'avais un bavard, pas moyen de l'arrêter.

Wenger était un peu plus jeune que Blank, mais ses cheveux avaient déjà viré au gris pendant ses études. À présent, ils étaient blancs comme neige et lui tombaient jusqu'aux épaules. Blank soutenait que Wenger devait à sa coiffure au moins la moitié de son succès comme psychiatre. Lui-même était brun et avait opté pour une coupe courte qui exigeait deux visites mensuelles chez le coiffeur.

Pour le reste aussi, les deux amis étaient des personnages disparates. Le psychiatre avait poussé tout en longueur et en angles, l'avocat était resté de taille moyenne, et malgré la discipline et sa propre salle de mise en forme, il avait les contours un peu enrobés.

Wenger choisit du rôti farci présenté sur le chariot, Blank choisit une escalope de veau grillée aux légumes. Mais lorsque M. Foppa apporta l'eau minérale qui accompagnait toujours leur repas, Blank réclama :

— Tiens, après tout, apportez-moi un petit pichet de bordeaux !

Alfred le dévisagea, étonné. Urs demanda :

— Il ne t'arrive jamais d'avoir envie, pour une fois, de ne pas dire, faire, manger et boire toujours la même chose ?

— Si.

— Et que fais-tu dans ces cas-là ?

— Comme toi : autre chose.

— Et que conseilles-tu à tes patients ?

— La même chose qu'à toi : le faire.

— C'est un succès ?

— Tout dépend ce que tu appelles le succès.

— Quelque chose change ?

— Non. Mais pour la plupart d'entre eux, c'est justement cela, le succès.

Blank sourit :

— C'est bien ce que je dis : vous, les psychiatres, vous n'aidez pas les gens à changer. Vous les aidez à se faire à l'idée qu'ils restent identiques.

Lorsque Blank revint au cabinet, la standardiste lui annonça d'un signe qu'elle avait le Dr Fluri au bout du fil. Il passa dans son bureau et prit la communication.

Plus tard, lorsque Christoph Gerber entra avec les versions imprimées des contrats revus, Blank était toujours au téléphone.

— Cela ne pose aucun problème, dit-il, prévenant. Nous sommes là pour ça. Au revoir.

— Au revoir, docteur Ducon, ajouta-t-il lorsqu'il eut raccroché.

Urs et Évelyne partageaient un appartement dans une maison de maître construite dans les années vingt sur la Colline aux villas, dans la banlieue de la ville. Ils habitaient tout le rez-de-chaussée, dont les fenêtres à la française s'ouvraient sur un massif pentu de gazon soigné. De là, on apercevait la ville et une partie du lac. L'appartement comptait quatre grandes pièces de réception. Ils partageaient le séjour et la salle à manger ; le salon de musique était le royaume d'Évelyne, la bibliothèque celui d'Urs. Chacun possédait une chambre à coucher avec salle de bains particulière. Une condition fondamentale pour une bonne coexistence entre deux personnes adultes, estimait Évelyne.

L'appartement disposait d'une grande cuisine avec office et cellier, et de nombreuses pièces de service : salle de repassage, lingerie, cagibi, buanderie et serre d'intérieur. Le petit appartement de service avec entrée séparée n'était pas habité. Urs et Évelyne l'utilisaient comme chambre d'amis et salle de mise en forme. Ils n'avaient pas d'employés à plein temps. Mais ils faisaient appel aux services d'une femme de ménage qui venait travailler cinq matinées par semaine. Et à ceux d'une lingère et repasseuse. Pour les grandes réceptions, ils prenaient une cuisinière en extra.

Lorsque Urs accrocha son manteau au vestiaire, le paquet de bâtonnets d'encens tomba par terre. Il les reprit et les emporta dans la bibliothèque. Puis il passa à la cuisine et se prépara une salade. Il découpa un peu de viande des grisons à la trancheuse électrique, se servit un verre de vin rouge et prit son dîner à la table du personnel, à l'office. Évelyne rentrerait tard, elle l'avait fait prévenir au bureau. Elle était de sortie. Il avait oublié quel genre de sortie.

Il remplit son verre et l'emporta dans la bibliothèque. Là, les bâtonnets d'encens lui retombèrent entre les mains. Il ouvrit l'emballage, sortit l'un des bâtons et le huma. Qu'est-ce que ce parfum pouvait bien lui rappeler ?

Il déposa le bâtonnet dans un cendrier sur la corniche de la cheminée et l'alluma. Le parfum du santal emplit peu à peu l'espace. Il s'installa dans un fauteuil, but son vin à petite gorgée, les yeux fermés. Quelqu'un, dans sa jeunesse, avait eu ce parfum-là. Une fille.

Il tenta de se rappeler le visage qui allait avec cette odeur. Mais il n'y parvint pas. La jeune femme aux yeux bleu clair ne cessait de s'interposer.

Urs fut réveillé par la voix d'Évelyne.

— Qu'est-ce qui empeste comme ça, ici ?

Le lendemain, Urs Blank se rendit de nouveau au petit parc. Mais il était vide, à l'exception de deux hommes en combinaison qui repiquaient des pensées dans une plate-bande.

— Pourquoi n'y a-t-il pas de marché aux puces aujourd'hui ? s'enquit-il auprès du plus vieux des deux jardiniers.

— C'est toujours le mercredi, répondit-il sans lever les yeux. Depuis des années.

2

Lucille avait froid. Elle portait des petits manchons en tricot, et elle avait passé sur ses collants des chaussettes de laine. Comme en hiver. On était pourtant à la fin mars. Le mercredi d'avant, on aurait juré que le printemps arrivait. Elle était déjà allée chercher deux thés à la cannelle et en aurait volontiers bu un troisième. Ce qui lui ferait un solde de moins douze francs, location du stand et frais de transport inclus. Il n'y avait pas beaucoup d'espoir de voir ce bilan s'améliorer sensiblement. Des jours comme celui-ci, les gens n'achetaient ni foulards de soie indienne, ni bâtonnets d'encens.

Lucille tenait ce stand depuis trois ans déjà. Son petit ami de l'époque le lui avait laissé. Ils partaient alors ensemble deux fois par an pour l'Inde et l'Indonésie, et y faisaient leurs achats pour un semestre. Elle avait vingt-trois ans lorsqu'il décida d'y rester. Elle prit toute seule l'avion du retour. Au début, il continua à lui faire ses achats. Mais au bout de quelque temps, Lucille eut ses propres sources.

Le stand lui permettait de survivre et de partir de temps en temps pour l'Asie, où elle était persuadée d'avoir vécu dans une existence antérieure. Elle partageait son appartement avec une amie qui travaillait dans une boutique de jeans. Pour l'heure, elle n'avait pas de compagnon attitré.

Voilà qu'il se mettait à pleuvoir, en plus. Lucille se dépêcha de rejoindre le stand du thé avant que la pluie ne se déchaîne. Lorsqu'elle revint avec son thé à la cannelle, un homme attendait devant son étal. L'homme du mercredi précédent.

— J'aurais dû acheter un support, expliqua-t-il. Lequel me recommandez-vous ?

— Par ce temps-là, le plus cher.

Cet homme-là semblait avoir de l'humour.

— C'est lequel ?

Elle lui désigna un porte bâtonnet en forme de petits skis de bois, incrusté d'étoiles en laiton.

— Et le plus cher après celui-là ?

Ce type n'était visiblement pas à vingt-cinq francs près. Elle lui montra tout de même un exemplaire rond, décoré en laiton.

— Cela vous siérait-il si je prenais deux exemplaires du deuxième modèle ? Je préfère ceux-là.

— Cela me siérait beaucoup.

Lucille souriait. Il n'était pas de son monde, mais il lui plaisait. Quand elle se l'imaginait avec quelques centimètres de cheveux en plus et quelques années de moins.

— Je vous laisse les choisir.

— Vous feriez cela pour moi ? Je ne sais pas à quoi il faut faire attention.

Lucille attrapa deux supports de bâtonnets et les emballa dans du papier de soie rouge bordeaux.

— Avez-vous encore assez de bâtonnets ?

— Un petit paquet ne pourrait pas faire de mal. J'avais pris du *Sandlewood*.

Elle posa les bâtonnets à côté des petits paquets.

— Connaissez-vous le *Superior Tibet Incense?*

Urs secoua la tête.

— C'est mon préféré.

— Dans ce cas, je vais essayer.

Lucille alla chercher un autre paquet.

— À la place ou en plus ?

— En plus, répondit Urs, qui ne put s'empêcher de rire.

— Vous n'avez pas besoin d'un foulard en soie ?

— Je porte des cravates.

— Je veux dire : pour votre femme.

— Je n'ai pas de femme.

Évelyne Vogt avait elle aussi son « jour fixe ». Elle rencontrait son amie Ruth Zopp pour le lunch. On changeait de restaurant, mais jamais de jour : un vendredi sur deux.

Cette fois, elles avaient tranché en faveur d'un bar sushi qui venait d'ouvrir. Ruth Zopp était au courant de tout ce qui se passait dans cette ville, dans le domaine culinaire, artistique et mondain. C'était une fille de bonne famille, mariée à un homme de son milieu. Elle ne travaillait pas, mais son Filofax était entièrement griffonné de rendez-vous, ses coutures craquaient sous la pression des cartes de visite et de restaurants. Elle aimait établir des contacts, faire jouer ses relations, tirer les ficelles. Évelyne lui devait bon nombre de clients.

— Asseyons-nous à une table basse. Les chefs sushi sont toujours tellement bavards, chuchota-t-elle à Évelyne lorsqu'elle la rejoignit au bar. Elle avait vingt minutes de retard – pour elle, c'était presque de l'avance.

Ruth Zopp était une femme séduisante. Ses vêtements et ses bijoux étaient toujours spectaculaires, son visage en mouvement permanent. Évelyne la connaissait depuis bien des années. Mais elle aurait été incapable de dire si Ruth était aussi une belle femme.

Elles s'installèrent donc à une table basse et commandèrent un cocktail de sushi – *uinari, chirashi, nigiri* et *norimaki*. Ruth maîtrisait ses baguettes avec une habileté stupéfiante. Elle allait pêcher les petits morceaux, les plongeait dans la sauce soja-wasabi tout en bavardant, et sans quitter son amie des yeux.

Il fallut un moment pour qu'Évelyne ait la parole.

— Tu connais la dernière? Urs fait brûler des bâtonnets d'encens.

— Des bâtonnets d'encens? Urs?

— Le soir, toute la maison ressemble à un ashram. Et lui, on dirait qu'il est sur une autre planète.

— Peut-être qu'il médite.

— Je lui ai posé la question. Il dit qu'il aime cette odeur, tout simplement.

— Tout dépend de l'encens.

— Du santal. Et quelque chose de tibétain.

— De tibétain? C'est bien ça, il médite. Il ne serait pas le seul. Geiser s'y est mis, lui aussi. Et les Graf prennent l'avion chaque mois pour participer à leur *rinpoche* à New York.

— Mais pourquoi médite-t-il sans moi?

— Il n'est peut-être pas encore assez sûr de lui. Il est peut-être encore trop personnel. Urs n'est pas vraiment un méditatif.

Évelyne reposa son dernier norimaki sur l'assiette.

— On ne médite que si l'on a des problèmes.

— Il en a peut-être.

— Si je connais quelqu'un qui n'a pas besoin d'avoir des problèmes, c'est bien Urs.

— Peut-être la *midlife-crisis.*

— Sa *midlife-crisis,* c'était moi.

— Les hommes importants ne se contentent pas d'une seule *midlife-crisis.*

— Tu penses qu'il y a une femme derrière tout ça.

— Quand les hommes changent d'un seul coup, ça n'est pas l'hypothèse la plus absurde.

Anton Huwyler était l'un des très grands clients d'Urs Blank. C'était le président de la *Confed*, le plus grand groupe d'assurances du pays. Il siégeait au conseil d'administration de la plupart des entreprises ayant quelque importance. C'est à lui, au bout du compte, que Urs devait son admission comme partenaire au cabinet Geiger, von Berg & Minder. Huwyler l'avait pris en affection. Au fil du temps, c'est lui, de plus en plus souvent, qu'il avait réclamé comme interlocuteur. Petit à petit, le portefeuille d'affaires détenu par Urs était devenu tellement lourd que les trois avocats de la chancellerie lui avaient proposé de devenir le quatrième associé. Urs supposait du reste que l'idée leur avait été donnée par Huwyler.

Ils étaient assis dans la « sacristie » d'Anton Huwyler, puisque c'est ainsi que les employés de l'entreprise appelait le bureau personnel du président : une pièce spacieuse, aménagée comme aurait pu l'être dans les années soixante-dix la pièce de travail d'un entrepreneur immobilier surpris par le succès. Beaucoup de bois veiné avec ferrures de cuivre, une grappe de sièges rembourrés en velours vert avec galons de cordelette, des cruches d'étain gravées, une ramure de bouquetin ornée d'un écriteau de laiton : « À notre vénéré commandant de bataillon, en souvenir reconnaissant. Officiers et sous-officiers du 31e de Chasseurs alpins. 24 juin 1987. »

Huwyler n'y recevait que ses plus proches collaborateurs. En temps normaux, il tenait ses assemblées dans sa prestigieuse salle de réunion, dont le design avait été conçu par l'équipe d'architectes maison, selon les nouvelles lignes directrices fixées pour les cadres dirigeants de l'entreprise. Il s'y sentait en terre étrangère.

Huwyler ne tournait jamais longtemps autour du pot :

— Ce que je vais vous dire à présent, même vos partenaires ne le savent pas. Nous fusionnons avec *British Life*, la *Sécurité du Nord* et la *Hansa Allgemeine.* Cela donnera naissance au plus grand groupe d'assurances du monde. Et de loin.

Il laissa à Urs Blank un peu de temps pour afficher l'étonnement de rigueur, puis il ajouta :

— Et j'aimerais que vous fassiez cela pour nous.

Blank venait de recevoir le mandat le plus prestigieux qu'on lui eût jamais confié dans ce domaine. Mais il ne trouva rien d'autre à dire que :

— Si vous m'en jugez capable...

Huwyler éclata de rire :

— Parce que vous ne l'êtes pas ?

Blank se mit à rire à son tour. Mais lorsqu'il quitta la « sacristie », un quart d'heure plus tard, il se haïssait de n'avoir pas dit non.

Normalement, la fusion de la *Confed* aurait dû constituer l'essentiel de l'ordre du jour pendant cette réunion d'associés. Mais Urs Blank n'en laissa pas échapper un mot. Il n'était pas sûr de son affaire. Pour pouvoir faire comprendre à ses partenaires l'hérésie que constituerait à leurs yeux sa volonté de refuser le mandat, il devait être parfaitement certain.

On parla en revanche de la fusion *Charade-Elegantsa.* Maître Minder s'adressa à Blank :

— On ne pourra pas garder plus longtemps l'affaire *Elegantsa* sous le manteau. Tout le monde est au courant et se demande bien pourquoi vous ne la rendez pas publique.

— Fluri, répondit Blank. Il fait des manières.

— Il peut se le permettre ? demanda maître von Berg – une question lancée à la ronde.

Me Geiger se racla la gorge.

— D'après mes informations, non.

Blank s'étonnait toujours des sources dont disposaient ses partenaires.

— Quelles informations ?

— Il ne passera pas l'année prochaine. Trop de cadavres dans le placard.

— Quels cadavres ?

— La « Campagne de Russie ».

— Il a déjà annoncé les pertes.

La Campagne de Russie était la tentative menée par Fluri, trois ans plus tôt, pour s'implanter sur le marché russe. La crise du rouble avait éclaté entre-temps, et il avait dû se retirer, le nez ensanglanté.

— Combien ?

— Il s'attend à deux millions, deux millions et demi au maximum.

Me Geiger éclata de rire.

— Ajoute un zéro !

— C'est sûr ?

Geiger hocha la tête.

— Tu n'es pas autorisé à t'en servir. Mais je pourrais concevoir que tu améliores ta position dans la négociation si tu sais que la fusion est le dernier espoir de Fluri.

Lorsque les partenaires quittèrent la salle de réunion, Me Berg retint Urs par le bras.

— Tu as encore un moment?

Urs hocha la tête. Ils reprirent leur place à la table de discussion.

— Tu ne bois pas d'*apéro* à cette heure-ci, n'est-ce pas?

— Sans ça, après, je ne suis plus bon à rien.

— Fais une exception, proposa von Berg en composant, sans attendre la réponse d'Urs, le numéro de sa secrétaire. « Apportez-en deux » furent les seuls mots qu'il prononça. Elle entra peu après avec un plateau. Elle y avait disposé une bouteille de bourbon, un seau à glace et deux verres.

Von Berg plongea la pince à glace pour récupérer des glaçons et en fit tinter trois dans chaque verre.

— Quand j'avais ton âge, je me suis réveillé un matin et j'ai eu le sentiment que ma vie n'était qu'une immense erreur. Il n'y avait aucun motif, aucun élément extérieur, tout allait comme je voulais, c'était le début de notre grande période.

Von Berg versa du bourbon sur les glaçons.

— Je pensais que ça passerait. Un caprice. Levé du mauvais pied. Mais ça ne s'est pas arrêté. Ni le lendemain, ni la semaine suivante, pas même au bout d'un mois. Je le savais : tout ce que tu as fait jusqu'ici, tu l'as fait de travers.

— Et qu'est-ce que tu as fait pour que ça cesse?

— Rien. Il n'y a rien que l'on puisse faire soi-même contre ça. (Von Berg leva son verre et avala une gorgée. Urs se contenta de plonger les lèvres dans son bourbon.) Tu te rappelles Annette Weber?

— La stagiaire?

Blank se la rappelait. Annette Weber avait beaucoup fait parler d'elle, à l'époque, au cabinet. Elle avait tourné plus d'une tête, mais n'avait exaucé les vœux de personne. On disait qu'elle avait une liaison secrète et solide avec un homme marié. Une fois son stage achevé, elle avait disparu de la circulation.

— *Elle*, elle a fait quelque chose contre ça.

Urs ne comprenait pas.

— Contre mon sentiment de jouer dans le mauvais film, expliqua von Berg.

Urs venait de comprendre :

— C'était toi, la liaison secrète.

Von Berg sourit.

— Je saisis.

— Bon.

— Et pourquoi me racontes-tu cette histoire?

— Comme ça. Et parce que tu n'as pas dit un mot du mandat de Huwyler.

— Comment faites-vous, au juste, pour le déjeuner?

Blank avait acheté un foulard de soie, et une nouvelle sorte de bâtonnet d'encens.

— Lorsqu'on me surveille le stand, je vais manger un morceau dans les environs.

— Quelqu'un surveille, aujourd'hui?

— C'est une proposition?

Urs hocha la tête. Lucille le toisa.

— Je ne sais pas si vous avez la tenue qu'il faut.

— Pour manger un morceau avec vous?

Elle éclata de rire.

— Ah, bon ! Je pensais que vous vouliez surveiller le stand.

Il joua un instant avec cette idée. Mais il finit par répondre :

— Non, je me disais que si quelqu'un surveillait le stand pendant ce temps-là, nous pourrions aller manger un petit truc ensemble.

— Malheureusement, aujourd'hui, je n'ai personne pour surveiller.

— Dommage. Une autre fois, peut-être.

— Peut-être.

Blank glissa ses deux petits paquets dans la poche de son manteau et s'apprêta à dire au revoir.

— Si ça vous dit, vous pourriez aller nous chercher quelque chose. Nous mangerions ici, sur le stand.

— Quoi, par exemple ?

— N'importe. Mais pas de viande.

Urs Blank connaissait un traiteur dans le quartier. Il s'y fit préparer six petits pains fourrés. Deux au saumon sauvage, deux à la mozzarelle et aux tomates et deux autres (pourquoi pas ?) au caviar. Il acheta deux Perrier pour arroser le tout et une demi-bouteille de meursault au cas où. En revenant vers le parc, il se souvint d'Alfred Wenger. Il appela au Doré et laissa un message : il avait eu un imprévu.

Un imprévu ? songea-t-il en rangeant avec un sourire son portable dans sa poche de poitrine.

— Ça ne vous dérange pas si je prends les deux à la mozzarelle ? demanda Lucie quand Blank eut déballé les petits pains fourrés. Je ne mange pas de viande.

— C'est du poisson.

— Rien qui ait des yeux.

— Et le caviar ? Ça n'a pas d'yeux, le caviar. Le caviar, c'est comme des œufs. Vous ne mangez pas d'œufs non plus ?

— Les œufs, on ne découpe pas le ventre des poules pour aller les chercher.

Blank s'installa sur un tabouret à côté de Lucille.

— Mais vous buvez du vin ?

Il déposa sur l'étal la petite bouteille qu'il avait fait déboucher par le traiteur. Elle hocha la tête.

Le beau temps avait attiré dans le parc beaucoup d'employés des banques, des cabinets d'avocats et des bureaux avoisinants. Leur déjeuner fut plusieurs fois interrompu par des clients, sans doute étonnés de voir ce monsieur en trois pièces cravate déguster des petits pains au saumon et au caviar en compagnie de Lucille.

Blank espérait seulement que personne ne le reconnaîtrait.

Christoph Gerber était justement en train de raconter à la standardiste que son amie avait vu Urs Blank manger des canapés au marché aux puces, sur le stand d'une hippie, lorsque la secrétaire du Dr Fluri appela. Elle demandait que l'on informe Me Blank : le Dr Fluri était forcé de décommander la réunion. En vérifiant le texte du contrat avec ses juristes, il avait noté des questions qu'il désirait éclaircir avec Me Blank. Celui-ci devait passer à son bureau le jeudi matin à sept heures et quart. En cas d'impossibilité : le même jour, une heure plus tôt.

Christoph Gerber se chargea de transmettre le message à Blank.

— À sept heures et quart ou une heure plus tôt ? répéta Urs, hébété.

— Un connard, comme vous l'aviez noté à juste titre, répondit Gerber avec un rictus.

Et toi un lèche-cul, pensa Blank.

Dès que Gerber fut sorti, Blank demanda qu'on lui passe Hans-Rudolf Nauer. Celui-ci gémit en apprenant ce nouveau report.

— Combien de temps va-t-il encore jouer à ce petit jeu ?

— Jusqu'à ce que vous disiez stop.

— Moi ?

— Dites non. Dites que vous en avez assez. Qu'il oublie toute cette histoire. Que vous avez changé d'avis.

— Alors l'affaire tombera à l'eau.

— Il cédera.

— Et s'il ne cède pas ?

— Il cédera.

— Qu'est-ce qui vous en rend si sûr ?

— Faites-moi confiance.

Nauer demanda une demi-heure de réflexion.

Un quart d'heure plus tard, Urs Blank reçut un appel de Pius Ott.

— Pouvons-nous nous rencontrer ? Disons dans une heure ? Chez moi, à la maison. Il n'est pas nécessaire que la moitié de la ville nous voie ensemble.

Le plus beau, dans la villa de Pius Ott, c'était son cadre. Au nord-est, le terrain était délimité par une forêt. Au sud-ouest, il avait une vue plongeante sur la vallée et le lac. Le bâtiment lui-même était d'une architecture douteuse. Beaucoup de béton arrondi dans le style de la fin des années soixante-dix ; la villa n'avait pourtant pas trois ans d'âge.

Un homme musculeux en costume noir dirigea la Jaguar vers une place de parking à côté de l'entrée, puis conduisit Blank dans le bureau de Pius Ott.

La pièce faisait bien deux cents mètres carrés ; elle était aménagée comme un *lodge* de safari. Les murs étaient lambrissés jusqu'au faux plafond en bois, le sol constitué de lames polies, taillées dans différentes essences exotiques. Sur les deux côtés se dressaient de gigantesques cheminées ouvertes autour desquelles on avait groupé les opulents fauteuils de cuir. Pius Ott était assis au milieu de la pièce, devant un bureau en acajou aussi grand qu'une table de ping-pong. Il avait le dos tourné à la façade vitrée. La vue sur les trophées de chasse, accrochés au mur qui lui faisait face, lui plaisait plus que celle donnant sur les vallées et les petites maisons mièvres des municipalités où les impôts étaient le moins cher.

Lorsque Urs Blank entra dans la pièce, deux teckels se précipitèrent sur lui en aboyant. Un sifflement d'Ott les fit taire ; ils revinrent se coucher sous le bureau en acajou.

Dans cette salle gigantesque, avec son mobilier disproportionné, le grand spéculateur paraissait encore plus petit que dans le souvenir de Blank, qui l'avait rencontré à quelques reprises dans des réunions mondaines.

— Merci d'avoir trouvé un moment aussi rapidement. Je suppose que vous avez deviné de quoi il s'agit.

Il guida Blank vers l'une des cheminées. Chacun s'enfonça dans un fauteuil de cuir.

— *Charade* et *Elegantsa,* je suppose, confirma Urs.

— J'espère que toutes vos sources sont de la même qualité.

Un homme en veste de lin blanc apporta sur un plateau un service à thé chinois.

— À cette heure de la journée, je bois toujours un peu de Lapsang Souchung. Vous m'accompagnez ?

Blank hocha la tête. Le majordome servit le thé. Ott prit sa tasse et inspira par le nez l'odeur dégagée par la vapeur, tout en continuant à parler.

— Vous pensez donc que Fluri n'a d'autre choix que d'accepter la fusion ?

— J'en suis absolument certain.

— Qu'est-ce qui vous rend si sûr de vous ?

— Secret professionnel.

Blank avala prudemment une gorgée ; la porcelaine dont était faite sa tasse était fine comme du papier.

— La « Campagne de Russie » ?

Blank ne répondit pas. Ott essaya autrement.

— Pourriez-vous imaginer une clause prévoyant la responsabilité personnelle des contractants en cas de dissimulation de pertes, à partir d'un certain montant ?

— De telles clauses n'ont rien d'exceptionnel.

— Croyez-vous que Fluri signerait quelque chose de ce genre ?

— Tout dépend du montant.

— Que voulez-vous dire ?

— À partir d'une certaine somme, il serait forcé de signer ; dans le cas contraire, il serait soupçonné de ne pas exclure totalement une perte susceptible d'atteindre un niveau aussi élevé.

Ott but à son tour une gorgée de thé.

— Je comprends. À quel montant fixeriez-vous cette somme, par exemple ?

Blank haussa les épaules.

— Vingt millions ?

Ott leva les sourcils et émit un léger sifflement.

— Pour tout ce qui dépasse vingt millions, il est personnellement responsable ?

— À partir de vingt millions, il est responsable de la totalité de la somme, corrigea Blank.

Ott secoua la tête, incrédule.

— Il ne peut pas signer ça.

— Qu'est-ce qu'on dirait s'il refusait ?

— Et s'il signe et que cela arrive ? Pure hypothèse ?

— Votre pure hypothèse lui briserait les reins.

Ott hocha la tête, songeur. Il ouvrit l'humidificateur posé sur la table-fumoir.

— À cette heure de la journée, je fume un Romeo y Julieta. Vous m'accompagnez ?

— Merci. Je ne fume pas.

— Même pour les occasions particulières ?

— Il faudrait que ce soit une occasion très particulière.

Ott alla se chercher un cigare, ouvrit le couteau de chasse posé près du cendrier et découpa l'embout.

— Vous n'appréciez pas particulièrement Fluri, maître Blank ?

— Pas particulièrement.

Il tendit le couteau à Blank. La poignée était d'ébène noire, on avait gravé deux mots dans la lame, en lettres stylisées : *Never hesitate.*

— Vous chassez ?

Blank répondit par la négative.

— Gardez-le tout de même. Nous avons d'autres points communs.

Ott resta assis dans son fauteuil, le Romeo y Julieta froid entre les lèvres, tandis qu'Igor, son responsable de la sécurité, conduisait Blank à l'extérieur.

Le soleil de l'après-midi tomba dans la pièce, déclenchant un mécanisme qui fit descendre de quelques centimètres les stores à lamelles. Ott attrapa le téléphone et composa le numéro de Nauer.

L'entretien ne dura pas deux minutes. Il raccrocha et alluma le cigare.

Lorsque Blank revint à son bureau, un fax de Hans-Rudolf Nauer l'attendait : « Confirmez le rendez-vous. Vous êtes autorisé à brandir la menace d'une rupture des négociations. »

Il demanda le Dr Fluri, mais ne franchit pas le cap de sa secrétaire.

— Monsieur Fluri est en rendez-vous. Puis-je lui transmettre un message ?

— Dites-lui que ses partenaires de négociation maintiennent le rendez-vous.

Blank connaissait l'assistante de Fluri. Elle approchait la soixantaine et avait l'air d'en savoir plus sur les affaires internes de la maison qu'une secrétaire ordinaire. Elle resta silencieuse un moment.

— Je comprends, finit-elle par dire.

Le Dr Fluri rappela peu après.

— Qu'est-ce que ça signifie, ils maintiennent le rendez-vous ? glapit-il, le souffle court.

— Ils n'acceptent pas de nouvel ajournement, expliqua Blank.

Fluri haussa le ton.

— Mais moi, je l'exige.

— Dans ce cas, déclara Blank avec jouissance, je suis chargé de vous informer de la rupture des négociations.

Après un bref instant de silence, le Dr Fluri raccrocha.

Une demi-heure ne s'était pas écoulée lorsque sa secrétaire confirma qu'il serait bien présent au rendez-vous.

— Moi, je dis qu'il a l'air d'un patron, affirma Pat, l'amie avec laquelle Lucille partageait son appartement. Assises dans la cuisine, elles buvaient de la crème de banane, la boisson préférée de Pat. Une collègue de sa boutique de jeans avait échangé avec elle sa pause de midi, et elle avait voulu remplacer Lucille à son stand. Là, elle l'avait vue manger avec Blank, et elle était repartie. Mais à présent, elle voulait tout savoir sur cet homme. La crème de banane lui servait de sérum de vérité.

— C'est sa tenue de travail. Il est avocat. En fait, il est tout à fait décontracté.

— Un avocat décontracté !

— Il a de belles mains, de beaux yeux et une belle voix.

— C'est sa tenue de travail.

— Ne sois pas si petite-bourgeoise.

— Qu'est-ce qu'il y a de petit-bourgeois là-dedans ?

— Tu as des préjugés. Ça, c'est petit-bourgeois.

— C'est simplement qu'il y a des choses qui ne vont pas ensemble. Comme pour les vêtements.

Lucille éclata de rire.

— Je ne compte pas l'épouser.

— Mais lui, qu'est-ce qu'il veut ?

— Il vit dans un autre monde et il s'intéresse au mien.

Un jeune chat gris se frotta aux jambes de Lucille. Elle souleva l'animal et lui tendit le verre de liqueur. Il renifla et ramena la tête en arrière, effrayé. Pat et Lucille riaient.

— Tu vas le revoir ?

— Il ne me l'a pas demandé.

Le téléphone sonna dans la chambre de Pat. C'est elle qui s'en était servie en dernier, et elle ne l'avait pas reposé sur sa base, dans la cuisine. Elle sortit, décrocha, revint et tendit l'appareil à Lucille.

— Maintenant, il va demander.

On payait au prix fort les quelques journées de printemps du mois de mars. Un vent soufflait par rafale des averses glacées dans les rues de la ville. Au fur et à mesure qu'il remontait vers la forêt de la banlieue, les gouttes qui tombaient sur le pare-brise du taxi de Blank se faisaient de plus en plus épaisses.

Le Repos de la Forêt était vide. La pièce séparée qu'ils avaient réservée pour la réunion sentait la fumée refroidie, et elle était mal chauffée. Urs Blank était arrivé un peu trop tôt. Il commanda un thé à la menthe et garda son manteau.

Les participants à la réunion arrivèrent petit à petit. Le Dr Fluri et son avocat – portant cette fois une veste de ski démodée – étaient comme toujours les derniers. Mais, pour la première fois depuis le début des négociations, Fluri daigna présenter ses excuses.

Il ne dit pas un mot tant qu'ils passèrent les contrats en revue. Son esprit de contradiction se ranima un bref instant au moment où son avocat attira son attention sur la nouvelle clause de responsabilité.

— Je ne signerai pas cette clause, annonça-t-il à la ronde. Qu'est-ce qu'elle fait là ?

La question était adressée à Blank.

— C'est une clause courante dans les contrats de fusion américains.

— Nous ne sommes pas en Amérique.

— La clause sert uniquement à l'internationalisation des normes du contrat. À vingt millions, la limite de responsabilité est de toute façon tellement élevée qu'elle a une valeur purement symbolique. Cela dit, si tout le monde est d'accord, nous pouvons supprimer ce paragraphe, proposa Blank en regardant l'assistance.

Nauer avait une objection :

— Si elle n'avait pas figuré au contrat, je n'y verrais aucune objection. Mais à présent, mes contrôleurs de gestion vont me demander pourquoi cette clause a été supprimée. Et qu'est-ce que je leur répondrai, Monsieur Fluri ?

— Qu'elle a été rajoutée après coup.

— Et comment expliquerai-je que les nombreux points que vous avez vous-même ajoutés n'aient pas été rayés ?

— Ah, c'est donc vous qui avez souhaité cette clause ?

— Non, expliqua Blank. Elle vient de moi. Mon assistant l'a reprise par erreur sur le contrat standard, et je l'ai laissée. Pour être honnête, je n'imaginais pas qu'un risque de vingt millions constituerait un problème.

Pour la première fois depuis le début de la réunion, Fluri haussa le ton.

— Ça n'en est naturellement pas un.

— Mais si l'on annule cette clause, ça y ressemblera bien, objecta Nauer.

Tous les participants hochèrent la tête. Y compris l'avocat du Dr Fluri. Celui-ci hésita un moment. Puis il grogna :

— Continuons !

Ensuite, il ne parla plus. Il se contenta de pousser un soupir en apposant la première de ses soixante-quatre signatures au bas des nombreux exemplaires des contrats et de leurs avenants.

Blank avait fait mettre au frais deux bouteilles de champagne ; il demanda qu'on les serve. Toute l'assemblée trinqua et but à l'avenir de *Charade-Elegantsa*.

Le verre du Dr Fluri était encore presque plein lorsque les participants à la réunion se séparèrent. Blank suivit des yeux le vieil homme en trois-pièces gris brun. Il paraissait fatigué, à cent lieues de l'ergoteur arrogant qu'il avait connu jusqu'ici. Lorsqu'il grimpa précautionneusement à l'arrière du taxi, sans se retourner, Blank eut presque un peu de peine pour lui.

Malgré le mauvais temps, Blank resta fidèle à son principe : cette fois aussi, il rejoindrait à pied la station de tramway. Il avait gardé un bon souvenir de l'effet purifiant produit par sa dernière promenade en forêt.

La pluie s'était transformée en lourds flocons de neige. Ils fondaient dès qu'ils atteignaient le feuillage trempé. Blank portait un manteau d'équitation, une casquette à rabats et de grosses bottines à semelle en caoutchouc qu'il s'était fait confectionner des années plus tôt et n'avait encore jamais portées.

Il marchait entre les troncs des hêtres effeuillés. On n'entendait rien, sinon, parfois, le clapotement de ses semelles lorsqu'il marchait dans la gadoue. Les flocons tombaient, de plus en plus denses. Il lui sembla qu'ici et là, ils tourbillonnaient déjà un peu les uns avec les autres. Comme de vrais flocons de neige.

Le chemin montait en pente douce. Blank continua sa marche sans ralentir son rythme. Arrivé au sommet, il était un peu hors d'haleine. Le vent lui poussait les flocons dans les yeux.

Il s'immobilisa et cligna des paupières. Lorsqu'il vit clair, de nouveau, il sursauta. Un renard se tenait sur le chemin, face à lui, à quelques mètres. Ils restèrent un moment immobiles, tous les deux, à se regarder droit dans les yeux. Puis le renard se retourna et s'en alla au trot, mais sans hâte particulière.

Au poteau indicateur, il choisit le chemin direct : « Station de tram de Buchenfeld, 15 min. »

Évelyne Vogt rentra chez elle de bonne heure. Elle ressentait les premiers symptômes d'un refroidissement. Elle avait frissonné toute la journée dans sa boutique.

Dans la petite garde-robe, près de l'entrée, elle remarqua le manteau d'équitation trempé qu'avait déposé Urs. Ses bottines sales étaient abandonnées à côté du placard à chaussures.

— Urs ? cria-t-elle en entrant dans la grande pièce.

Pas de réponse. Dans la chambre de l'avocat, le costume qu'il avait porté pendant la journée était suspendu au valet. On aurait dit qu'il s'était changé avant de repartir. Il leur arrivait souvent de ne pas passer la soirée ensemble. Jusqu'ici, il l'avait toujours appelée avant, ou lui avait laissé un message. Cette fois-ci, le bloc-notes, près du téléphone, était vide.

Évelyne était déçue. Elle n'avait pas envie d'être seule ce soir-là. Elle mangea un yaourt, se prépara un grog, avala deux aspirines et se coucha dans le lit d'Urs.

Ott apprit la signature du contrat dans le vol qui le conduisait à Londres. Cela tombait bien : il y avait un rendez-vous avec le responsable d'*Universal-Textile* pour l'Europe. Il ne pouvait certes pas encore faire état de cette nouvelle, mais toute information connue avant les autres faciliterait son rôle dans la négociation.

Son Learjet était à présent à l'approche du City Airport. Ott appréciait la vue sur la ville. Il avait de nouveau le vent en poupe.

Il pensa à Blank, auquel il devait une partie de ce succès. Cet homme lui plaisait. Ott travaillait avec de nombreux avocats, mais il n'avait découvert chez aucun d'entre eux cet instinct de tueur qu'il devinait chez Blank. Il n'avait encore jamais collaboré avec Geiger, von Berg, Minder & Blank. Il allait peut-être devoir ranimer ses relations avec Geiger.

Blank avait entendu parler d'un restaurant indien dans un faubourg de la ville, installé dans une ancienne auberge villageoise qui s'appelait Le Bœuf. La brasserie à laquelle appartenait le restaurant avait tout fait pour qu'on n'en change pas le nom.

Il savait que la cuisine indienne proposait un grand nombre de recettes végétariennes. Et puis il était à peu près certain que personne ne le reconnaîtrait au Bœuf, dans un restaurant indien de Hinterdorf.

Blank était passé chercher Lucille chez elle. Lorsqu'il pressa la sonnette devant l'écriteau « L + P », une fenêtre s'ouvrit au troisième étage de l'immeuble décrépi, et Lucille cria :

— J'arrive !

Un instant plus tard, elle se tenait devant lui, vêtue d'un long manteau en fourrure synthétique vert pétrole tombant sur de grosses chaussures de marche. Il la conduisit à sa voiture. Elle s'installa confortablement sur le siège du passager. Sans commentaire, comme si c'était son habitude de se faire promener chaque jour dans des Jaguar noires.

Lorsqu'ils quittèrent la ville, elle demanda :

— Où allons-nous ?

— Au Bœuf, à Hinterdorf.

— Ça n'a pas l'air très végétarien.

— On verra.

Le restaurant n'était pas très achalandé. Comme il l'avait supposé, il ne trouva aucun visage connu parmi les clients. Cela valait mieux : en compagnie de Lucille, il ne serait pas passé inaperçu. Sous son manteau en synthétique, elle portait une combinaison bigarrée de différentes tenues asiatiques. Une brassière indienne serrée, dévoilant le nombril, sous une veste chinoise ouverte à col Mao. Le tout sur un sarong thaïlandais noué par des foulard en soie de différentes provenances ; l'ensemble formait un contraste intéressant avec ses lourdes chaussures.

Lucille se montra enthousiaste lorsqu'elle constata que Le Bœuf était un restaurant indien. Elle parlait quelques mots de hindi, presque plus que le serveur dont la langue maternelle était le marathi, et qui paraissait totalement déconcerté par le point rouge cerclé d'or que la jeune femme portait au front.

Urs Blank lui laissa le choix des plats. Elle commanda du chou-fleur avec de la sauce tomate à la coriandre, des aubergines à l'ail, des mungos avec de la noix de coco et des pommes de terre au curry. Le tout agrémenté de divers pickles et chutneys aux légumes. On leur servit à boire du thé froid au cumin d'Asie et à la menthe.

Blank avait trouvé en Lucille, pour la première fois de sa vie, un être qui posait des questions lorsqu'elle ne comprenait pas. Elle ne semblait jamais craindre d'être ridicule lorsqu'une chose, un mot ou une pensée lui étaient inconnus. Sa curiosité et sa soif de savoir étaient tellement désarmantes, leur différence d'âge était telle que Blank se surprit plusieurs fois à déraper pour un bref instant dans une attitude protectrice.

Blank n'avait encore jamais rencontré personne faisant aussi peu d'esbrouffe – et qui aurait aussi peu compris qu'on lui en fît.

Lorsqu'elle lui demanda, après le repas, ce qu'il avait fait de sa journée, il répondit :

— Ruiné un vieil homme.

Elle ne paraissait pas choquée :

— Et maintenant, ça te fait de la peine?

Urs réfléchit.

— Oui, d'une certaine manière.

— Eh bien tu n'as qu'à réparer.

Pour Lucille, l'affaire était réglée.

Plus tard, lorsqu'ils obliquèrent dans la rue où elle habitait, elle dit :

— On a de la chance, il y a une place.

Quelques heures plus tard, Urs Blank savait ce que lui rappellerait désormais le parfum de bâtonnets de bois de santal à brûler : la lumière tamisée par des foulards de soie sur le jeune corps d'une femme aux yeux bleus délavés. Le tintement de ses bracelets. Et un jeune chaton gris qui l'observait.

Évelyne Vogt se réveilla. Elle distingua une silhouette à la lueur de la lampe de chevet, réglée par un gradateur. C'était Urs. Il se tenait là, immobile, et l'observait. Évelyne fit mine de dormir.

Lorsqu'elle rouvrit les yeux, il avait de nouveau disparu.

— Urs ?

Pas de réponse. Elle alluma et se leva. Le séjour était plongé dans l'obscurité. L'horloge digitale de la chaîne hi-fi indiquait trois heures et demie.

Dans la cuisine, elle trouva une petite bouteille de Perrier vide, encore frappée. Elle ouvrit la porte de l'office. De la lumière filtrait dans l'entrebâillement de la porte donnant sur les locaux de service. Évelyne l'ouvrit. La porte de la chambre d'amis était ouverte. Les vêtements d'Urs étaient posés sur une chaise. La douche crépitait dans la salle de bains.

Une odeur inconnue flottait dans la pièce. Elle venait des vêtements d'Urs. Ambre ? Bois de santal ? Patchouli ?

On ferma le robinet de la douche. Évelyne quitta la pièce sans faire de bruit.

Jadis, la première fois que Pablo était revenu au petit matin en sentant un parfum inconnu, elle avait tout fait de travers. Elle l'avait soumis à un interrogatoire, forcé à s'empêtrer irrémédiablement dans le filet de ses mensonges. Lorsqu'il avait compris que sa situation était désespérée et avait fait mine de s'endormir, elle lui avait déversé sur la tête des verres à dents plein d'eau froide jusqu'à ce qu'il se lève, s'habille et s'en aille.

Pendant des semaines, ensuite, ce furent les nuits passées à discuter, les menaces de suicide, les réconciliations, les séparations et les retrouvailles. Elle ne savait pas combien de temps avait duré ce cauchemar. Mais lorsque ce fut fini, il ne restait plus rien de ce qu'ils avaient ressenti autrefois l'un pour l'autre.

Évelyne avait désormais trente-huit ans, et elle avait acquis une certaine expérience. Cette fois-ci, elle ne se comporterait pas comme une idiote.

Elle entendit les cloches de l'église sonner quatre, cinq, six et sept heures. Elle se leva et prit beaucoup de temps pour faire sa toilette. Comme si de rien n'était, elle entra dans la cuisine pour prendre le petit déjeuner commun. La table était vide, mis à part un verre d'oranges pressées de peu et un petit message : « J'ai dû sortir plus tôt. Bonne journée. U. »

3

La fusion entre *Charade* et *Elegantsa* dominait la une des quotidiens. La plupart des commentateurs s'accordaient pour lire dans le communiqué de presse un démenti anticipé à ceux qui interpréteraient la fusion comme une simple reprise de l'*Elegantsa*. Plusieurs journaux plaçaient au premier plan la personnalité du Dr Kurt Fluri. La presse bourgeoise soulignait les mérites du capitaine d'industrie et de l'officier de milice ; la presse de gauche s'interrogeait sur sa responsabilité dans la mort de l'*Elegantsa* comme entreprise indépendante. Mais tous les articles avaient un point commun : ils sonnaient comme des nécrologies.

Alfred Wenger ne s'intéressait pas aux informations économiques. Même lorsqu'elles faisaient la une. Il était plongé dans les pages culturelles du journal que lui avait apporté M. Foppa.

Urs Blank arriva avec une demi-heure de retard.

— Excuse-moi, dit-il en guise de salutations, et il déposa devant Wenger, sur la table, un paquet de bâtonnets d'encens.

— Qu'est-ce que c'est que ça ?

— Le motif de mon retard.

— Des bâtonnets d'encens ?

Écouter était le métier d'Alfred Wenger. Il mangeait en silence. Rarement, très rarement, il posait à Urs une question incidente. Moins par curiosité que pour lui donner l'occasion d'interrompre son monologue sur Lucille et d'avaler quelques bouchées de son émincé de veau zurichois, refroidi depuis longtemps.

Arrivé au café, il lui posa la question qui l'intéressait le plus :

— Et Évelyne ?

Blank leva les mains et les laissa retomber sur la table.

— Elle n'a pas dit un mot sur le sujet. Elle ne pose pas de questions, ne fait pas de remarques. Elle fait comme si rien ne se passait. Il est pourtant impossible qu'elle ne l'ait pas remarqué. Je ne me donne pas spécialement de mal pour le lui dissimuler. Au contraire, je préférerais qu'on en parle.

Wenger hocha la tête.

— C'est bien pour cela qu'elle l'ignore. Elle ferme les yeux et elle attend que ça passe. Je connais des femmes qui réagissent ainsi. Des hommes aussi.

— Comme si ça lui était égal.

— Si ça lui était égal, elle te ferait une scène. Elle ne le fait pas parce qu'elle sent que ce n'est pas elle qui tient les cartes.

— Il va tout de même bien falloir que nous les mettions sur la table à un moment ou à un autre. Ce jour-là, elle ne pourra plus se voiler la face. La seule chose qui passera, c'est ce qui nous lie, Évelyne et moi.

Lucille transforma si profondément la vie d'Urs Blank qu'il put tout d'un coup envisager d'accepter le mandat de Huwyler. Il débordait d'énergie ; la perspective de mener sa vie future entre un stand de marché aux puces et des groupes multinationaux était devenue un défi à relever. Il s'apprêtait à devenir un autre, et il avait hâte de voir comment cet autre Urs Blank se débrouillerait dans le cercle des *global players*.

Blank convia ses partenaires à une réunion d'associés extraordinaire et leur parla du mandat proposé par Huwyler. Il eut le sentiment qu'ils se réjouissaient moins d'apprendre la nouvelle que de l'avoir entendue de sa bouche.

Lorsqu'ils trinquèrent avec le champagne que Blank avait fait mettre au réfrigérateur pour l'occasion, M[e] von Berg lui chuchota :

— À Annette Weber.

Dès le début, Lucille insista pour lui rendre chacune de ses invitations. C'était pour elle une question de principe, sa manière de préserver son indépendance. Ils tombèrent d'accord pour s'inviter l'un l'autre dans un lieu de leur choix, correspondant à leurs possibilités respectives.

Blank découvrit ainsi des restaurants dont il ignorait jusqu'à l'existence. Les bouillons de l'Union des femmes protestantes, avec leur plat du jour à six francs suisses ; les cantines universitaires avec leur buffet de salade, où l'on pesait les assiettes à la caisse ; les self-service à bon marché des grands magasins qui baissaient encore leurs prix juste avant la fermeture ; les cuisines privées de grands appartements communautaires où chacun jetait son obole dans une boîte en carton peinte par les enfants ; les sombres bistrots de quartier transformés en point de rencontre des milieux alternatifs; des restaurants macrobiotiques sans licence.

Les beaux jours, et il y en eut quelques-uns pendant ce mois d'avril, Lucille l'invitait à manger des rouleaux de printemps sur un banc du parc, au bord du lac. Parfois aussi, elle faisait la cuisine, pour lui, pour Pat et pour Troll, le chaton gris.

Au début, Urs Blank emmena Lucille dans les restaurants discrets de son arrondissement. Il disposait en la personne de M^e^ von Berg d'un grand spécialiste des restaurants dans lequel on ne risquait pas d'être vu par des amis – et quand on l'était, ceux-ci ne tenaient pas non plus à ce qu'on les reconnaisse.

Mais plus Évelyne gardait le silence sur les escapades d'Urs – c'est ainsi qu'elle les qualifiait lorsqu'elle en parlait à Ruth Zopp –, plus il se montrait hardi dans le choix des restaurants. On voyait de plus en plus souvent Me Blank et sa jeune hippie au Thai Star, au Fujiyama, au Sahara ou dans un autre des restaurants exotiques les plus réputés de la ville.

Le Doré était le seul où il n'avait encore jamais emmené Lucille. Il le respectait, c'était le dernier secteur où Évelyne pouvait se sentir en sécurité.

Ruth Zopp portait aux oreilles des coquilles dorées de la taille d'une paume de main, qui limitaient sa liberté de mouvement et lui donnaient la prestance d'une reine. Elle avait invité Évelyne Vogt à dîner, ou plus exactement : elle lui avait ordonné de sortir de son trou et de la retrouver au Doré si elle tenait encore un peu à son amitié.

Les deux femmes étaient assises à la table d'alcôve, d'où elles avaient vue sur tout le restaurant. Évelyne semblait ne pas avoir beaucoup dormi au cours des nuits précédentes.

— Prends garde à ne pas prendre un coup de vieux, l'avertit Ruth Zopp.

— Comment ça, un coup de vieux ?

— On vieillit par paliers successifs. Pendant des années, on a la même allure. Et un matin, quand on se regarde dans le miroir, hop, on a pris plusieurs années d'un seul coup.

— Ces derniers temps, ça m'arrive tous les matins. Et tu sais quoi ? Je m'en balance.

Elles avaient toutes les deux commandé un menu qui n'était pas très féminin : des saucisses de veau accompagnées de pommes rissolées et d'une pression. Ruth Zopp mangeait avec un bel appétit. Évelyne soupçonnait parfois Ruth d'aller se fourrer le doigt dans le gosier après le repas, elle ne pouvait pas s'expliquer sa minceur autrement. Mais pour l'instant, Évelyne non plus n'avait pas de problème de taille. Elle avait perdu quatre kilos et devait se forcer à manger régulièrement. C'est à peine si elle avait touché sa saucisse.

— Cela fait combien de temps que tu tiens ? Que tu ignores ?

— Cinq semaines.

— Et alors, ça marche ?

Évelyne secoua la tête.

— Au contraire, confirma Ruth. Il se montre de plus en plus souvent avec la petite. Maja les a vus au Saigon, Susanne au Thai Star... et moi au Panza Verde.

— C'est comment, le Panza Verde ?

— Végétarien. Demande-moi ce que tu veux vraiment savoir.

— Elle est jolie?

— Quand on aime les jeunes hippies.

— Sois franche.

Ruth Zopp se décida à lui infliger la vérité.

— Elle est catastrophiquement jolie. Vingt-cinq ans au maximum, mince, cheveux noirs, teint halé, des yeux comme je n'en ai encore jamais vu chez une brune.

— Comment?

Ruth Zopp réfléchit.

— Bleuets, violettes, lait.

Évelyne se tut.

— Il est temps que tu te défendes.

— Qu'est-ce que tu veux que je fasse? Que je l'abatte?

— Fiche-le dehors.

— Je ne veux pas le perdre.

— C'est déjà fait.

Des larmes montèrent aux yeux d'Évelyne.

— Je voulais dire : tu as plus de chances de le perdre si tu ne le fiches pas dehors. Crois-en mon expérience.

— Et si je le perds tout de même?

— Tu auras au moins sauvé ton amour-propre.

Évelyne s'essuya précautionneusement les yeux avec sa serviette. Puis elle avala une gorgée de bière. Ruth Zopp fit signe au serveur d'en rapporter deux autres.

— Fiche-le dehors, Évelyne. C'est une question de dignité humaine.

Urs Blank sut ce qui s'annonçait dès qu'il rentra chez lui, à une heure du matin, et trouva Évelyne, blême et calme, sur le divan Le Corbusier noir, dans le séjour vivement éclairé.

— Je voudrais que tu déménages.

Ce furent ses premiers mots. Blank hocha la tête.

— Je comprends.

— Tu n'as rien d'autre à dire ?

— Que je suis navré.

— Ah.

— Ça n'a rien à voir avec toi.

— Je suppose que c'est plus fort que toi.

Il y avait une once de sarcasme dans sa voix.

— Si tu veux, j'essaie de te l'expliquer.

Évelyne prit une gorgée dans son verre. Elle était toujours à la bière.

— Te rappelles-tu ton vernissage, le jour où je suis rentré avec mes chaussures sales ?

— Et où tu as traité mes clients de connards ?

— Ce jour-là, j'avais négocié une fusion au Repos de la Forêt. J'ai soudain eu le sentiment d'avoir déjà vécu tout cela mille fois. Les mêmes têtes, les mêmes phrases, les mêmes situations, les mêmes contextes. Après la réunion, je suis rentré à pied, en traversant la forêt. Et j'ai compris, d'un seul coup : j'avais oublié qu'il existe un autre monde, si près de la ville. Avec d'autres lois, d'autres priorités, un monde qui n'a strictement rien à voir avec le nôtre.

Blank avala une gorgée de son eau minérale.

— Le soir, lors de ton inauguration, j'étais revenu dans notre univers. Cette promenade en forêt m'a ouvert les yeux sur d'autres univers. Mais aussi sur le nôtre, ce qui est plus grave. J'ai été obligé de l'admettre : il ne me suffit pas.

Blank était assez fier de son monologue. Il n'avait encore jamais résumé sa pensée avec autant de précision.

Évelyne sourit.

— Que tout cela est kitsch, Urs. Pourquoi ne peux-tu pas me dire, tout simplement, que tu es fou d'une jeune fille qui te prend pour un dieu ? (Elle vida son verre.) Fiche-moi la paix avec tes mondes. Tu vis dans le même qu'autrefois. La seule différence, c'est qu'aujourd'hui, tu as une petite amie dans la prime jeunesse. Comme n'importe quel bourgeois de quarante-cinq ans lorsqu'il en a les moyens.

Le lendemain, Blank prit une suite à l'Impérial. De la fenêtre du salon, il avait vue sur le petit parc de l'hôtel et sur le débarcadère où accostaient les navettes. L'hôtel était à moins de dix minutes du cabinet et du marché aux puces.

Il aimait bien cet hôtel. Le lobby agréable pour les conversations au calme, le remarquable restaurant pour les repas d'affaires discrets, les salles pour les conférences de presse stylées.

Geiger, von Berg, Minder & Blank logeaient à l'Impérial leurs clients internationaux, à un tarif spécial. Compte tenu de leurs bonnes relations commerciales et du fait que l'on se trouvait à la mi-saison, la direction concéda la suite à Blank pour un forfait mensuel de douze mille francs suisses seulement.

Blank ne s'était pas senti aussi libre depuis le dernier jour de ses classes. Il avait toujours apprécié ce cocktail d'anonymat et de sécurité qui caractérise les grands hôtels. Mais cette fois, l'expérience était neuve. Un étranger dans sa propre ville, chez soi parmi des étrangers.

L'Impérial était comme la forêt de la ville et le marché aux puces : un monde à part, au cœur du sien.

Seul un petit nombre de sièges étaient occupés dans le gigantesque lobby. Quelques clients attendaient des visiteurs, quelques visiteurs, des clients. Protégés par leurs fauteuils à oreilles, deux messieurs négociaient, dont on ne voyait que les coudes. Deux jeunes serveurs, debout près de l'accès au bar, gardaient l'œil sur les clients. Le seul véritable bruit était la voix d'une vieille Américaine qui, à intervalles brefs et réguliers, répétait à son jeune accompagnateur :

— *You tell me when they come – I can't see that far.*

Urs Blank était assis tout seul dans un groupe de six fauteuils et buvait un porto. Il avait décommandé tous ses rendez-vous et donné sa nouvelle adresse au cabinet, en recommandant d'en faire un usage confidentiel. Il avait rangé ses affaires dans la garde-robe. Il avait fini bien plus vite qu'il ne l'aurait cru.

Il lui restait encore une heure avant de retrouver Lucille au restaurant de l'hôtel. Il se réjouissait d'avance en pensant à sa surprise, après le repas, lorsqu'il lui ouvrirait la porte de sa suite. Jusqu'alors, ils avaient toujours passé leurs nuits dans la chambre de Lucille. Sur le matelas posé à même le sol, et sous le regard impénétrable de Troll.

De la musique lui parvenait du bar. Le pianiste de l'hôtel avait pris son service.

Un groom parcourut le lobby. Il portait au bout d'un bâton une ardoise où l'on avait écrit « Mr. Wellington ». De temps en temps, il faisait tinter une sonnette de vélo fixée à son manche.

— *Is it them?* cria la vieille Américaine.

Les deux messieurs installés dans les fauteuils à oreilles se levèrent. Blank les reconnut. Son associé, Me Geiger, et... Pius Ott.

Geiger l'avait vu, lui aussi. Il prit congé de Pius Ott et se dirigea vers Blank. Ott lui fit signe de loin et sortit.

— Tu attends quelqu'un ? demanda Geiger.

— Dans une demi-heure seulement, assieds-toi.

Geiger s'installa.

— Comment sont les chambres ?

— Correctes.

— Quand j'ai logé ici, jadis, elles sentaient un peu le moisi. Mais ça remonte à quinze ans.

— Tu as logé là, toi aussi ?

— Pour la même raison que toi.

Blank était étonné. Il n'aurait pas cru Geiger capable de traverser une crise conjugale. Sa femme était une créature sans âge ni sexe, à laquelle Berg, en aparté, donnait le surnom de « Marraine de guerre ».

— Qu'est-ce que tu as à faire avec Ott ?

— Il devient chaque jour plus difficile de ne rien avoir à faire avec Ott.

Geiger commanda un verre de Féchy. Ils se turent jusqu'à ce que le serveur le lui apporte.

— Il a d'ailleurs beaucoup d'estime pour toi, nota Geiger.

— Ça n'est pas réciproque. Tu as déjà été dans sa maison ?

Geiger avala une gorgée de vin.

— Oui, récemment. Épouvantable, non ?

— C'est le mot. Sais-tu pourquoi il déteste Fluri ?

— Une histoire entre militaires.

Il y eut de l'agitation : un couple entra dans le lobby avec trois enfants pour prendre la vieille Américaine et son accompagnateur. Lorsqu'ils furent sortis, Me Geiger raconta.

— Ott passait ses galons de lieutenant, Fluri était son commandant de compagnie. Lors d'un exercice de tir, un ouvrier forestier a été mortellement blessé dans la zone interdite. Ott était l'officier de tir. Ça a été la fin de sa carrière militaire.

— C'est pour cela qu'il déteste Fluri ?

— Il a soutenu que Fluri avait tiré avant la fermeture du secteur, en compagnie de quelques officiers supérieurs en inspection. Ce que Fluri a vivement contesté.

— Alors que c'était exact ?

Geiger haussa les épaules.

— En tout cas, Fluri a connu après l'événement une promotion fulgurante. Il a été le plus jeune colonel de l'armée.

— Ça remonte à quand ?

Geiger fit le décompte.

— Près de quarante ans.

— Ott est un homme patient.

— Une vertu de chasseur.

Pius Ott avait fait faire un détour à Igor. Pour rejoindre un stand de marchand de saucisses bien précis, dans le quartier chaud de la ville. Igor connaissait la procédure. Il arrêta la Cadillac sans couper le moteur et alla acheter une saucisse grillée avec de la moutarde, un petit pain et un gobelet en carton rempli de bière. Puis il roula jusqu'à un jardin public des environs, un lieu connu pour être fréquenté par les dealers. La première fois, Igor avait pensé qu'Ott cherchait une fille ou un jeune qui faisait le trottoir pour payer sa drogue, ou qu'il avait lui-même besoin d'une dose. Mais Ott restait assis sur la banquette de la voiture, mangeait sa saucisse, buvait sa bière et ne regardait même pas ce qui se passait dans le parc. Depuis, Igor estimait que son patron avait simplement envie, de temps en temps, d'aller manger une saucisse grillée près d'un endroit dangereux. Autrement, à quoi bon avoir un garde du corps ?

Ce jour-là, Ott apprécia particulièrement sa saucisse. Une conséquence de son entretien avec Geiger. Il avait été très instructif. Ott avait livré à l'avocat quelques informations confidentielles sur ce qui se passait dans les coulisses d'un grand *broker*, en échange de quelques précisions sur l'ampleur des dommages subis par Fluri lors de sa « campagne de Russie ». Dès le lendemain, il prendrait des mesures pour faire bouger un peu les choses.

Quelques têtes se retournèrent lorsque Lucille entra dans le restaurant de l'Imperial. Elle était maquillée comme une vestale et avait relevé sa chevelure en une tour nouée par un foulard de soie orange. Elle portait en outre l'une de ses périlleuses combinaisons de tenues nationales asiatiques.

Ils mangèrent les premières asperges vertes de la saison et des ravioli ricotta maison agrémentés de beurre à la sauge.

Après le repas, voyant qu'il ne se dirigeait pas vers la sortie, mais vers l'ascenseur, Lucille demanda :

— Où allons-nous ?

— Surprise.

Il la conduisit à sa suite, en traversant le bel étage. Il fallut qu'il fasse tourner la clef de la chambre dans la serrure pour qu'elle comprenne enfin.

— Tu as loué une chambre.

Elle n'avait pas l'air particulièrement réjouie.

Il lui fit visiter la suite, et elle se donna gentiment la peine de tout admirer : la grande baignoire de marbre, l'armoire praticable, le salon avec ses meubles de style, la table de travail avec fax, le téléphone avec ligne directe, la chambre à coucher avec le grand lit à la française.

Lorsqu'ils eurent fait le tour du propriétaire, il ouvrit le champagne qu'il avait fait monter.

— Tu as aussi de l'eau ? demanda Lucille.

Il alla chercher une bouteille d'eau minérale dans le réfrigérateur et lui raconta comment il était arrivé dans cette suite. Lucille l'écouta en silence. À la fin, elle dit :

— Elle a raison.

Blank ne comprit pas tout de suite.

— C'est vrai. Tu vis toujours dans le même monde, la seule différence, c'est que maintenant, tu as une petite amie d'âge tendre.

— Comme n'importe quel bourgeois qui arrive à quarante-cinq ans et qui peut se le permettre, compléta Blank.

— Je ne sais pas. Je ne connais pas de bourgeois.

— Maintenant, tu en connais un.

Lucille se leva.

— Allons-y.

— Où ça ?

— Chez moi.

— Je pensais que tu pourrais dormir ici.
— Pat dort en ville. Troll est seul.

Minuit était passé depuis longtemps lorsque Blank s'éveilla. Lucille n'était pas couchée à côté de lui. Il se leva et passa dans le couloir. Il entendit la voix de Lucille dans la cuisine. Il ouvrit la porte et l'y vit, assise. Devant elle, sur la table, Troll. Il n'y avait personne d'autre dans la pièce.

— Prrt mmmm wwwn prrt grrr, disait Lucille à Troll.

Le chaton la regardait, l'air grave et entendu.

Lucille remarqua Blank.

— Langue des chats, expliqua-t-elle. Elle lui tendit le joint à moitié fumé qu'elle tenait entre le pouce et l'index. C'est à cet instant seulement qu'il remarqua l'odeur.

— Non, merci, dit-il.

— Ça aussi, c'est pour connaître un autre monde.

— Je le connais déjà.

— Tu as entendu, Troll ? Il connaît déjà.

— C'est ma génération qui a inventé le joint.

— Eh bien assieds-toi et prends une taffe.

Blank s'assit, inspira profondément, conserva la fumée un moment dans ses poumons et la recracha en toussant. Lucille éclata de rire.

— L'inventeur de la marijuana.

— Ça remonte loin, dit Blank en rendant le joint à Lucille.

— Vous kiffiez beaucoup, à l'époque ?

— Certains d'entre nous, oui.

— Pas toi ?

— Pas tellement.

— Et les trips ? LSD ? Champignons ?

— Jamais.

Lucille le regarda, incrédule.

— Jamais ? Là, tu découvres vraiment un autre monde.

Sans doute sous l'influence de la marijuana, Blank répondit :

— Il n'est jamais trop tard.

4

Derrière chaque colline s'ouvrait un nouveau petit val. Des fermes soignées entourées de cerisiers en fleurs, des prairies printanières tachetées, serties de bois de feuillus vert tendre, une ligne médiane blanche comme neige sur une route de campagne sinueuse. Et au-dessus de tout cela, un ciel de livre d'images où s'égaraient cinq petits moutons nuageux.

Ils roulaient fenêtre ouverte, musique à plein volume. Pink Floyd, *Dark Side of the Moon.* Lucille avait apporté la cassette.

— La meilleure musique de trip du monde, avait-elle affirmé.

— Les Pink Floyd aussi sont de ma génération, avait commenté Blank.

Ils étaient en route pour un « week-end méditatif », comme l'appelait Lucille. Après les propos irréfléchis qu'il avait tenus sous l'effet du joint, elle avait tenu à ce que son horizon s'élargisse aussi dans cette direction-là.

Lucille le guidait. Il ne connaissait pas le but de leur promenade. Elle lui avait simplement dit qu'ils passeraient une nuit sous la tente et qu'il devait s'équiper en conséquence. Il était allé prendre conseil dans une boutique de camping, et en était sorti muni d'un paquetage complet : sac de couchage, *daypack* avec couverture de survie, porte-documents imperméable, sac à linge, trousse de premier secours, doudoune, sous-vêtements en Gortex, et une facture d'un peu plus de trois mille francs suisses. Lorsqu'il fourra le sac de couchage de Lucille et la poche où elle avait fourré quelques vêtements chauds à côté de son propre matériel, il fut heureux qu'elle soit déjà assise dans la voiture.

Lucille dirigea Blank dans un chemin de campagne qui le mena, après quelques lacets, dans une forêt, puis, en haut, vers une clairière en marge de laquelle se dressait une petite ferme. Quelques voitures étaient garées devant.

Lorsque Blank rangea sa voiture, un bouvier court sur pattes accourut en aboyant.

— Couché, Brahma ! cria l'homme qui venait d'apparaître au seuil de la porte d'entrée. Il avait la soixantaine, il était maigre, sa chevelure grise lui descendait aux épaules et il portait un gilet indien à miroirs incrustés sur une chemise de vacher bleue et sans col. Lucille le salua comme une vieille connaissance.

— Joe, voici Urs.

Joe attrapa la main de Blank et le regarda dans les yeux, profondément.

— *Ciao*, Urs, dit-il d'un air important.

Urs Blank était habillé confortablement, à l'aune de ce qu'il portait d'habitude. Il s'était fait tailler sur mesure, cinq ans plus tôt, son pantalon en velours côtelé brun caramel. Il s'était jeté sur les épaules un vieux pull-over châtaigne, et avait laissé ouvert le dernier bouton de sa chemise en flanelle tendre brodée du monogramme U.P.B. (Il ne portait que dans son monogramme l'initiale de son deuxième prénom, Peter.) Il avait renoncé à la cravate.

Le sentiment d'être un peu trop bien habillé s'empara tout de même de lui lorsque Joe les conduisit dans la pièce paysanne au plafond bas où les attendaient Susi, Benny, Pia et Edwin.

Susi devait avoir vingt-cinq ans, elle était enseignante en collège ; Benny en avait vingt, tout au plus, et gagnait sa vie comme musicien des rues ; Pia semblait avoir la cinquantaine, elle était femme au foyer ; Edwin, son époux, travaillait dans une banque.

À la manière dont il joua, dans sa présentation, avec l'hétérogénéité du petit groupe, Blank conclut que Joe y tenait particulièrement. Il mentionna avec la même indifférence appuyée le *background* de Blank – « un avocat d'affaires de premier plan, ou quelque chose comme ça ».

Urs Blank s'était préparé à une expérience méditative. Les allusions de Lucille, son ordre de ne rien absorber d'autre, la veille, qu'un bouillon de légumes léger, allaient eux aussi dans ce sens. Mais lorsque Joe expliqua les règles « pour ceux qui viennent pour la première fois », il comprit qu'il était tombé dans un cercle de consommateurs de champignons.

— Le rituel que nous allons suivre est aussi vieux que l'humanité elle-même. On a retrouvé des représentations d'hommes à tête de champignon sur des dessins rupestres au Sahara, les chamans de Sibérie utilisaient les champignons pour éclairer le chemin vers le monde intellectuel, les Aztèques, avec leurs champignons hallucinogènes, se mettaient dans un état qu'ils qualifiaient de rêve fleuri. Un apostat jésuite nommé John Allegro est même allé jusqu'à affirmer que l'origine du christianisme était un culte de l'amanite tue-mouches.

Joe parlait comme un guide de voyage, il aurait pu débiter son texte en dormant.

— Comme tout ce qui ferait un peu avancer l'humanité, la consommation de champignons contenant de la psilocybine et de la psilosine est naturellement interdite chez nous. Je dois donc vous demander une promesse : ne dites à personne qui a organisé ce rituel et d'où proviennent les champignons.

Il attendit pour reprendre que tous les membres de la ronde aient hoché la tête avec zèle.

— Vous vous en tiendrez à mes instructions, vous ne quitterez le groupe qu'en cas d'urgence, vous agirez à vos risques et périls.

Il se le fit aussi confirmer d'un hochement de tête par chaque personne présente. Urs Blank se demanda ce qu'il venait faire là-dedans.

Il se posa la même question en suivant à travers la forêt Joe et le petit groupe de promeneurs pleins d'entrain. Il n'avait rien à voir avec ces gens. Même Lucille, qui remonta le sentier forestier abrupt en bavardant, le souffle court, lui faisait l'effet d'une inconnue.

Ils atteignirent une clairière qui jouxtait une paroi rocheuse abrupte. En haut, une chute d'eau dévalait l'avancée rocheuse et tombait dans un bassin. Un torrent y prenait naissance, qui traversait la clairière. Au centre de celle-ci, on avait monté un grand tipi d'où s'élevait un mince filet de fumée. Un peu plus près de la cascade se trouvait un appentis en planches de bois brut, dont l'entrée était recouverte par une couverture de laine.

— Shiva ! appela Joe.

De la tente sortit une fille aux cheveux blond clair. Elle portait une robe en peau de chamois à longues franges, comme une squaw. Lorsqu'ils s'approchèrent, Blank vit qu'il s'agissait d'une vieille femme.

— Shiva, dit Joe. Notre guide.

Elle salua Blank de cette poignée de main significative que lui avait déjà donnée Joe.

Au milieu du tipi brûlait un feu contenu par un cercle de pierres grosses comme le poing. Ils s'assirent autour. Shiva leur donna les dernières instructions sur le ton d'une dame catéchiste. Elle prononça des phrases comme : « Tentez tous de mettre en sommeil l'instance interne qui critique et qui juge, de vivre ce processus sans vouloir le soumettre trop tôt à l'analyse. »

Blank éprouva immédiatement de l'antipathie pour Shiva. Il fut heureux d'entendre Joe lui demander de l'aider à transporter les pierres brûlantes de l'âtre jusqu'à la cabane en bois. Joe les jeta avec un tisonnier dans un vieux seau à charbon, Urs porta le récipient dans la cabane et le déversa dans le trou creusé en son milieu.

Le début du rituel dépassait ses pires craintes. Il venait de renverser le dernier chargement de pierre et sortait de la cabane avec le seau à charbon vide lorsque le groupe vint à sa rencontre. Ils étaient tous nus.

Urs Blank n'était pas prude. S'il évitait les saunas publics et les plages naturistes, c'était pour des motifs esthétiques. Non pas pour épargner sa vue à autrui, mais pour s'épargner celle des autres. Il n'était certes plus aussi athlétique qu'autrefois, mais ses proportions étaient toujours correctes. Dans cette assemblée, la seule personne dont on pouvait vraiment en dire autant était Lucille, avec laquelle il aurait préféré être seul, en cet instant plus que jamais.

Il passa dans le tipi, se déshabilla en jurant à voix basse et arriva dans l'étuve avec une serviette éponge qu'il portait autour de la taille comme si de rien n'était.

Shiva donnait l'impression de se promener toute nue la plupart du temps. Sa peau ressemblait au cuir de chamois qui la recouvrait un instant plus tôt. Elle avait le pubis rasé en forme de cœur – Blank ne parvint pas à ne pas le voir.

Nu, Joe paraissait encore plus maigre qu'habillé. Sous une touffe de poils gris, beaucoup plus denses que sa chevelure, pendait un pénis fané.

Outre son goût pour les champignons hallucinogènes, Susi, l'enseignante, possédait encore un autre secret : un tatouage du kamasutra tellement maladroit qu'il en devenait pornographique, le tout sur la région des reins; sans doute le cachait-elle à ses élèves sous un maillot de bain une pièce pour le cours de natation.

Benny était un jeune homme trop mince; il avait le premier nombril masculin orné d'un piercing qu'ait jamais rencontré Blank.

Par chance, Pia et Edwin étaient si gros que leurs parties intimes disparaissaient dans les plis de leur peau.

Joe versa de l'eau sur les pierres brûlantes. Blank tenta d'oublier les corps qui se mirent aussitôt à suer, en observant les petits seins pointus de Lucille. Un bref regard de contrôle à la ronde lui confirma qu'il n'était pas le seul.

Entre deux déversements d'eau, Joe brûlait de la menthe, de l'origan, du romarin et du chanvre.

Blank se détendait. Lorsqu'au bout d'une demi-heure, ils plongèrent dans l'eau glacée du bassin naturel creusé sous la chute d'eau, il ne se souciait déjà plus d'avoir oublié sa serviette éponge dans la cabane.

Il se sentait frais et propre lorsqu'ils revinrent dans le tipi chauffé et se rhabillèrent. Il s'assit à côté de Lucille sur le sac de couchage et tenta, obéissant, de *mettre en sommeil l'instance interne qui critique et qui juge.* Cela se révéla plus nécessaire que jamais.

Shiva était installée derrière un petit autel orné de bougies allumées, d'un champignon de bronze, d'un brûleur à encens semblable à ceux de Lucille, d'une assiette contenant diverses herbes et résine, et d'un plateau couvert d'un tissu blanc.

Shiva murmura quelques formules et ôta le morceau de drap. Elle souleva le plateau bien au-dessus de sa tête, ferma les yeux, resta un instant immobile dans cette position, puis le remit à Joe. Il inspecta le plateau et le fit passer.

Urs Blank allait souvent tenter, à l'avenir, de se rappeler ce qu'il avait vu sur ce plateau. Pour lui, c'étaient des morceaux de plantes séchées. Des écorces, des légumes, des fruits ou encore – il en avait au moins l'impression – des champignons. Ils n'avaient ni forme, ni couleur, ni structure permettant d'identifier une plante en particulier. Ils ne se distinguaient les uns des autres – dans son souvenir – que par la taille.

Il tendit le plateau à Lucille. Elle examina son contenu, lui fit un clin d'œil et se lécha les babines.

— Trois petits champignons secs contiennent à peu près un gramme de psilocybine, expliqua Shiva. Il en faut plus ou moins, selon son poids. (Elle lança un regard entendu à Pia et Edwin.) Moi, par exemple, j'en prends quatre.

Elle remplit un verre d'eau et y versa trois cachets. L'eau se mit à écumer, couleur orange.

— Vitamine C pure. Ça masque le goût et ça renforce l'effet.

Elle prit sur le plateau quatre morceaux brun noir, les mit dans la bouche et commença à mâcher.

— Mâchez tant que vous le supportez.

Elle ferma les yeux et mâcha.

— Comme une chèvre, chuchota Blank à Lucille. Elle posa le doigt sur les lèvres.

Shiva mâchait, bras écartés, comme s'il s'agissait d'un périlleux numéro de funambule. Enfin, lorsque les premiers signes d'impatience devinrent perceptibles dans le tipi, elle attrapa le verre et but d'un trait. À partir de cet instant, les champignons furent accessibles à tous.

— Combien en prends-tu ? chuchota Blank.

— Quatre.

— Alors j'en prends quatre, moi aussi.

— Tu pèses vingt kilos de plus que moi, prends-en six.

— C'est comment ?

— Comme du LSD, mais plus beau. Plus organique.

— Et le LSD, c'est comment ?

Lucille éclata de rire.

— Comme un joint qui ouvre au lieu de fermer.

Blank choisit six champignons. Trois moyens, deux petits. Sous un des moyens, il aperçut un chapeau minuscule. Il en fit son sixième. Lucille l'avait observé.

— Peureux !

Elle en prit quatre moyens et les fourra dans sa bouche. Puis elle commença à mâcher.

La chose avait le goût de vieilles chaussettes. D'abord sèches, puis humides. La consistance aussi était analogue. Après en avoir mâché pendant un moment, Blank comprit pourquoi Shiva en avait fait une épreuve de courage. Plus la masse devenait liquide, plus elle exhalait de substances amères.

Lucille le poussa du coude. Elle avait commencé à compter jusqu'à dix avec les doigts, en faisant la grimace. Blank compta avec elle. À dix, ils prirent leur limonade vitaminée et se rincèrent la bouche.

— Quelle infection ! dit Blank.

Blank ressentit un premier effet : le tambour ne lui tapait plus sur les nerfs. Benny avait commencé à jouer sur de petits bongos. Au début, Blank se serait volontiers levé pour s'en aller. Mais à présent, au bout d'un quart d'heure, cela ne le dérangeait plus. Pour être sincère, cela commençait à lui plaire. Même lorsque Lucille et quelques autres firent irruption dans le tipi avec des clochettes, des maracas, des tambourins et d'autres instruments de percussion, il jugea que tout allait pour le mieux.

Deuxième effet : il sentit qu'il jouait lui aussi. Il se retrouva tout d'un coup avec un tambourin dans la main, et accompagnait la *jam session*, de plus en plus sûr de lui.

Il remarqua tout d'un coup que c'était lui qui donnait la mesure. Ils écoutaient tous ses signes, accéléraient lorsqu'il accélérait, traînaient lorsqu'il traînait. Il donnait les attaques, corrigeait, les faisait revenir en arrière. Il était devenu l'autorité naturelle, reconnue de tous.

Lui, Urs Blank, danseur très médiocre, apprenti pianiste dénué de talent, chanteur de fausses notes, était tout d'un coup devenu le rythme incarné. D'un seul coup, il comprit la musique, toute la musique, dans son essence la plus profonde. Il ressentait le son de l'univers, le focalisait et le déployait en un opus définitif : une fois celui-là créé, aucune autre musique ne serait plus possible.

Joe avait si souvent ingéré des champignons qu'il lui était à chaque fois plus difficile de partir dans le trip. Seules ses décennies d'expérience avec les drogues hallucinogènes lui permettaient à chaque fois de se catapulter sur orbite en faisant appel à quelques trucs et à ses souvenirs de voyages hallucinatoires. Mais il fallait de l'harmonie. Et cette fois, rien n'était harmonieux.

L'avocat que Lucille avait amené avec elle, pour quelque raison que ce soit, tirait tout à lui. À son arrivée, il lui avait paru courtois et retenu. Presque timide. C'était le seul à être entré au sauna avec une serviette éponge devant le ventre.

Mais dix minutes à peine après avoir avalé ses champignons, il se mit à menacer son entourage. Il prit un tambourin, contraignit aussitôt le groupe à suivre son rythme et menaça tous ceux qui ne se pliaient pas à sa volonté. Joe ne pouvait pas se concentrer. À chaque fois qu'il avait réussi à attraper un coin du tapis volant, il était renvoyé au sol par les mauvaises *vibes* de cet homme.

Lucille était morte de rire. Urs était métamorphosé. Quel numéro il faisait avec son tambourin ! Elle n'aurait jamais cru qu'un homme puisse avoir aussi peu le sens du rythme. Il faisait le tour du tipi, accroupi, et pas une seule de ses mesures ne tombait juste. Mais il se prenait manifestement pour un génie du rythme. Il corrigeait les autres, ceux qui n'adoptaient pas immédiatement le même tempo bancal que lui. Il leur brandissait son tambourin sous le nez et tapait sur la peau de l'instrument jusqu'à ce qu'eux aussi aient perdu le rythme.

Elle riait à en avoir mal au ventre.

Edwin ne sentait strictement rien. Contrairement à Pia, qui n'arrêtait pas de désigner son crâne chauve en gloussant :

— Le fer-de-lance ! le fer-de-lance !

C'était le nom des champignons psychédéliques qu'ils avaient mangés. Très drôle. Mais il ne sentait rien. Mis à part une irritation croissante, provoquée par l'attitude de Pia. Et une certaine haine pour cet avocat et son tambour terroriste.

Le nom d'Urs Blank ne lui était pas inconnu. Il avait trempé dans la fusion de sa banque, opération qui lui vaudrait de partir en préretraite d'ici un an. Il n'en avait rien laissé paraître, et s'était efforcé de considérer Blank sans préjugés, comme tous les autres participants au rituel. Au début, cela avait fonctionné. Le bonhomme lui avait paru tout à fait normal et aimable. Après tout, s'était dit Edwin, ce n'est pas lui qui a inventé cette fusion, il n'a fait que son boulot, il n'y peut rien.

Mais à présent, en voyant Blank se donner en spectacle comme s'il était l'inventeur du tambourin, il révisa son opinion. Ses préjugés étaient fondés. Blank était bien le connard infatué pour lequel il l'avait tenu depuis le début.

Le sol vacilla. Blank dut se rasseoir. Le sol bascula de l'autre côté. Blank posa son tambour et se retint au sol. Il regardait fixement le sommet du tipi, là où les barres de la tente se rejoignaient et laissaient transparaître un morceau de ciel bleu.

Le ciel bascula vers l'arrière. Blank ferma les yeux, mais il voyait toujours le morceau de ciel bleu. Il repartait en arrière, comme un balancier de pendule. Il ouvrit les yeux. Pas de différence. Le pendule bleu commença à tourner. Le cerceau se resserrait constamment, il tournait, de plus en plus furieux. Le tipi était un cerceau qui tournait comme un train de la mort dont on aurait perdu le contrôle, à la fête foraine. La pesanteur le pressa contre la paroi du tipi. Et le roulement du tambour continuait, enflait, diminuait, enflait. « Stop ! » voulut-il crier. Mais aucun bruit ne sortit de sa bouche. Le carrousel tournait, tournait, tournait.

Il s'arrêta d'un seul coup. Tous, dans la tente, s'étaient figés, transformés en statues. Il voulut sortir, mais il ne put se déplacer. Il était paralysé. Le seul sentiment en lui était une insurmontable nausée. Il s'étrangla. Et soudain, il se retrouva en plein air. Il vomit. L'herbe se referma au-dessus de lui, la prairie l'avala.

Blank s'arrêta net, le bras levé pour frapper son tambour. Il resta un moment dans un silence absolu, puis il se mit à tituber. Comme une statue de Lénine après la chute du Mur, se dit Lucille. Cette idée était si comique qu'elle se sentit forcée de lui en faire part.

— Comme une statue de Lénine après la chute du Mur, dit-elle en désignant Urs, qui vacillait. Tous se mirent à rire.

Urs se précipita et s'agrippa à son sac de couchage, les yeux écarquillés. Il rampa contre la paroi du tipi et se replia en position fœtale. Il roula sur le ventre, les quatre membres raides. Les premiers signes de nausée apparaissaient.

Edwin observait avec intérêt l'affolement de Blank. Il avait déjà vu cela dans d'autres ateliers où Pia l'avait traîné. Elle pensait que cela l'aiderait contre les dépressions dont il souffrait depuis la fusion. Mais il y avait toujours quelqu'un dans le groupe pour tout accaparer.

Lorsque Blank commença à être pris de haut-le-cœur, Edwin se leva. Il n'aurait plus manqué que l'avocat asperge toute la tente.

Joe venait juste d'atteindre la plate-forme donnant sur le nirvana lorsque la crise commença. Il ouvrit les yeux et vit Blank couché sur le dos. Il allait vomir d'un instant à l'autre.

Il se redressa et marcha vers lui. Par chance, Edwin tenait lui aussi sur ses jambes. Les deux hommes avaient eu la même idée. Ils attrapèrent Blank sous les aisselles et le traînèrent à l'extérieur. Ils le laissèrent couché sur le pré, à bonne distance du tipi. Lorsqu'ils revinrent, des rires et des applaudissements les accueillirent.

Blank se trouvait à l'intérieur de la prairie. Il y faisait clair comme dans un soleil. La lumière lui transperçait les paupières et se transformait en parcelles d'images qui explosaient en couleurs vives. Il était un récipient de verre qui changeait de couleur à chaque explosion. Jaune comme un citron-de-Provence déployant ses ailes, rouge comme du sirop de mûres, vert comme une glace à la pistache.

Lucille tenta de se rappeler où était passé Urs. À chaque fois qu'elle pensait à lui, elle ne pouvait s'empêcher de rire. Elle ne savait pas pourquoi, mais c'est à lui que ça tenait. Quand elle ne pensait pas à lui, elle était très sérieuse. Mais dès qu'elle pensait à lui, elle se tordait de nouveau. Elle pouvait allumer ou éteindre le phénomène comme elle voulait. Elle ignorait depuis combien de temps elle le faisait. Une heure, certainement. Ou deux jours.

L'idée lui vint alors qu'elle n'avait certainement pas vu Urs depuis une semaine. Elle fut alors reprise par l'hilarité. Elle se leva, attrapa le tambourin et quitta le tipi. Est-ce qu'il y avait toujours eu une prairie à cet endroit-là ?

Lorsqu'elle eut fait quelque pas, elle trébucha sur un obstacle. C'était Urs. Il était couché au soleil, bras écartés, yeux fermés. Elle ne put réprimer un effroyable rire.

— Chut, dit-il. Tu chasses les gnomes de la prairie.

Elle rit encore plus fort.

— Les gnomes de la prairie ? Les gnomes de la prairie ? répéta-t-elle en riant et en battant la mesure sur le tambourin.

C'est à ce moment-là qu'il la frappa au visage.

La prairie avait recraché Blank. Il était de nouveau couché sur l'herbe. Mais il ne pouvait toujours pas se déplacer. Il était fixé au sol, comme Gulliver, par mille petites cordes. L'œuvre des gnomes de la prairie, de petites créatures couvertes de crin, d'un vert lumineux, des ventouses au bout des pattes.

Il allait entrer en communication avec eux d'un instant à l'autre lorsque quelqu'un trébucha sur lui, se mit à rire fort et à faire du bruit. Les gnomes de la prairie s'éparpillèrent dans tous les sens.

Le bruit ne cessa qu'au moment où il s'arracha aux petits piquets, et frappa dans la direction du rire.

Il se leva et suivit la voix qui l'appelait.

Lorsque Lucille rentra dans le tipi, elle saignait du nez. Le spectacle était si drôle que Susi éclata bruyamment de rire.

Lorsque les autres virent pourquoi elle riait, ils l'imitèrent. Ils rirent, ils rirent jusqu'à ce que Lucille soit forcée de rire, elle aussi.

Seul le gros Edwin ne riait pas. Il se leva et poussa Shiva.

— Je pensais que vous étiez la guide. L'un des touristes s'est égaré, écoutez donc!

Au mot « guide », tous se mirent à rire encore plus fort. Alors, le gros Edwin cria : « Silence! »

Tous obéirent.

On entendit alors, à l'extérieur, le tambourin qui s'éloignait lentement.

— Aucun rythme dans le cul, murmura Benny, le musicien des rues.

Et ils se remirent tous à rire.

Dans la forêt, la houle était forte. Vague après vague, l'humus roulait vers Blank. Mais elles ne lui faisaient pas perdre l'équilibre. Il ne le perdit pas non plus lorsque les couleurs changèrent. Une vague vert néon suivit une jaune phosporescent, une bleu saphir, une rouge carmin. Et les arbres dansaient comme des bouées sur la mer démontée. Blank ne les laissa pas lui faire perdre le rythme. « Tchirrrtamtam, tchirrrtamtam », faisait son tambourin.

Les vagues moussues reprirent son rythme, les sapins et les épicéas se balançaient avec lui. Et changeaient de forme. Ils rapetissaient, s'amincissaient, devenaient anguleux puis ronds, s'aplatissaient avant de retrouver leurs trois dimensions. Comme ils voulaient. Non. Comme Urs le voulait. Il les forçait à prendre la forme qu'il leur assignait. Et la couleur. Ils se courbaient en rose, enflaient en outremer. Ils se transformaient en crapauds-lézards, en lièvres-chevreuils, en limaces-hirondelles et en chamois-renards.

Blank avait soumis la forêt à sa volonté.

Dans le tipi, on entendait *Dark Side of the Moon*. Lucille n'écoutait pas seulement David Gilmour : elle le voyait. Elle lui parlait. Il se déplaçait comme un fluide.

Elle se rappela Urs Blank, et son manque de sens du rythme. Mais cette fois, au lieu d'un accès de rire, elle sentit une profonde tristesse s'emparer d'elle. Elle fondit en larmes.

— Urs, bredouillait-elle entre deux sanglots, Urs...

Quelqu'un rampa près d'elle et posa le bras autour d'elle. Une main se fraya timidement un chemin dans l'échancrure de son corsage.

Edwin ne ressentait qu'un seul effet : ça lui était égal, il n'éprouvait aucune sensation. Tous les autres étaient partis. Pia souriait, l'air béat, les yeux fermés, et répétait tout le temps : « Regarde. » La vieille Shiva caressait le jeune Benny. Susi gloussait. Joe se perdait dans la musique psychédélique. Fort heureusement, l'avocat avait disparu. La jolie Lucille se mit à pleurer.

Edwin rampa auprès d'elle.

Urs Blank était assis sur un trône tendre et vert. Assemblée autour de lui, l'humanité. Révocable. Chaque personne de sa connaissance, homme ou femme, prenait forme. Et la forme qu'il voulait.

Un battement de paupière, et le Dr Fluri arriva en grognant, transformé en cochon. Un souffle, et Halter + Hafner se tenaient devant lui, un tas de gélatine tremblante. Il transforma Anton Huwyler en babouin, Ruth Zopp en chèvre, Christoph Gerber en mucus, Niklaus Halter en une boule de pâte. Il essaya avec des plantes : de la mousse pour son associé, Me Geiger, de la fougère pour Évelyne Vogt, du sapin pour Alfred Wenger. Et il s'essaya aussi avec des choses : Hans-Rudolf Nauer devint de la terre, Pius Ott de la pierre, Lucille de l'air brûlant qui scintillait au-dessus des routes goudronnées et inondées de soleil.

Ils pleurnichaient, ils craignaient pour leur vie. Il les élimina tous. Sans compassion et sans plaisir. Sans la moindre émotion.

Urs Blank était entré dans une nouvelle dimension. Tout lui était devenu clair, d'un seul coup. Il avait acquis l'ultime connaissance.

Tout ce qu'il avait fait, pensé, appris et ressenti jusqu'ici reposait sur une unique et gigantesque erreur. Bien, mal, faux, juste, beau, laid, je, tu, mon, ton : autant de barreaux sur une échelle qui négligeait la grande et dernière vérité : il n'y a pas de grandeurs relatives. Parce que rien n'existe. Il n'existe qu'une seule réalité : Urs Blank.

Cette découverte était tellement subjuguante et pourtant si simple. Il avait peine à croire qu'il lui ait fallu si longtemps pour y parvenir.

5

Lucille s'éveilla parce que quelqu'un la secouait brutalement. Elle ouvrit les yeux et vit le grand visage de Pia au-dessus d'elle.

— Maintenant, ça suffit, feulait-elle.

Lucille était interloquée. Elle comprit seulement à l'instant où elle sentit sa main sur son sein gauche, et où elle vit le gros homme couché à côté d'elle. Elle attrapa le bras ramolli et le laissa tomber à côté d'elle comme une serpillière essorée. Edwin continuait à ronfler.

— Il y a des gens qui ne manquent jamais une occasion, rouspéta Pia. C'est à Lucille qu'était adressé ce reproche. Elle ne put s'empêcher de rire.

Le rire lui rappela Blank. Elle inspecta le tipi. Il ne s'y trouvait pas. Elle sortit. Joe et Susi fumaient un joint, assis dans l'herbe.

— Avez-vous vu Urs ?

— Je crois qu'il est sorti, à un moment ou à un autre.

Lucille s'en souvint.

— Quand était-ce ?

— Il y a un bout de temps, dit Joe en regardant

vers la forêt, qui projetait déjà peu à peu son ombre rampante sur la prairie.

— Il ne peut pas être loin, répétait Joe sans arrêt. Lucille était parvenue à convaincre le groupe au grand complet de se mettre à la recherche d'Urs. Joe avait commencé par rappeler que chacun agissait à ses risques et périls. Mais lorsque Lucille avait menacé de porter plainte contre chacun d'entre eux s'il arrivait quelque chose à Urs, ils l'avaient suivie, à contrecœur.

Lorsque le soir était tombé, ils s'étaient séparés en trois groupes pour mener les recherches : autant que de lampes de poche en leur possession. La consigne, pour chacune de ces patrouilles, était de garder constamment à portée de vue le faisceau lumineux d'un autre groupe, et de le rejoindre au premier signe annonçant que les piles faiblissaient.

Dix minutes plus tôt, la troupe d'Edwin avait rejoint Joe et Lucille. Leur lampe n'émettait plus qu'une faible lueur. Edwin et Pia haletaient tous les deux, maudissant Joe, Shiva et toute l'organisation.

Joe et Lucille ne disaient plus grand-chose. Ils tentaient de garder le contact oculaire avec le cône lumineux qui dansait entre les troncs, cent mètres plus loin. De temps en temps, ils entendaient Benny ou Shiva crier le prénom d'Urs.

Les appels cessèrent. Le faisceau de lumière se dirigea vers eux. Lucille courut à leur rencontre.

— Vous l'avez ? demanda-t-elle lorsque Benny et Shiva l'eurent rejointe.

— Les piles sont à plat.

Le petit groupe suivit Joe en direction de la clairière.

— Il y est certainement depuis longtemps, et il se demande où nous sommes passés, supposa Joe.

Lucille était fermement décidée à prévenir la police si Joe se trompait.

Le tipi se dressait comme un entonnoir renversé au milieu de la clairière, à la pâle clarté de cette nuit de mai. On ne distinguait pas la moindre lumière. Lucille prit la lampe de poche de Joe et partit en courant.

Elle éclaira chaque sac de couchage, souleva toutes les couvertures. Aucune trace de Blank.

— Pas ici, dit-elle à voix basse lorsque les autres arrivèrent.

Soudain, un bruissement brisa le silence consterné. Comme le gémissement d'un animal nocturne. Il venait du sauna. Lucille y courut et écarta la couverture devant l'entrée.

À la lueur blafarde et déclinante de la lampe de poche, elle vit Blank accroupi sur le sol. Son visage, ses mains, ses chaussures, ses vêtements étaient recouverts d'une croûte de terre. Il pleurait comme un petit garçon.

Urs Blank ne put se rappeler comment il était revenu à la clairière. Lorsqu'il reprit conscience, il était assis sur un moignon d'arbre, adossé à un bloc erratique noir et humide. Le sous-bois formait devant lui un demi-cercle respectueux. Plus loin vers l'arrière, dans la pénombre qui s'installait, quelques jeunes sapins et épicéas ouvraient la voie vers cet hémicycle.

Blank se sentait lourd. Mais il avait suffisamment retrouvé ses esprits pour savoir qu'il ne pouvait rester ici. Il se rappelait qu'il s'était levé, il se souvenait encore du coteau boueux qu'il avait dévalé à plusieurs reprises.

Et puis, d'un seul coup, il s'était retrouvé dans l'étuve. Les avatars de la nature et de l'humanité qu'il avait commandées revinrent encore une fois défiler devant lui. Mais cette fois, il ne pouvait plus s'agir d'hallucinations. Il savait qui il était, où il était, et tout ce qu'il revoyait devant lui avait autant de relief et de réalité que le monde lui-même.

Il comprenait tout, d'une manière encore plus claire et plus incontestable que la première fois.

Et cette fois encore, il élimina toutes ces créatures avec l'impassibilité dont il avait déjà fait preuve lorsqu'il avait fait apparaître et métamorphosé ces phénomènes. Lorsqu'il en eut fini, lorsqu'il fut l'ultime réalité restante, il fut assailli par un sentiment de solitude qu'il n'avait encore jamais éprouvé.

Lorsque Lucille le trouva, en larmes, dans la cabane, rien ne put le consoler. Comment une personne qu'il était capable de faire naître et disparaître d'un seul battement de paupière aurait-elle pu le consoler ?

Lucille se faisait du souci pour Urs. Il était apathique, il faisait comme si elle n'existait pas. Il se laissa laver sans résistance, désinfecter les égratignures qu'il portait au visage, aux bras et aux mains, et passer le jogging qu'elle avait trouvé dans son *daypack*. Il se glissa, obéissant, dans son sac de couchage, et sombra peu après dans un profond sommeil.

Elle espérait qu'à son réveil, il serait redevenu l'Urs qu'elle avait connu. Celui qu'elle avait devant elle lui était devenu étranger. Et il l'inquiétait.

Joe et Shiva, les deux experts, avaient recommandé de laisser Blank dormir jusqu'à ce qu'il s'éveille de lui-même. Le sommeil était le meilleur remède contre un mauvais trip. Le groupe s'était levé, avait pris son petit déjeuner, tout le monde était prêt à marcher depuis un certain temps. Ils n'avaient pas trop le moral. Les lubies de Blank avaient orienté leurs trips dans une mauvaise direction, et les avaient interrompus trop tôt. Tous subissaient des effets secondaires et voulaient rentrer chez eux aussi vite que possible.

Vers midi, ils décidèrent de réveiller Urs.

Il lui fallut un moment pour retrouver ses esprits. Pendant une période de sa vie, il lui était parfois arrivé de se réveiller avec la gueule de bois. Les membres lourds, la bouche sèche, une douleur aux orbites, une migraine sourde et des souvenirs diffus qui attendaient de prendre forme.

Cette fois s'y ajoutait la brûlure des cicatrices. Et le sac de couchage trempé de sueur qui l'entourait comme un serpent géant. Et la tristesse qui l'écrasait contre le mince tapis d'isolation.

Lorsqu'il ouvrit les yeux, il vit au-dessus de lui le visage souriant de Lucille. Il ferma les yeux. Lorsqu'il les rouvrit, elle était toujours là. Il ne savait pas pourquoi cela l'étonnait. Mais lorsqu'il se redressa et examina ses bras égratignés, il se le rappela : elle n'existe pas.

Même après une nuit de sommeil, cette découverte n'avait rien perdu de son caractère inéluctable.

Il se leva, alla se laver à la chute d'eau, emballa ses affaires et, sans les saluer, rejoignit les autres qui l'attendaient avec un certain énervement. Ils prirent en silence le chemin du retour.

Le mouvement et l'air de la forêt lui firent du bien. Lorsqu'ils arrivèrent à la ferme, il parvint même à faire bonne figure pour le rituel des adieux. On but une tisane, on jura de nouveau le silence et l'on versa la contribution volontaire d'au moins deux cents francs suisses par personne. Blank en donna cinq cents.

Joe estima qu'il aurait pu aller au-delà sans que cela pose un problème.

Au retour, ils ne parlèrent guère, ni l'un, ni l'autre. Blank ne s'exprima que pour manifester son désaccord lorsque Lucille voulut mettre la cassette de Pink Floyd.

À un moment, Lucille demanda :

— Tu veux en parler ?

Blank secoua la tête.

Puis elle lui expliqua :

— Cela peut durer plusieurs jours. On découvre des choses que l'on n'a jamais sues. Cela peut durer plusieurs jours. Je connais ça.

Blank en doutait.

Ils étaient déjà arrivés dans la périphérie de la ville lorsque Lucille lui dit :

— Tu m'as frappée.

— Je sais.

— Tu le sais et tu ne dis rien ?

— Je ne t'ai pas vraiment frappée.

— Mais ça m'a fait mal, s'exclama-t-elle, indignée.

— D'accord. Mais ce n'était pas réel.

— Je ne comprends pas.

— Je sais.

Il s'arrêta devant la porte de son immeuble, et sortit son paquetage du coffre de la voiture.

— Tu ne montes pas ?
— Il ne vaut mieux pas.
— Ce n'est pas bien d'être seul après.
— On est toujours seul.

Blank s'installa au volant, mit le moteur en marche et partit.

— Je suis désolée ! cria-t-elle en le voyant s'éloigner. Il ne lui avait même pas dit au revoir.

Les dimanches soir à l'Impérial étaient des moments tranquilles. On n'y voyait que quelques hommes d'affaires qui préparaient leurs rendez-vous du lundi matin, deux ou trois familles qui, par tradition, sortaient les grands-parents une fois par mois au grand hôtel, une poignée de voyageurs en transit et quelques clients permanents, dont Urs.

Il était arrivé une heure plus tôt. M. Fenner, le concierge, avait prononcé quelques mots sur cette splendide fin de semaine printanière.

— Un temps idéal pour la forêt, avait-il constaté en jetant un coup d'œil sur l'état dans lequel se trouvait Blank.

Blank s'était couché dans la baignoire, et avait ainsi retrouvé un semblant de raison.

Que s'était-il passé ? Il avait – idiot qu'il était ! – entrepris un trip psychédélique, vu et vécu des choses qui n'existent pas. C'est précisément l'objectif des trips psychédéliques. Un voyage dans l'irréel. Et il était à présent de retour dans la réalité. C'est cela qui s'était passé. Et non l'inverse.

Il n'arrêtait pas de se le répéter. Et cela fonctionnait. Tant que ses yeux ne se fermaient pas. Car à l'instant où il baissait les paupières, l'irréalité redevenait réelle.

Blank se força à sortir de sa baignoire et à prendre une douche froide. Il se rasa, passa une chemise blanche, un costume anthracite et une cravate de couturier japonaise, puis se rendit au restaurant.

Il mangea, avec plus d'appétit qu'il ne l'aurait cru, une salade, un filet de bœuf aux haricots frais et au risotto. Il se hasarda même à commander une demi-bouteille de bordeaux, qui élargit la conscience.

Depuis sa chambre, il appela Lucille et la pria de l'excuser pour son comportement brutal. À sa voix, elle semblait très heureuse qu'il se sente mieux.

— Je me faisais déjà des reproches, dit-elle.

Ils échangèrent quelques banalités, il n'aurait pu dire pendant combien de temps.

Lucille était heureuse que Blank l'appelle. Sa voix était redevenue tout à fait normale, il lui raconta ce qu'il avait mangé, il lui demanda même comment Troll avait supporté son absence. Ils bavardèrent un peu. À un moment, elle eut l'impression qu'il ne l'écoutait plus. Au début, il émettait encore de temps en temps un « mmh » ou un « oui... ». Mais ensuite, il ne dit plus rien. Jusqu'à ce qu'elle remarque qu'il avait raccroché. Sans colère, comme ça. Comme s'il avait oublié qu'elle existait.

Il a dû s'endormir, se dit-elle.

En-dessous du Kremlin, près de la flamme éternelle au Soldat inconnu, des statues de bronze rappelant des personnages de Disney émergeaient du lit d'une petite rivière artificielle dont l'eau avait provisoirement été coupée. À côté, un escalier menait à une élégante galerie commerciale souterraine. Il était construit dans le style des stations de métro moscovites. Mais en y regardant de plus près, on voyait que le plâtre, le plastique et le béton injecté étaient les matériaux dominants.

Ott marchait avec Tichtchenko dans les galeries presque désertes, devant des vitrines dont plus de la moitié étaient vides.

À quelques pas devant et derrière eux avançaient deux jeunes hommes aux cheveux courts et en costume sombre, chacun muni d'une oreillette d'où partait un mince câble qui plongeait discrètement sous le revers.

Tichtchenko était devenu un spécialiste : il facilitait l'accès des investisseurs occidentaux au monde des affaires moscovite et à ses singularités. Ott n'avait cependant aucune intention d'investir dans l'économie russe. S'il était ici, c'est parce que Tichtchenko était l'homme qui, jadis, avait conseillé Fluri.

Ils s'arrêtèrent devant une vitrine vide.

— À partir de là, expliqua Tichtchenko dans un anglais parfait, et jusque tout en bas : tout appartient à la *Mosktex*. (Il désigna une longue enfilade de vitrines.)

Dans son panier de fusion avec *Charade*, l'*Elegantsa* avait apporté une participation majoritaire dans la *Mosktex*.

Ils flânaient lentement devant les vitrines. Elles étaient toutes vides, à part quelques cubes de couleur oubliés, des serpillières et de vieux journaux. Dans la dernière, un bras de mannequin en plastique traînait par terre.

— Qu'est-ce que vous en pensez : combien ça vaut ?

Tichtchenko s'arrêta.

— Vous n'avez tout de même pas l'intention d'acheter ça ?

— Pourquoi pas ? Elles sont bien situées, et la crise s'arrêtera tôt ou tard.

— Si vous cherchez de l'immobilier, je peux vous montrer cent meilleures affaires à Moscou. Tout ça, ici, ça ne vaut rien.

— Rien ?

— Même si vous l'aviez pour un demi-million de dollars, ça vous coûterait toujours plus que ça ne vous rapporterait.

Ott hocha la tête, songeur. Dans le bilan de l'*Elegantsa*, la valeur immobilière de la *Mosktex* était fixée à douze millions de dollars.

Huwyler n'avait encore jamais vu Blank comme cela. Ils menaient les premiers entretiens exploratoires avec les représentants des autres partenaires de la fusion. Jack Taylor, de *British Life*, Jean-Paul Le Cerf de la *Sécurité du Nord* et Klaus Gebert, de la *Hansa Allgemeine*. La rencontre était prévue à dix heures. Suivie d'un déjeuner, pour faire connaissance.

Ils siégeaient dans la salle des réunions de direction, à la *Confed*. Ordre du jour : calendrier des négociations et principes de confidentialité. C'est Blank qui connaissait le mieux la situation, c'est lui aussi qui avait acquis la plus grande expérience en matière de fusions. Le rôle d'animateur lui revenait, et il le maîtrisait normalement avec beaucoup d'élégance et de diplomatie. Mais aujourd'hui, il n'était plus le même. Il paraissait ailleurs, perdait le fil, le reprenait à brûle-pourpoint, interrompait ses interlocuteurs ou les scrutait, l'air étonné, comme des insectes rares.

Huwyler savait certes, par une indiscrétion de M[e] von Berg, que Blank avait une liaison avec une très jeune fille. Mais il n'était pas disposé à accepter que cette aventure produise de tels effets sur la qualité de son travail.

Lorsque Blank, avant le repas, prit congé de l'assemblée décontenancée, sans même présenter ses excuses, il décida de lui passer un savon.

Christoph Gerber ne comprit rien à ce qui lui arriva. Il venait d'annoncer à Blank que l'*Elegantsa* allait être immédiatement intégrée à *Charade* et que son nom allait disparaître. Et pour lui faire plaisir, il ajouta :

— J'aurais aimé voir la tête du docteur Ducon.

Blank le regarda et lui dit :

— Dehors.

Comme Gerber n'obéissait pas tout de suite, il le répéta en criant :

— *Dehors !*

Petra Decarli, la secrétaire de Blank, qui n'avait encore jamais entendu son patron crier, passa sa tête dans le bureau. Blank, blanc comme un bâton de craie, pointait du doigt Christoph Gerber :

— Débarrassez-moi ça de mon champ de vision. Définitivement, vous m'entendez ? Je ne veux plus le voir !

— Je ne sais pas ce qu'il a, bredouillait Gerber en buvant dans la pièce où l'on prenait le café un cognac que Petra Decarli lui avait servi de force. Lui aussi dit toujours « docteur Ducon » quand il parle de Fluri.

— Il a des problèmes personnels, fit-elle pour le consoler. Évitez-le pendant quelques jours. Ça se tassera.

— Sûre ?

— Absolument, dit-elle.

Mais elle ne l'était pas tant que ça. Il y avait eu quelque chose dans les yeux de Blank.

Ce jour-là, Urs Blank quitta son bureau avant l'heure. Une promenade lui ferait du bien. Il avait besoin de mettre ses idées au clair.

Le lac étincelait au soleil ; au loin, vers le sud, la chaîne de montagnes brillait comme une tendre aquarelle. Des vieux, des mères, des enfants, des joueurs de cartes, des chiens, des cyclistes, des rappeurs, des gamins qui faisaient l'école buissonnière, des pêcheurs, des junkies, des couples d'amoureux, des gens qui n'avaient pas de travail et d'autres qui en avaient trop s'ébattaient dans le parc.

Les mains profondément enfoncées dans les poches de son pantalon, le regard rivé à la pointe de ses chaussures, Urs Blank flânait sur la promenade. C'était un homme équilibré. Et il en était fier. Lorsqu'il était petit garçon, c'est vrai, il avait parfois eu des accès de colère. Il lui était arrivé de briser une vitre à poing nu, ou de fracasser le panneau d'une porte d'armoire. Mais à cette époque, déjà, il avait honte de ces excès et tentait de se brider.

Il avait six ans lorsque ses parents avaient divorcé. Il avait perçu une bonne partie de la phase la plus dramatique dans l'échec de leur couple ; il avait aussi vu son père frapper sa mère. Il lui vouait depuis un très profond mépris. Il fut heureux lorsque le divorce fut prononcé et refusa de se rendre chez son père les jours de visite, jusqu'à ce que celui-ci cesse de le réclamer. Blank ne l'avait revu qu'une seule fois : à l'enterrement de sa mère, quatre années plus tôt. Et même en cette occasion, il avait dû se forcer pour échanger quelques mots avec le vieil homme.

De là lui venait son profond dégoût contre toute forme de violence – une aversion qu'il faisait aussi sentir à ceux de ses condisciples qui en faisaient usage. Son refus de la violence en faisait la victime préférée des bagarres dans la cour de récréation. Il était musclé, et les autres eurent vite fait de découvrir qu'il ne fallait pas franchir un certain point, au-delà duquel il répondait et devenait un adversaire dangereux et imprévisible. Pousser Urs jusqu'à ce point-là était devenu une épreuve de courage appréciée.

Cela devint plus difficile au fur et à mesure qu'il prenait de l'âge. Il parvenait de mieux en mieux à contenir sa rage. Lorsqu'il lui permettait de s'exprimer, c'était uniquement sous la forme de réflexions ou de fantasmes.

Urs Blank s'assit sur un banc public et observa deux cabots qui faisaient les premières tentatives d'approche sous l'œil anxieux et vigilant de leurs propriétaires, deux dames.

Son renoncement à la violence était allé si loin qu'il avait demandé à ne pas porter les armes et accompli ses périodes militaires dans les services sanitaires ; il savait pourtant qu'avec sa formation de juriste, il n'avait aucune chance, en pratiquant ainsi, de monter en grade dans l'armée, et que la mention « infirmier de première classe » faisait une tache disgracieuse dans le curriculum vitae d'un avocat d'affaires. Blank avait comblé ce handicap par son travail, son talent et sa discipline.

C'est peut-être justement à sa faculté de brider ses sentiments qu'il devait d'être allé si loin. Ce qui l'inquiétait à présent, ce n'était pas tant la perte apparente de contrôle sur la bête qui l'habitait et qu'il avait domestiquée depuis bien longtemps : c'est que cette perte lui était indifférente.

Il n'existait rien ni personne à qui il ait dû le moindre égard. Parce que rien ni personne n'existait réellement.

Il savait bien que c'était une absurdité. Mais elle s'était profondément ancrée dans son subconscient, d'où elle émettait vers sa conscience. C'étaient les effets secondaires de la psilocybine. Or il ne pouvait pas se permettre d'attendre qu'ils disparaissent d'eux-mêmes. Il aurait fait trop de dégâts d'ici là. Il fallait qu'il agisse.

Les roquets se poursuivaient sur la prairie. Leurs petites mamans avaient fait connaissance, elles aussi, et échangeaient leurs expériences en matière de cabots.

Blank revint en flânant à son cabinet et passa dans le bureau de Gerber. Il voulait lui présenter ses regrets, lui expliquer qu'il n'avait pas pensé ce qu'il avait dit.

Lorsqu'il entra à l'accueil, la standardiste lui fit signe.

— J'ai Huwyler au bout du fil, il a l'air remonté.

Lorsque Blank prit la communication, Huwyler se mit à aboyer :

— J'espère que vous avez une bonne excuse.

Blank s'était proposé de prétexter une colique néphrétique. À dix-sept ans, il en avait souffert pendant plusieurs mois. Les symptômes lui en avaient laissé un souvenir si douloureux qu'il aurait pu, à n'importe quel moment, en faire une description très expressive. Mais la première phrase de Huwyler anéantit ses bonnes intentions.

— Je ne vois aucune raison de m'excuser.

La réponse laissa Huwyler sans voix pour un instant. Lorsqu'il la retrouva, Blank avait raccroché.

Trois minutes plus tard, Me von Berg entrait dans le bureau de Blank.

— Je peux ? demanda-t-il, en s'installant dans le fauteuil des visiteurs. Huwyler vient d'appeler.

Blank se leva et sortit du bureau. Il laissa la porte ouverte. Me von Berg attendit. Cinq minutes plus tard, constatant que Blank n'était toujours pas revenu, il quitta le bureau à son tour.

— Vous n'avez pas vu maître Blank ? demanda-t-il à la réceptionniste.

— Il est sorti il y a quelques minutes.

C'est au moment où il se dirigeait vers l'appartement de Lucille qu'Urs Blank comprit : il avait sans doute abandonné von Berg seul dans son bureau. Mais il n'en était pas tout à fait sûr. Quand il était étudiant, déjà, il avait pris l'habitude de se concentrer sur l'essentiel, et développé une telle maîtrise que le secondaire lui échappait parfois totalement. Son subconscient classait Berg, comme tout le reste, dans la catégorie du secondaire. C'était la seule explication possible au fait qu'il l'ait oublié dans le fauteuil des visiteurs comme une paire de gants.

Mais même à présent qu'il se le rappelait, cela ne lui inspirait aucun effroi. Il n'éprouvait pas le besoin de faire demi-tour, de présenter ses excuses et d'inventer des explications.

Pat fit entrer Blank. Lucille n'était pas chez elle. Elle avait appelé pour dire qu'elle aurait une demi-heure de retard. Pat elle-même s'apprêtait d'ailleurs à sortir.

Il passa dans la chambre à coucher de Lucille. Le seul siège était chargé de vêtements. Il n'avait pas envie de s'asseoir sur le matelas posé à même le sol. L'odeur des bâtonnets d'encens refroidis lui rappelait le tipi. Il préféra attendre dans la cuisine.

À peine se fut-il assis, Troll commença à se frotter à ses jambes. Comme beaucoup de gens qui n'ont aucune accointance avec les chats, les félins le punissaient en lui accordant leurs faveurs. Il ne fallut pas longtemps avant que l'animal lui saute sur les genoux.

D'une seule prise, il lui tourna le cou jusqu'à ce que le cri de Troll soit interrompu par un craquement.

C'est seulement lorsque Blank entendit des pas dans l'escalier qu'il se rappela le chaton mort. Il le souleva, chercha une cachette adaptée, entendit la clef qui s'enfonçait dans la serrure de l'appartement, et fourra Troll dans sa serviette en cuir.

Lucille le regarda, rayonnante, lorsqu'elle entra dans la cuisine.

— Tu attends depuis longtemps ?

— Une demi-heure.

Elle lui prit la serviette et s'assit sur ses genoux.

— Ça t'a paru long ?

— Une éternité.

Ils s'embrassèrent. Lucille se leva et le conduisit dans la chambre à coucher. Elle lui ôta d'abord ses vêtements, puis se déshabilla.

Blank avait dû perdre tout intérêt pour la chose au beau milieu de leur rapport amoureux. C'est du moins ce qu'il déduisit des consolations de Lucille :

— Ne te fais pas de bile, ça arrive souvent après un mauvais trip.

Il s'endormit peu après.

La voix de Lucille l'éveilla.

— Troll ? criait-elle. Tro-oll !

Lorsqu'il ouvrit les yeux, elle était au seuil de la chambre à coucher.

— Troll était là quand tu es arrivé ?

— Je n'y ai pas fait attention.

— Il aurait dû venir quand tu attendais dans la cuisine. (La panique transparaissait dans sa voix.)

— Mais il n'est pas venu. Il est peut-être sorti dans l'escalier quand Pat est partie.

— Cette souillon ! grogna Lucille.

Il l'entendit ouvrir la porte de l'appartement.

Lorsqu'elle revint, un peu plus tard, elle pleurait.

— Personne ne l'a vu. Mais la fenêtre est ouverte au premier étage. C'est certainement par là qu'il est passé.

— Troll est un matou en pleine puberté, dit Blank. C'est toujours difficile pour la mère.

Lucille ne parvint pas à sourire.

À chaque fois que Urs sortait de son sommeil agité, il l'entendait tourner dans l'appartement et répéter à voix basse le nom de Troll.

Lorsqu'il entra dans la cuisine, le lendemain matin, peu après six heures, elle était habillée, assise à la table. Devant elle, une petite affiche portant le mot TROLL et une photo du chaton gris. En-dessous, elle avait peint de sa plus belle calligraphie une description précise de l'animal et le mot RÉCOMPENSE en lettres grasses.

— Tu peux m'en faire des copies au bureau ?
— Évidemment. Combien ?
— Tu crois qu'une centaine suffira ?
— Une centaine ?
Lucille prenait l'affaire au sérieux.
— Pour les porches d'immeubles, les boîtes aux lettres et les arrêts de tram dans le quartier.
— Je peux aussi t'en faire plus.
— Cent cinquante ?
Urs hocha la tête. Il prit l'affiche et la glissa dans sa serviette.

Lorsqu'il arriva au cabinet, il était d'une humeur de rose. Il se sentait léger, clair, il n'éprouvait plus aucun des effets secondaires de sa fin de semaine. Il fallut qu'il voie la mine de Petra Decarli pour se rappeler les incidents de la veille. Rien qui ne soit rattrapable, décida-t-il, et il se mit au travail.

Il appela Jack Taylor, Jean-Paul Le Cerf et Klaus Gebert pour s'excuser, en prétextant une colique gastrique. Il avait renoncé aux coliques néphrétiques, soucieux de ne pas donner l'impression de pouvoir être absent pour une longue période. Les coliques gastriques étaient une indisposition passagère. Notamment lorsqu'elles étaient dues, comme il le laissa entendre, à une huître qui n'était plus de la première fraîcheur. En tout cas, elles constituaient une explication plausible à ses difficultés de concentration et son absence au déjeuner commun. Les trois messieurs parurent s'en satisfaire.

Ce fut plus difficile avec Huwyler. Il lui reprochait moins à présent son comportement pendant la réunion que son refus de présenter des excuses. Ce qu'il avait le plus mal pris, c'était le fait que Blank lui ait raccroché au nez. Mis à part une jeune dame à laquelle il avait, un certain temps, payé un appartement, personne ne lui avait encore fait subir cela.

— On ne raccroche pas au nez de Huwyler, dit-il.

— J'aurais dû chier dans mon froc ? demanda Blank, qui connaissait le goût d'Huwyler pour l'humour vert.

— Oui, répondit Huwyler avant de lui raccrocher au nez à son tour.

Blank rappela. Huwyler le laissa attendre longtemps et finit par lui répondre en notant :

— Ne croyez surtout pas que nous sommes quittes.

Mais il paraissait à peu près apaisé.

Maître von Berg n'avait pas le temps dans la matinée, lui fit-il savoir par sa secrétaire. Mais il pourrait se libérer pour un déjeuner au Krummenacher.

Blank l'interpréta comme une offre de réconciliation. Un déjeuner au Krummenacher lui coûterait au moins deux mille francs suisses. Von Berg commanderait le menu *surprise*, et une rareté œnologique à chaque plat. C'était ainsi qu'il réglait ses comptes.

Blank entra dans le bureau de sa secrétaire.

— J'ai sans doute été dur avec Gerber, hier. Où puis-je le joindre ?

Elle le regarda, étonnée.

— Dans son bureau, vraisemblablement.

Blank sentit la haine monter en lui. Qu'est-ce que Gerber venait encore ficher ici ? N'avait-il pas donné l'ordre qu'on fasse définitivement déguerpir ce type ?

Une seule personne au monde avait le droit de revenir sur les ordres de Blank : Urs Blank.

Il se précipita dans le couloir et fit irruption dans le bureau de Gerber. Il était vide. Sur l'ordinateur tournait un économiseur d'écran. Une formation sans fin de grille-pain volants défilait devant lui. Gerber ne devait pas être loin. Aux toilettes, vraisemblablement.

L'idée que Gerber était assis sur la lunette tandis qu'une escadrille de grille-pain traversait son bureau avait quelque chose de tellement émouvant que Blank ne put s'empêcher de rire. Il ferma la porte et traversa le couloir en souriant pour rejoindre son bureau, en passant devant Petra Decarli, consternée.

Il avait sous-estimé von Berg. Le déjeuner au Krummenacher fut une séance de dégustation de vins. À cette seule différence près qu'il ne recrachait pas les millésimes qu'il avait commandés, mais buvait à peu près un tiers de chaque bouteille. Il ne mangea pas non plus de pain pour les accompagner, mais piocha dans l'un des menus qui avaient valu au Krummenacher la deuxième étoile du Gault et Millau.

Les dommages, pour Blank, s'élevèrent à plus de cinq mille francs suisses.

— Mon record personnel pour un déjeuner à deux, commenta von Berg en faisant glisser la note avec jouissance en direction de Blank.

L'après-midi, Blank tenta de travailler à la grande fusion de Huwyler. Mais bien qu'il n'ait fait que goûter du bout des lèvres le vin de von

Berg, il eut du mal à se concentrer. Il lui fallut plus de deux heures pour rédiger le compte rendu de la réunion de la veille, le calendrier et le plan des mesures à adopter. Lorsque la première version sortit de l'imprimante, Lucille l'appela au téléphone.

— Si je viens chercher les affiches maintenant, je pourrai les coller dans les abris de tram avant que les gens rentrent du travail.

Il fallut un moment avant que Blank comprenne de quelles affiches elle parlait. Il promit qu'elles seraient prêtes d'ici un quart d'heure : le copieur était tombé en panne.

Depuis qu'il était arrivé au cabinet, il n'avait pas pensé un seul instant au chaton mort. Lorsqu'il sortit de sa mallette le modèle de Lucille, il sursauta. À côté du mot TROLL s'étalait une tache tellement épaisse qu'elle recouvrait le dernier L – une tache qui ressemblait à du sang séché.

Blank alla chercher des ciseaux chez sa secrétaire et découpa la tache. Il colla le modèle sur du papier blanc, redessina le dernier L, posa le tout sur le photocopieur et régla le compteur sur cent soixante copies.

— Avez-vous besoin d'aide ? demanda une voix derrière lui. C'était Christoph Gerber. Blank ne réagit pas. Il attendit que le copieur ait craché la dernière affiche, attrapa la liasse de copies et passa dans son bureau.

À peine installé à sa table de travail, il entendit frapper timidement à la porte.

— Oui ? cria Blank.

Gerber entra. Il tenait à la main l'original de la petite affiche.

— Vous avez oublié ça là, dans le photocopieur, bredouilla-t-il.

— Dehors ! cria Blank. Qu'est-ce que tu viens encore ficher ici ? Disparais si tu tiens à la vie, lèche-cul ! Dehors !

Gerber, effrayé, déposa l'affichette sur une armoire à dossiers, à côté de la porte, et tenta de quitter dignement le bureau de Blank.

Derrière lui apparut Lucille, ahurie. Elle n'avait encore jamais vu Urs Blank dans cet état.

— Excuse-moi, dit-il. Entre donc.

— Qui était-ce ?

— Mon ancien assistant.

— Qu'est-ce qu'il a fait ?

Blank prit l'original de l'avis de recherche sur l'armoire à dossiers, et lui montra l'endroit recollé.

— Et c'est pour ça que tu cries comme ça ?

— Pas seulement. (Blank aida Lucille à glisser le paquet de copies dans son petit sac à dos indonésien.) C'est la goutte qui a fait déborder le vase.

Lucille passa son sac à dos.

— Après, tu me rejoins ?

— J'ai encore une bricole à terminer ici, et j'arrive.

— Tu crois qu'il reviendra ?

Elle se tenait à présent juste à côté de la serviette contenant le cadavre de Troll. Blank avait oublié de la fermer. Il passa le bras autour de ses épaules et la mena à la porte.

— Il sera certainement dans l'appartement à ton retour.

Le sol de la forêt était couvert d'une couche d'enveloppes de bourgeons rougeâtres. Les hêtres avaient déroulé leurs feuilles pelucheuses, leur cime se refermait peu à peu. Blank gara la Jaguar sur le parking du Repos de la Forêt et poursuivit son chemin à pied. Le soleil était bas et illuminait parfois d'un éclair le jeune feuillage. Il n'était pas le seul à avoir été attiré dans la forêt par cette belle après-midi de printemps. Les promeneurs le saluaient comme les habitants d'un petit village. Peut-être s'étonnaient-ils de voir Blank dans ce costume qui n'était pas fait pour les promenades sylvestres. Peut-être se demandaient-ils aussi pourquoi il portait une mallette en pleine forêt.

Blank tourna dans un chemin de bûcherons. Au bout de cinquante mètres, il fut hors de vue des promeneurs. Il ouvrit l'attaché-case et en déversa le contenu sur un parterre d'ail sauvage, au bord du chemin : un journal de la veille, trois petits dossiers transparents contenant des comptes rendus et des mémorandums, un jeu de stylos fluorescents, un rouleau de bonbons à la menthe, une boîte de bâtonnets d'encens *Ylang-Ylang*, un *Palmtop*, un portable, un chaton gris et mort.

Il rangea ses affaires dans la mallette. Il recouvrit de quelques branches le corps rigide de Troll, la tête tordue et la fourrure bizarrement hirsute. Puis il reprit son chemin.

Les taches de soleil s'éteignirent sur le sol de la forêt, l'obscurité s'infiltra dans les espaces entre les troncs d'arbres. Tout en haut, une grive se mit à chanter ses trois refrains.

Urs Blank revint en ville en faisant le détour par la vieille route de campagne. Il lui avait fallu du temps pour retrouver le Repos de la Forêt. Lorsqu'il s'installa enfin derrière le volant, il décida de repousser encore un peu la rencontre avec Lucille et ses soucis.

Il parcourut la route sinueuse d'un train de sénateur, en savourant cette nuit sans lune. Tout d'un coup, il fut aveuglé par le reflet de deux phares dans son rétroviseur. Derrière lui, un conducteur le serrait et lui faisait des appels de phares pour lui indiquer qu'il voulait doubler. Blank continua à la même vitesse.

La voiture qui le suivait collait au pare-chocs de la Jaguar, pleins phares allumés. Blank ne réagit pas.

Après le virage suivant, la voiture s'apprêta à dépasser. Lorsque les deux véhicules furent à la même hauteur, Blank accéléra. C'était un coupé à deux portes, pour autant que Blank pouvait le discerner. Il ne faisait pas le poids face à son douze cylindres. Plus l'autre accélérait, plus Blank mettait de gaz.

Ils foncèrent ainsi jusqu'au virage suivant. Blank vit les phares d'une voiture venant en sens inverse illuminer les arbres de l'allée. Le conducteur du coupé, qui roulait à présent en klaxonnant à côté de lui, l'avait forcément vue, lui aussi. Il réduisit sa vitesse.

Blank la réduisit aussi.

L'autre mit les gaz.

Blank accéléra.

L'autre appuya sur le frein.

Blank freina.

Les projecteurs de la voiture qui arrivait dans l'autre sens se fixèrent sur le coupé à côté de Blank. L'espace de quelques fractions de secondes, il put reconnaître le visage d'un jeune homme rondouillard. Blank appuya sur l'accélérateur. Derrière lui, il perçut un claquement, comme une explosion.

Puis ce fut le silence. Il n'entendait que le doux bourdonnement de la climatisation. Urs Blank alluma la radio. Une station classique, du Haydn. La route de campagne traversa un petit bois, comme un arc de triomphe. Arrivé à son autre extrémité, Blank voyait déjà les lumières de la ville.

6

— Sais-tu ce qui m'a plu en lui ? demanda Lucille. C'est de pouvoir lui faire confiance.

— Ah, répondit Pat.

— Les hommes auxquels on peut se fier. La coiffure, les vêtements, les chaussures, la voiture, tout.

Il était une heure du matin. Elles étaient assises dans la cuisine. Jusqu'à minuit, Lucille avait tout fait pour que Pat s'abstienne de rouler un joint. Si quelqu'un venait rapporter Troll, l'appartement ne devait pas sentir l'herbe. Mais elle avait fini par se laisser convaincre : personne ne viendrait plus. Surtout pas Urs Blank. Un peu avant dix heures, elle avait cessé d'espérer sa venue.

— Il ne valait rien pour toi, Lu, je te l'ai dit tout de suite.

— Parce que tu as des préjugés.

— Mieux vaut avoir des préjugés qu'être prise pour une idiote.

— Il ne me prend pas pour une idiote.

— Un type qui laisse sa petite amie toute seule alors que son chat s'est échappé, moi, si j'étais toi, je l'oublierais. Un type qui hurle sur ses employés aussi.

— Il n'était pas comme ça avant le trip aux champignons.

Pat tendit le joint à Lucille.

— Et tu te sens responsable, en plus.

Lucille prit une bouffée et conserva longtemps la fumée dans les poumons.

— Après un trip aux champignons, on n'est plus le même qu'avant.

— Je n'y crois pas. Un trip ne te transforme pas. Il fait juste sortir des choses qui ont toujours été en toi.

— On dit que tout le monde porte tout en soi.

— Ne crois pas tout ce qu'on te dit.

Le téléphone a sonné. Lucille l'a pris sur la table et l'a emporté dans sa chambre.

— Il a eu un pneu crevé, expliqua-t-elle en revenant, assez longtemps après.

— Et pourquoi ne t'a-t-il pas appelée ?

— Pas un téléphone à dix lieues à la ronde.

— Mais il a un portable dans chaque poche.

— Batterie à plat.

— Ne crois pas tout ce qu'on te dit.

Les journaux consacrèrent quelques lignes à l'accident mortel. Le conducteur d'un coupé était entré en collision avec un véhicule roulant sur la bonne voie et venant de la direction opposée, au-dessus de Neuwald. Le chauffeur responsable était un dessinateur de machine-outil âgé de vingt-quatre ans. L'autre était un joueur d'accordéon de soixante-sept ans qui se rendait à une soirée cotillons. Les deux occupants étaient morts sur le coup. On lançait un appel à témoin.

L'affiche du quotidien à grand tirage annonçait

quant à elle : ACCIDENT ATROCE ! LE ROI DE LA DANSE EST MORT !

Urs Blank chercha en lui une émotion quelconque. Il n'y trouva rien.

Ott était installé avec Nauer au salon safari. Ils avaient mangé un peu de saumon sauvage et de caviar. Du russe, comme l'exigeait le sens de l'humour de Pius Ott. Car le motif de ce déjeuner de travail était la « campagne de Russie » de Fluri.

L'excursion moscovite de Pius Ott avait été fructueuse à tous points de vue. À eux seuls, les biens immobiliers qu'il avait vus à Moscou amputeraient le bilan de fusion de Fluri d'au moins quatorze millions de dollars, en évaluant les choses avec réalisme. Même sans se pencher sur les six millions qui manquaient à Saint-Pétersbourg, cela lui vaudrait sa tête.

Il avait donc renoncé à faire le détour par Saint-Pétersbourg, mais était resté deux jours à Kirov. Il connaissait dans les environs une réserve où l'on pouvait encore chasser l'ours brun européen dans sa caverne d'hibernation. Cette fois, l'année était trop avancée pour cela. Mais cette zone était aussi fameuse pour le nombre de ses loups. Et pour le fait que l'on y pratiquait encore la chasse au chiffon.

La chasse au chiffon était une chasse à rabatteurs pour laquelle on utilisait de grands draps suspendus à des cordons. On laissait quelque part un trou, unique issue pour l'animal. Le chasseur se postait devant et attendait, à l'affût avec sa carabine. Ce n'était certes pas une méthode de chasse très sportive, mais Ott trouvait excitant le caractère inéluctable de la situation.

Il eut de la chance. Le crâne du loup qui courut devant son canon rapportait 46,80 points CIC, le pelage 182,45. S'il en croyait le responsable de la réserve, c'était le plus beau trophée que l'on ait jamais mesuré dans cette réserve.

Nauer avait été informé immédiatement après son retour. Ils s'étaient mis d'accord pour faire réaliser par un expert comptable indépendant une estimation des biens immobiliers. Ils avaient choisi *Robertson & Picwick Consultants*, une maison internationale de grande tradition, qui disposait de filiales à Moscou et Saint-Pétersbourg.

Nauer et Ott planchaient à présent sur le dossier remis par les experts. Un bilan dévastateur. Il fallait encore réviser à la baisse la valeur réelle des immeubles sur le marché. Elle ne représentait même pas dix pour cent de la somme que l'*Elegantsa* mentionnait dans son bilan de fusion.

La « campagne de Russie » n'avait pas coûté deux millions ou deux millions et demi, comme l'avait indiqué Fluri, mais vingt-neuf.

Nauer était devenu de plus en plus blême et silencieux. *Charade* aurait du mal à digérer un passif de cette dimension.

— À votre avis, combien vaut Fluri ? demanda-t-il tandis que Pius Ott posait le dossier sur la table basse.

— Si j'en crois sa feuille d'impôts, quatre millions à peine.

— Et où prenons-nous le reste ?

Ott secoua la tête en souriant.

— Où prenez-*vous*. Pas la peine de me regarder.

Nauer haussa les épaules.

— Dans ce cas, il ne reste que *Universal Textile*.

— Nous n'en sommes pas encore là, fit Ott pour l'apaiser. Il prit une gorgée d'eau minérale. Mais cela ne pourrait peut-être pas faire de mal de sortir un peu les antennes.

Nauer hocha la tête, apaisé.

— Si vous voulez, je peux faire ça pour vous, proposa Ott.

Nauer lui sut gré de lui avoir fait cette proposition.

Ott le raccompagna personnellement à sa voiture. Lorsque Nauer sortit par le portail, il croisa une camionnette de livraison. Le taxidermiste apportait le lynx d'Estonie.

Ce jour était un bon jour.

— Dois-je considérer cela comme une consultation gratuite ? demanda Alfred Wenger.

— Je paie le repas, répondit Blank.

— Ça, avec une demi-heure de retard, ça ne fait aucun doute.

On était mercredi. Le *jour fixe* avec Wenger s'était télescopé, comme toujours, avec le marché aux puces. Blank était sorti du bureau avant l'heure et avait apporté à Lucille un assortiment de *takeaway* libanais. Mais elle ne s'était pas laissé amadouer si facilement. La perte de Troll la désespérait, et elle lui en voulait de ne pas avoir de temps à lui consacrer. La conversation avec Pat, à la table de cuisine, s'était prolongée jusqu'au petit matin. Et elle n'était pas restée sans effets.

Lorsqu'il arriva enfin au restaurant, Alfred Wenger avait déjà commandé et mangeait une salade printanière, préparée avec un peu trop d'huile, comme toujours au Doré.

Blank l'avait prié d'excuser son retard, et lui avait demandé son opinion de spécialiste.

M. Foppa prit la commande de Blank. Quand ils furent de nouveau en tête à tête, il lui raconta son trip aux champignons. Wenger mangea sans rien dire sa gigantesque portion de grillades variées. Lorsque Blank eut fini, il dit :

— Ce que tu me décris ressemble à un trip à la psilocybine. Et un intense. Tu as des effets secondaires ?

— Oui.

— Sautes d'humeur ? Euphories ? Dépressions ?

— Oui. Mais ça n'est pas le problème.

— C'est quoi, le problème ?

Blank piocha dans son assiette. Il avait commandé un risotto à l'ail dont l'odeur lui rappelait l'endroit de la forêt où il avait ouvert sa serviette pour jeter Troll.

— J'ai perdu le contrôle de moi-même.

— Comment cela s'exprime-t-il ?

— J'obéis à toutes mes impulsions. Mon seuil d'inhibition a disparu. (Blank lui raconta ses accès de colère avec Gerber.) Et pourtant, je l'apprécie. Je n'ai rien contre lui. Il est comme j'étais il y a quelques années.

La manière dont Wenger hochait la tête lui fit demander :

— Tu penses que c'est pour ça que je le hais ?

— Un peu simple. Mais on ne peut pas écarter d'emblée cette hypothèse.

— Et comment expliques-tu ceci ?

Blank décrivit ce qui s'était passé avec Huwyler, von Berg et Lucille. Il raconta qu'il cessait tout d'un coup de s'intéresser à son entourage, raccrochait le téléphone et quittait la pièce.

— Tout ce qu'il m'arrivait parfois d'avoir envie de faire, je le fais à présent sans hésiter. Et en toute innocence.

— La psilocybine transforme les perceptions sensorielles, les perceptions du temps et de l'espace, l'état de conscience. Elle te donne une autre sensation de toi-même. Cela peut provoquer un changement de ton comportement, de tes valeurs et de tes qualités personnelles. Pendant ton trip, tu as découvert que rien n'existe, hormis toi-même. Et ton inconscient agit en fonction de cette découverte.

M. Foppa apporta à Wenger l'inévitable mousse au chocolat, et la nappa d'une quantité respectable de crème fraîche.

— Et ça va passer ?

— On dit que les champignons ouvrent des portes que l'on ne peut jamais totalement refermer. Après un trip psychédélique, tu n'es plus tout à fait celui que tu étais auparavant. Mais les effets secondaires se dissipent.

— À quelle vitesse ?

— Cela dépend. Au bout de quelques jours, quelques semaines ou quelques mois.

— Ça peut s'accélérer ?

Blank raconta à Wenger l'histoire de Troll. Il ne mentionna pas celle de la voiture.

Wenger avait cessé de manger sa mousse.

— Mais il y a pire : je n'ai aucune mauvaise conscience. Pas la moindre trace de remords. Je ne t'en parle que pour une seule raison : je me dis que je dois faire quelque chose contre ces phénomènes. Parce que les actes que je commets ne sont pas justes selon les normes communément admises. Ce n'est qu'une question de temps : je finirai par franchir le seuil et commettre des actes plus graves. Je ne peux pas attendre. (Blank afficha un sourire déconcerté.) Ça peut se traiter ?

Wenger écarta son assiette.

— Un trip à la psilocybine est comme n'importe quel autre voyage : tu peux définir l'objectif. Lorsque tu sais, avant le départ, où tu veux aller, tu y arrives en règle générale. Les débutants l'oublient le plus souvent. Ils se promènent, étonnés, comme Alice au pays des merveilles. Ceux-là s'égarent avant même de s'en rendre compte.

— Tu veux dire que je dois répéter le trip ?

— Répéter et corriger. Sous la surveillance d'une personne qui connaisse le voyage et puisse te rappeler, au bon endroit, que tu dois prendre une autre direction.

— Tu as l'expérience de ce genre de choses ?

Wenger hocha la tête.

— Au début des années quatre-vingt-dix, nous avons mené des expériences avec la psilocybine.

— Tu ferais ça pour moi ?

— Évidemment.

M. Foppa débarrassa la table. Il paraissait un peu soucieux. Le Dr Wenger n'avait encore jamais laissé de mousse au chocolat dans son assiette.

Urs Blank avait parfois assisté Alfred Wenger pour des signatures de contrats, ou l'avait conseillé pour d'autres questions juridiques. Mais c'était la première fois que Blank faisait appel aux services de Wenger. Il ne s'était encore jamais rendu dans son cabinet, et fut surpris par la magnificence et l'élégance des pièces. Il savait bien que Wenger avait fait des achats chez Évelyne Vogt. Qu'il soit un aussi bon client l'étonna tout de même.

Ils avaient pris rendez-vous pour le soir même. À la demande de Wenger, il avait annoncé à Lucille son intention de répéter le trip sous direction psychiatrique. Il lui avait demandé d'annoncer sa venue chez Joe pour le samedi suivant. Au téléphone, elle avait eu l'air étonné et un peu coupable.

Wenger soumit Blank à un interrogatoire précis sur le trip. Il enregistra la conversation et prit des notes. Blank était surpris de la quantité de choses qu'il avait réussi à garder en mémoire. Et de l'absence d'émotion avec laquelle il pouvait en parler.

Il était près de onze heures lorsque Wenger coupa le magnétophone et rangea ses notes.

— Je te propose de te mettre en arrêt maladie.

— Tu veux que je te montre mon planning ?

Wenger ne perdit pas son sérieux.

— Je ne peux pas te lâcher sur les gens dans cet état-là.

— Si un psychiatre me met en arrêt, je peux prendre ma retraite tout de suite.

— Pour ce genre de cas, j'ai des ordonnances à en-tête de médecin généraliste. Quelle maladie te conviendrait ?

— Intoxication alimentaire.

Urs Blank passa le plus clair des deux journées suivantes à dormir dans sa suite, à l'Impérial. Alfred Wenger lui avait donné un somnifère puissant et le visitait deux fois par jour.

Lucille accompagna le médecin à l'un de ses passages. Elle apporta un bouquet de fleurs de printemps qu'elle avait elle-même cueillies, et une information : Joe et Shiva étaient d'accord pour répéter la session. Ils les attendaient samedi matin. Ils ne parlèrent pas de Troll.

Elle s'assit timidement au chevet de Blank, comme une nièce forcée de venir rendre visite à son oncle malade. Elle ne se fit pas prier lorsque Wenger lui dit :

— Voudriez-vous me laisser seul avec le patient, maintenant ?

— Tu la protèges contre moi, n'est-ce pas ? demanda Blank lorsque Lucille fut sortie.

— Je te protège contre toi-même.

Il avait plu pendant la nuit. Le chemin qui traversait la forêt et menait au tipi était glissant. Ils devaient constamment faire des pauses pour se débarrasser de la semelle argileuse qui collait à leurs chaussures.

La prairie où se tenait le tipi venait d'être tondue. La tondeuse n'avait laissé que quelques rangées de hautes graminées juste à côté des montants de la tente. La paroi rocheuse se perdait dans les nuages, moins de cinq mètres au-dessus d'eux. La chute d'eau tombait du néant dans le petit bassin. De la fumée montait du tipi et se répandait au-dessus de la clairière comme un couvercle gris-bleu. Il faisait froid.

Shiva s'était adaptée au climat. Ce n'était plus une squaw blonde, mais une vieille femme trop maquillée vêtue d'un survêtement gris-violet hors d'âge. Elle avait caché ses cheveux sous un foulard coloré, l'unique élément psychédélique dans son apparence.

— Si ça n'avait pas été pour vous, dix chevaux ne m'auraient pas traînée ici aujourd'hui, dit-elle en guise de salutations.

Pour nous et les trois mille francs suisses que Joe a négociés avec Lucille, pensa Blank.

Il aida Joe à porter les pierres brûlantes et se prépara pour l'étuve. Au moment où il marchait nu – et sans serviette éponge – en frissonnant sur la prairie de chaume, il nota que cela ne lui posait plus de problème. Avait-il aussi perdu cette inhibition-là ?

Il eut chaud dès le premier seau d'eau. Il apprécia le picotement des cent torrents de sueur qui coulaient en fines rigoles le long de son corps. Et il inspira profondément lorsque Joe proposa son inhalation de menthe, d'origan, de romarin et de chanvre.

Lorsqu'ils plongèrent dans l'eau glacée du bassin naturel, on eut l'impression que le soleil pouvait gagner le combat qu'il livrait au brouillard, au-dessus des épicéas.

À la chaleur du tipi, il se détendit totalement. Alfred Wenger s'installa à côté de lui. Ils en étaient convenus auparavant : Wenger ne s'éloignerait pas d'un seul pas de lui, aussi longtemps que durerait le trip.

Lorsque Shiva dit : « Tentez de mettre en sommeil l'instance interne qui critique et qui juge, de vivre ce processus sans vouloir le soumettre trop tôt à l'analyse », ils échangèrent un regard. Shiva ne pouvait pas savoir que le but de son voyage était précisément de remettre en marche l'instance interne qui critique et qui juge.

Elle commença son cérémonial devant son petit autel aux champignons. Elle marmonna ses formules, ôta le tissu du plateau, le tint au-dessus de sa tête, ferma les yeux, resta un moment immobile, puis le fit passer aux autres.

Blank savait qu'il avait pris six champignons la fois précédente. Lorsque Wenger lui tendit le plateau sans s'être servi, il tenta de se rappeler de quelle taille ils étaient. Il en choisit trois moyens et trois petits.

7

Joe tambourinait sur les bongos. Shiva secouait les maracas. Lucille actionnait le guiro. Wenger tapait sur le tambour basque. Blank tenait à la main le tambourin de la fois précédente. Il ne jouait pas. Il lui suffisait d'écouter les autres et de sentir le rythme lui traverser le corps.

— Joue donc, joue, comme la dernière fois, l'encouragea Alfred Wenger en tapant ostensiblement sur son instrument.

Blank fut secoué par un accès de rire.

— Comme monsieur Moser! laissa-t-il échapper.

— Qui? demanda Wenger.

— Toi! exulta Blank.

M. Moser avait été son instituteur. Un homme très aimable, qui n'avait rien de sportif. Sa manière affligée de battre le tambourin pendant qu'ils faisaient des exercices libres avait donné à ses cours de gymnastique l'aura d'une légende.

— Comme-la-der-nière-fois, comme-la-dernière-fois, scanda Wenger en battant la mesure sur le tambourin. Cela valut un nouvel accès de fou rire à Blank. Il se leva et fit tourner ses hanches au rythme de cette combo chaotique. Il posa les bras sur sa taille, souleva la jambe gauche, la jambe droite. Urs Blank, la petite Hawaïenne !

À partir de cet instant, il s'abandonna totalement au rythme de la danse. Cela n'avait rien à voir avec la première fois, lorsqu'il était le métronome qui donnait le tempo à tous les autres. Il n'était ni créateur, ni chef d'orchestre, ni interprète. Il était le reste d'épave sur les vagues, la feuille d'automne au vent. Le rythme était l'élément qui le portait.

Joe s'était préparé au pire. Il avait gardé un mauvais souvenir de l'avocat de Lucille et de sa manie de s'octroyer tout ce qui l'entourait. Lorsqu'il se leva de nouveau et commença à se produire, il aurait volontiers déguerpi. Mais plus ils jouaient, plus Blank devenait supportable. Il se déplaçait simplement en rythme. Ou essayait de le faire. Plus rien de dominateur ou d'agressif n'émanait de lui. S'il était vrai que son dernier trip l'avait transformé, c'était dans le bon sens.

Joe tenta de se concentrer sur le tapis volant. Il était heureux de ne pas avoir mentionné le bleuet.

Lucille n'avait pris que trois champignons. Elle voulait être à peu près présente au moment où l'on aurait besoin d'elle. Mais en voyant avec quel douceur Urs décollait, elle fut navrée de ne pouvoir le suivre. Peut-être fallait-il tout de même qu'elle en mâche un ou deux de plus ?

Alfred Wenger n'était pas certain qu'Urs se trouve sur le bon chemin. S'il en croyait les notes qu'il avait prises, la première expérience était musicale. Jusque-là, ça allait. Mais Blank paraissait se conformer entièrement au rythme du groupe, et ne semblait pas vouloir lui imposer son propre rythme, comme il l'avait fait la dernière fois, selon Lucille.

Il regarda Urs, qui se recroquevillait de plus en plus. Il ne faisait plus que se déplacer imperceptiblement, en mesure, et avait caché son visage dans ses mains. Soudain, il écarta les bras, se balança un moment comme sur une corde de funambule, s'agenouilla, chercha un appui sur le sol, s'assit, s'étendit et poussa des cris de joie.

Wenger lui prit le pouls.

Le sol avait basculé sous ses pieds. Urs se mit à glisser. Plus vite, de plus en plus vite. Le sol du tipi, le pré, le monde était un toboggan. Toujours plus bas, plus bas, encore plus bas. Voilà que ça remontait. Et une courbe. Et un looping. Le monde était une montagne russe. Youpi !

Alfred Wenger fit sortir Blank. Apparemment, la phase des troubles de l'équilibre avait commencé. Il n'allait pas tarder à vomir.

Mais Blank ne vomit pas. Il se laissa gentiment guider à l'extérieur, jubilait et riait.

Le soleil avait ouvert une déchirure entre les nuages. La forêt se dressait, sombre silhouette découpée sur le ciel bleu pâle. Wenger relâcha Blank. Il se laissa aussitôt tomber dans l'herbe humide, se coucha sur le dos et ferma les yeux.

La montagne russe menait dans le cosmos. Blank était une météorite qui passait à toute vitesse devant des étoiles en explosion. Elles se transformèrent en une pluie de feu colorée. Au loin, il voyait la terre.

Quelqu'un l'informa : tu peux déterminer la trajectoire.

Urs mit le cap sur la terre. Elle grandit rapidement, grandit de plus en plus. Il se sentit entrer dans l'atmosphère et devenir incandescent.

Il était redevenu un récipient de verre. Mais ce n'étaient pas des couleurs criardes qui se déversaient en lui. Cette fois, il se remplissait de lumière. Une lumière vive, claire et propre.

Lucille gloussait, assise sous la tente. Joe avait l'air tellement balourd. Il était assis en tailleur, les bras croisés sur son sac de couchage, et fermait à moitié les yeux.

Shiva avait l'air encore plus bête. Elle s'était endormie dans la position du lotus, et avait basculé en arrière. La paroi du tipi l'empêchait de se renverser totalement. Le plus idiot, c'est qu'elle ronflait.

Lucille ne ressentait aucun des effets habituels, mis à part le fait que tout paraissait tellement idiot. Elle se leva.

Urs était couché sur le pré, les bras écartés. Accroupi à côté de lui, le psychiatre aux cheveux blancs feuilletait ses notes. Ce spectacle, lui aussi, était tellement drôle que Lucille se laissa tomber dans l'herbe en riant. Aussi doucement qu'elle pouvait. Mais assez fort pour que le psychiatre puisse l'entendre. Il la regarda et fit un mouvement de la main, comme s'il jouait sur un tambour invisible. Elle lui répondit avec des maracas invisibles, incapable de s'arrêter de rire.

Il fallut un moment avant qu'elle comprenne ce qu'il voulait. Elle alla chercher le tambourin d'Urs dans le tipi. Il voulait inciter Urs à en jouer. Mais celui-ci ne manifestait aucun intérêt.

Une autre chose amusante se produisit alors. Le psychiatre lui-même tapait désormais sur le tambourin, et Urs commença à se redresser. Comme un cobra ensorcelé, songea-t-elle, et elle se remit à glousser.

Wenger se leva et continua à battre le rythme. Urs se leva et se déplaça en mesure. Pas à pas, il suivit son charmeur de rats vers la lisière de la forêt.

Lorsque Lucille voulut le suivre, Wenger la renvoya d'un mouvement de main impérieux.

Dans le corps en verre d'Urs, la lumière s'était transformée en gaz. Il planait désormais. Le gaz le porta au-dessus de la prairie, vers le bord de la forêt.

La forêt était remplie d'eau. Les flots berçaient les sapins et les épicéas comme des algues, les fougères étaient du varech, la mousse, du corail. Urs glissa comme un plongeur dans le paysage sous-marin. Il suivait les bulles d'air du plongeur qui le précédait. Il les voyait, les entendait.

Il se laissa descendre au fond de la mer. Il en devint aussitôt un élément. Il se berçait dans le doux courant, avec les fougères, la mousse, les branches. Il ne détenait aucune espèce de pouvoir sur elles. Mais il les comprenait. Il voyait à travers leur structure moléculaire, il percevait même le fonctionnement de leur métabolisme.

— Elles sont là ? chuchota une voix à côté de lui : c'était l'autre plongeur, Alfred.

— Maintenant, essaie de les renvoyer.

Wenger devait avoir perdu la raison. Blank passa son bras autour de lui. Il sentit le battement de son cœur, sa respiration, les cellules qui se divisaient.

Un geai vola devant lui. Se posa sur une branche, reprit son vol. Urs le suivit du regard. Il comprenait pourquoi ses ailes le portaient, il voyait les courants aériens comme dans un tunnel aérodynamique.

Urs était une particule de l'univers. Et il savait précisément laquelle.

Alors retentit une voix qui n'appartenait pas à l'univers. La voix d'un ange. Elle chantait :

Lux aeterna luceat eis, Domine :
cum sanctis tuis in aeternum,
quia pius es.
Requiem aeternam dona eis, Domine
et lux aeterna luceat eis.
Cum sanctis tuis in aeternum,
quia pius es.

Le visage d'Urs était baigné de larmes.

— Amen, dit-il.

Constatant qu'il était impossible de faire prendre le tambourin à Urs Blank, comme la première fois, et de le lui faire emporter dans la forêt, Alfred Wenger s'en chargea à sa place. Cela fonctionna. Blank, comme hypnotisé, suivit le cliquetis et les battements. Il se laissa guider sur un bon trajet, dans la forêt.

Lorsqu'il s'arrêta et s'installa sur une souche couverte de mousse, Wenger s'assit à côté de lui. Il était impossible de parler à Blank. Mais il paraissait heureux. Mieux : illuminé.

Wenger tenta à quelques reprises de prendre le contrôle du trip de Blank. Il voulait le mener au point où il avait commencé à soumettre à sa volonté la forêt et le monde. Ils en avaient parlé en détail. Wenger l'aiderait, au moment crucial, à faire le contraire de ce qu'il avait fait la première fois. Mais pour cela, Wenger devait savoir quand Blank serait arrivé au point décisif.

— Elles sont là ? chuchota-t-il.

Urs resta assis, étonné. Au lieu de répondre, il lui posa le bras sur les épaules. Ils demeurèrent ainsi pendant près d'une heure.

Soudain, Blank commença à chanter. Aussi faux qu'il en était capable. Le *Lux aeterna* du *Requiem* de Verdi, si Wenger ne se trompait pas.

Assis sur le siège du passager, dans la Volvo de Wenger, Blank racontait son trip. Il s'était réveillé tôt le matin dans son sac de couchage, il était reposé et plein d'énergie. Les autres dormaient encore. Il s'était levé, doucement pour ne réveiller personne, et était sorti devant le tipi. Le soleil venait juste d'atteindre les plus hautes cimes de la forêt et faisait étinceler la rosée matinale de la prairie de chaumes. Il marcha pieds nus dans l'herbe mouillée jusqu'à la chute d'eau. Il ôta son survêtement et se laissa glisser dans le bassin. La froideur de l'eau lui coupa le souffle. Il plongea et ouvrit les yeux.

Il voyait, flou, le vert des algues et le blanc de son corps. Il émergea, sortit de l'eau en grelottant et se sécha avec le haut de son survêtement. Il se glissa dans ses pantalons et se mit à courir en décrivant un large cercle autour du tipi. Il ne fit pas attention aux chaumes et aux pierres qui maltraitaient la plante de ses pieds habitués aux chaussures sur mesure. Lorsque Wenger, Joe et Shiva sortirent du tipi à quatre pattes, Blank avait allumé un feu et préparé du café. Il leur réserva un accueil chaleureux et sincère ; ni l'odeur de transpiration de Joe, ni le visage enflé de Shiva ne le dérangèrent.

Lucille dormait encore lorsqu'ils eurent fini de déjeuner. Il l'avait réveillée précautionneusement avec une tasse de café et l'avait aidée à retrouver ses esprits. Elle dormait profondément, à présent, sur la banquette arrière.

Blank se rappelait très précisément les détails de son trip. Il savait quelles connaissances profondes il avait acquises sur l'univers. Seulement il était incapable de les transmettre. Lorsqu'il parla de la voix des anges, il sentit combien il était encore ému.

— La psilocybine conduit souvent à des ouvertures religieuses de la conscience ; elles peuvent être très gratifiantes, lui expliqua Alfred Wenger.

Ce fut son premier commentaire.

— Tu doutes que cela ait fonctionné, constata Urs.

— Au lieu de répéter le trip et de le corriger au moment décisif, tu en as fait un autre, complètement différent.

— Mais il était fantastique. Nous n'avons pas seulement corrigé les moments décisifs, mais l'expérience tout entière. Je suis certain que cela a fonctionné.

Wenger hocha la tête. Il ne paraissait pas très convaincu.

Ils eurent du mal à réveiller Lucille lorsqu'ils s'arrêtèrent devant son immeuble. Ils lui firent monter les trois étages et Wenger demanda à Pat de s'occuper d'elle. À Urs Blank, il fit comprendre qu'il préférait le voir continuer à passer ses nuits à l'hôtel.

8

On aurait dit que le monde entier s'était ligué pour tester le succès de la thérapie. Deux messages urgents l'attendaient à la réception de l'Impérial. L'un de M^{e} von Berg, l'autre d'Anton Huwyler. Sur le message de Berg, on lisait les mots « à lire en premier » soulignés en gras. Évelyne, elle aussi, demandait qu'il la rappelle.

Blank commença par rappeler son associé. Il décrocha à la deuxième sonnerie.

— Huwyler est sur les charbons ardents. Il essaie de te joindre depuis samedi. Ils ont eu une fuite. Un journaliste l'assiège. Ces idiots, à l'hôtel, lui ont annoncé que tu étais en voyage. J'ai dit que tu étais soigné en clinique privée pour une intoxication alimentaire et que tu n'étais pas joignable.

Il appela aussitôt Huwyler.

— J'espère que vous avez eu une agréable intoxication alimentaire, lança d'abord celui-ci. Blank ne s'y attarda pas. Il écouta l'histoire d'Huwyler et demanda :

— Comment s'appelle le journaliste ?

— Müller.

— Pedro Müller ?

Blank connaissait ce type. C'était l'un des journalistes économiques les plus antipathiques de tous ceux qu'il connaissait.

— Vous pouvez m'en débarrasser? S'il sort cette histoire, on peut tout remballer.

Blank promit de s'en occuper.

Lorsqu'il eut Évelyne au téléphone, elle se mit immédiatement à pleurer. Blank guetta ses propres réactions et constata avec soulagement qu'elle lui faisait de la peine. Il crut aussi reconnaître un autre sentiment. Pas de l'amour, mais peut-être quelque chose comme de la mauvaise conscience.

La soirée commençait à peine, il n'avait pas d'autres projets; il décida donc d'aller lui rendre visite.

Évelyne s'était donné de la peine pour que son aspect ne révèle pas l'état de son moral. Mais elle fit tout de même peur à Blank. Elle avait perdu quelques kilos, et ça ne lui allait pas. Ça la vieillissait. Lorsqu'il l'embrassa sur les joues, il sentit qu'elle avait un peu bu pour se donner du courage. Mais l'alcool, bien loin de la détendre, la rendait nerveuse.

Elle avait mis la table dans la salle à manger. On était dimanche soir. Elle ne s'attendait pas à une visite et avait dû ouvrir quelques boîtes. Il y avait des miettes de crabe et du pâté de foie de canard. Le tout sur des toasts, elle en avait toujours un peu au frais. Dans le seau à glace, une bouteille entamée de pouilly fumé.

Ils étaient assis là comme deux clients dans ce foyer qu'ils partageaient encore quelque temps plus tôt. Blank avait mauvaise conscience de l'avoir laissée tomber aussi brutalement. Mais il ne savait pas quoi faire de ce sentiment. Il regrettait certes ce qu'il avait fait, mais il ne pouvait pas se décider à accomplir un acte qui aurait aidé à le réparer un peu. L'Évelyne du passé lui faisait de la peine. Mais l'Évelyne du temps présent le laissait indifférent.

Il mangea de la chair de crabe et pensa à la forêt sous-marine. Le sentiment d'être une partie de l'univers et de comprendre ses ultimes secrets ne s'était pas encore totalement dissipé.

— Tu nous donnes encore une chance ?

— Je te demande pardon ?

Blank, perdu dans ses pensées, avait oublié Évelyne.

— Crois-tu que nous devons essayer de recommencer ?

— Non.

Il remarqua seulement l'effet de sa réplique au moment où il vit la mine consternée d'Évelyne. Sa réponse irréfléchie lui fit aussitôt de la peine.

— Dans ce cas, il vaut sans doute mieux que nous concluions rapidement, parvint-elle à répondre.

— Oui.

Il se leva, détacha de son trousseau la clef de la maison et celle du garage, les posa sur la table et s'en alla.

Lorsqu'il fut dans la voiture, il regretta de nouveau sa réaction. Mais il ne lui vint pas à l'esprit de faire demi-tour.

Le téléphone le tira du plus profond sommeil. Blank regarda son réveil. Il était deux heures et demie. C'était Alfred Wenger. Il revenait de chez Évelyne. C'est son amie, Ruth Zopp, qui l'avait fait venir. Elle avait peur qu'Évelyne ne commette une bêtise.

— D'après ce qu'elle m'a raconté de votre soirée, il ne semble pas que la thérapie ait produit un effet quelconque.

La voix de Wenger paraissait plus soucieuse que réprobatrice. Blank le corrigea.

— Ce n'est pas vrai. J'ai retrouvé une conscience. Il ne me reste qu'à travailler le timing.

— Que veux-tu dire ?

— Elle ne se manifeste qu'après-coup. Lorsqu'il est trop tard. Mais elle se manifeste. Comment va Évelyne ?

— Elle, ça va. Elle dort. Demande-moi plutôt comment je vais, moi. Demande-moi combien d'heures j'ai dormi depuis vendredi.

— Je suis navré.

— Tu as raison, on pourrait améliorer ton timing.

Wenger raccrocha.

Le lendemain matin, Urs Blank, en se rendant au cabinet, passa devant chez Lambert, le plus vieux fleuriste de la ville. Il choisit un bouquet de camélias et rédigea une carte. *Évelyne, pardonne-moi. Restons amis.*

À la même époque, Pius Ott donna lui aussi de ses nouvelles. Comme chaque année à la même époque, il se trouvait à *La Frênaie* pour ce qu'il appelait la grande révision : un check-up détaillé, un programme de régénérescence et une cure de cellules fraîches. Il savait bien que la science doutait de l'efficacité de ce traitement aux cellules vivantes d'embryon d'agneau, mais il se sentait toujours rajeuni et plein d'entrain lorsqu'il en sortait.

Cette fois, l'effet intervint dès le début de son séjour. Cela tenait cependant moins au traitement qu'à la nouvelle qu'il venait de recevoir. Le bonjour qu'il adressa au cabinet d'avocats avait lui aussi un lien avec cette information. Il glissa un cigare et une carte de visite dans une enveloppe, et les fit porter par Igor.

Dès que Blank fut assis à son bureau, son deuxième associé, Me Geiger, passa la tête dans le cadre de la porte.

— Fluri s'est mis une balle dans la tête.

— Fluri, de l'*Elegantsa ?*

— Ex-*Elegantsa*, ex-*Charade*. Ex.

— On sait pourquoi ?

— On ne sait jamais. Mais on peut supposer. La « campagne de Russie ». Il aurait plongé d'une trentaine de millions. On dit qu'à partir de vingt, il était responsable sur ses deniers personnels. Une clause dans le contrat de fusion. Ça te dit quelque chose ?

— Merde. Je ne pouvais tout de même pas deviner...

— Je croyais t'avoir laissé entendre quelque chose de ce genre.

Geiger haussa les épaules et quitta le bureau.

Blank tenta de dissiper l'image du vieil homme résigné, en costumes trois-pièces, qui montait dans le taxi après avoir été forcé de signer cette clause, devant le Repos de la Forêt.

Il se tourna vers la pile de papiers qui s'était amassée au cours de ces deux journées.

Petra Decarli lui apporta une enveloppe. Un coursier l'avait déposée. Elle contenait un étui à cigare. En l'ouvrant, il trouva un Romeo y Julieta. Et une carte de visite de Pius Ott.

Pour Blank, il existait deux types de journalistes : les journalistes à baskets et les journalistes à cravate. Pedro Müller, c'était les deux. Il portait la cravate et les baskets, et laissait aux autres le soin de déterminer celui des deux accessoires qui constituait une concession à l'autre. Il écrivait de la même manière.

Ils se retrouvèrent dans un café qui, à ce moment de la journée – il était onze heures – n'était peuplé que par quelques vieilles femmes et leurs gros chiens. Müller fit attendre Blank pendant dix minutes et ne mentionna même pas son retard. Signe qu'il était sûr de lui.

— Le fait que Huwyler vous fasse intervenir vaut une confirmation, commença-t-il.

Blank s'était proposé de considérer cette conversation comme un test sur son état mental. Il voulait essayer de travailler son timing. Faire intervenir la conscience plus tôt.

La serveuse apporta son capuccino à Müller. Dans cet établissement, c'est le nom qu'ils donnaient à un café à la crème chantilly saupoudrée de chocolat. Cela laissa un peu de temps à Blank.

Lorsqu'ils se retrouvèrent seuls, Müller avala une gorgée. Une fine moustache de crème chocolatée resta déposée sur sa lèvre supérieure.

— Nous sortons l'histoire de la fusion dans le prochain numéro.

— Vous ne le ferez pas.

C'était une constatation.

— Et que comptez-vous faire pour nous en empêcher ?

— Vous briser le cou.

Le sourire de Müller disparut. Il nota quelques mots.

— Par quels moyens ?

— Par ces deux moyens.

Des deux mains, Blank attrapa le maigre cou de Müller et serra. Il lui dit, d'une voix très basse :

— Si vous mentionnez, ne serait-ce que d'une seule syllabe, votre rumeur diffuse, je tordrai votre cou mal lavé, espèce de répugnant petit morceau de merde puant.

Un teckel à poil ras, presque chauve, se mit à aboyer sous une table voisine.

— Couchée, Lola, ces messieurs s'amusent, fit la maîtresse de l'animal pour le tranquilliser.

Blank lâcha avec un sourire le cou du journaliste. Il prit sa serviette et lui essuya sa moustache de crème sur la lèvre supérieure.

La vieille dame riait. Le teckel cessa d'aboyer. Pedro Müller était certain que l'animal lui avait sauvé la vie.

Blank se réveilla avec sa mauvaise conscience. Il ne s'en rappela l'origine qu'au moment où il ouvrit le journal qu'on lui avait apporté avec le petit déjeuner. On y avait inséré deux pages et demie d'annonces de décès pour le Dr Anton Fluri. Son bataillon, sa relation, son corps d'origine, son parti, son association de tir, le club alpin, la confédération patronale, la direction et les collaborateurs de *Charade*, la famille. Les seules indices renvoyant à un possible suicide étaient des adjectifs comme *brutale*, *subite* et *inattendue*.

Sous la douche, il se rappela les autres motifs de sa mauvaise conscience : Lucille, Troll, Évelyne,

Christoph Gerber, Huwyler, Pedro Müller, un dessinateur de machines-outils de vingt-quatre ans et un accordéoniste de soixante-sept ans en route pour une soirée cotillons.

Il se rendit au cabinet et tenta de travailler. Mais il était comme paralysé derrière son bureau. Ses mains étaient trop lourdes pour ses bras, ses jambes n'avaient pas envie de porter son corps. Chaque pensée qu'il concevait restait accrochée à son cerveau, elle se répétait comme sur un CD défectueux. Il mit l'ordinateur en route et commença à travailler sur un contrat. Mais le clignotement du curseur l'hypnotisa.

Un appel de Huwyler l'arracha à son apathie.

— Qu'est-ce que vous avez fait à ce journaliste ? Il m'a appelé pour me présenter ses excuses.

— Secret professionnel, répondit Blank.

— Si vous continuez comme ça, je vais aussi me rappeler pourquoi je voulais mener cette affaire à bien avec vous. Je vous présente mes respects, maître Blank.

À onze heures, il avait un rendez-vous avec Alfred Wenger. Le premier rendez-vous officiel de sa vie chez un psychiatre.

Une jeune femme irrésolue sortait justement de son cabinet au moment où l'auxiliaire le conduisit dans la salle d'attente. Peu après, Alfred Wenger le fit entrer.

— Comment te sens-tu ? demanda-t-il avant toute chose lorsqu'ils furent installés.

Blank lui décrivit son état.

— Dépression, constata Wenger.

— Mais au moins, je sais d'où ça vient.

Il lui raconta le suicide du Dr Fluri et le rôle qu'il pensait y avoir tenu.

— C'était avant ton premier trip, n'est-ce pas ?

— C'est cela. Depuis samedi, j'ai mauvaise conscience pour des faits qui remontent avant l'absorption des champignons. Mais le trip m'en a fait commettre de bien pires depuis. Je me comporte de la même manière qu'avant ta thérapie. La seule nouveauté, c'est qu'à présent, je me sens mal lorsque je le fais.

Blank confessa à Wenger sa rencontre avec Pedro Müller. Il ne mentionna pas le fait qu'il avait joint le geste à la menace.

Wenger cherchait une formulation.

— Nous ne sommes pas parvenus à transformer le mal en bien. Et le bien que tu opposes au mal n'est pas assez fort.

— Le bien contre le mal. Tu parles comme un curé.

— Comme un psychiatre.

Blank garda son sérieux.

— Parlons franc : as-tu déjà vu un trip psychédélique transformer quelqu'un en monstre ?

— La psychiatrie ne connaît pas de monstres.

— Tu sais très bien ce que je veux dire.

— Moi-même, je ne l'ai encore jamais vécu.

— Et d'autres ?

— Je n'ai pas fini mon enquête.

— Depuis quand la mènes-tu ?

Wenger était embarrassé.

— Depuis notre première conversation.

— C'est-à-dire depuis près d'une semaine.

— Il y a bien quelques cas. Mais ils concernent tous le comportement pendant le trip. Et dans aucun d'entre eux, la psilocybine n'intervient seule.

— Alors quoi ?

— On connaît des cas où des gens qui avaient pris en plus des amphétamines ou de l'héroïne, de la cocaïne ou du crack sont devenus violents pendant le trip. Et l'on connaît des transformations de la personnalité après des excès avec d'autres drogues.

— Je n'ai pris que des champignons.

— Je sais.

— Que proposes-tu ?

— Une analyse.

Blank dévisagea son ami, incrédule.

— Une psychanalyse ?

— Chez un collègue.

— Ça dure à peu près vingt ans, si je suis bien informé.

— Dans ton cas, je ne crois pas.

— Parce qu'ils m'enfermeront avant ?

Wenger passa le reste de la consultation à expliquer à Blank, en détail, pourquoi l'analyse était selon lui la meilleure solution. Lorsqu'il eut terminé, Blank lui promit de réfléchir sérieusement à sa proposition.

Avant qu'ils se séparent, Wenger ajouta :

— Encore une question, Urs.

Blank sentit que quelque chose d'important allait survenir.

— As-tu eu à un moment ou à un autre, ces derniers jours, le sentiment que tu pourrais être dangereux, et pas seulement pour un petit chat ?

Blank hésita un moment. Puis il secoua la tête.

— Jamais. Sauf pour mon psychiatre.

L'après-midi, il se mit à pleuvoir. La pluie coulait comme un film aqueux sur la fenêtre du bureau. Dans la rue, les marronniers roses en fleurs ressemblaient à de gigantesques bouquets sur l'étalage d'un fleuriste à l'ancienne.

Blank se tenait à la fenêtre, incapable de s'arracher à cette vue. Elle lui rappelait la forêt sous l'eau. Et son impression de la traverser à la nage.

Il quitta le cabinet vers quinze heures.

— Je boucle un peu avant l'heure, Petra, informa-t-il sa secrétaire en passant devant elle.

Ce n'était pas la première fois qu'il croyait percevoir une note désapprobatrice dans son « Bonne soirée ! ».

Une petite heure plus tard, Blank faisait son jogging dans la forêt des faubourgs. Le feuillage avait opacifié le toit formé par les hêtres et transformait la pluie en un fin crachin. Il teignait les troncs en sombre, le pantalon de survêtement bleu de l'avocat avait viré au noir et lui collait à la peau.

Blank courait, comme en transe. Il avait dépassé le point où les poumons font mal, où l'on sent des piques dans les flancs. L'eau qui lui entrait dans les yeux transforma la forêt en paysage sous-marin. Il était très proche du sentiment de bonheur ressenti le week-end précédent.

Le soir était déjà tombé lorsque Blank revint à sa voiture. Sa jaguar était le dernier véhicule garé sur le parking aménagé au début du parcours de mise en forme. Blank attendit d'avoir repris son souffle, puis il déverrouilla la voiture. Il ouvrit le coffre et en sortit un grand drap éponge brodé des mots « Grand Hôtel Impérial ». Il commença à se frotter les cheveux.

Lorsqu'il ôta le drap, un jeune homme se tenait devant lui. Ses cheveux lui pendaient sur les épaules en longues mèches détrempées. Il était livide, mal rasé, il avait peur.

— Tout ton fric, tous tes objets de valeur, tout, bredouilla-t-il.

Il brandit une seringue devant le visage de Blank. Elle était emplie d'un liquide sombre.

— Sang. Positif.

Le seul sentiment qu'éprouva Blank fut l'étonnement. Étonnement devant le fait qu'une chose pareille lui arrive. Et qu'il ne ressente pas la moindre trace de peur.

— Okay, dit-il. Tranquille !

Il commença à défaire le bracelet de sa montre-chronomètre.

— Rien que pour ça, on devrait te donner plus de vingt mille. Tu ne la trouves pas à moins de cinquante en magasin. Mais fais attention, il y a quelque chose de gravé. Il faut le faire effacer d'abord.

Blank tendit la montre au jeune type. Il l'attrapa avec sa main libre.

— Mon argent et mes affaires de valeur sont dans la voiture. Je dois aller les chercher ?

— Mais pas de conneries, dit le jeune, effrayé par le volume de sa propre voix. Blank ouvrit la porte du conducteur, prit son permis de conduire, quelques cartes, tous les papiers qu'il y trouva, et attrapa la lourde lampe électrique rangée dans le vide-poches.

— Tiens.

Il tendit les papiers au jeune et les laissa tomber. Lorsque le jeune se baissa, la lampe de poche l'atteignit à la nuque. Il s'effondra.

Blank alluma la lampe et ramassa ses affaires. Monta dans la voiture et tourna.

Lorsqu'il sortit du parking, la lourde voiture s'éleva un peu, comme si elle franchissait une bosse. Dans le rétroviseur, il eut l'impression que le jeune, au sol, avait tressailli. Mais Urs ne put s'en assurer précisément à la faible lueur rouge du feu arrière.

9

Urs Blank entra dans le parking de l'Impérial, confia sa clef de voiture au portier, alla chercher celle de sa chambre à la réception et prit un bain très chaud. Il passa un pyjama, sa robe de chambre en alpaga, et se fit monter un steak salade. Il mangea sur son bureau tout en étudiant les dossiers qu'il avait rapportés du cabinet. Il alla se coucher à dix heures.

Il se réveilla à deux heures du matin. Il avait froid. Il avait envoyé promener la couverture. Le pyjama lui collait au corps. Son visage était trempé. Un vent frais s'engouffrait par la fenêtre entrouverte. La pluie tombait sur les feuilles de châtaigniers, dans le parc de l'hôtel.

Il se leva, ferma la fenêtre, se sécha et passa un pyjama sec. Il retourna la couverture et se coucha sur le côté sec du lit.

Lorsqu'il éteignit la lumière, l'image du jeune type qui tressaillait le frappa de plein fouet.

Il alluma et s'assit au bord du lit. Son cœur battait comme après un sérieux effort.

Avait-il écrasé ce jeune type ? L'avait-il fait intentionnellement ? Ou bien s'en était-il juste accommodé ? Avait-il laissé un blessé sans lui porter secours ? Ou tué un homme ?

Urs se leva et se mit à faire les cent pas dans sa chambre. Il savait qu'il devait faire quelque chose. Mais une voix en lui lui chuchotait : « Oublie-ça. Couche-toi et dors. »

À trois heures, il demanda qu'on aille chercher sa voiture dans le parking souterrain.

Il traversa la ville déserte et monta vers la forêt des faubourgs. Il ralentit au fur et à mesure qu'il se rapprochait du parking, près du parcours de mise en forme. Il s'arrêta près de la fourche dans la forêt, coupa son moteur et éteignit ses phares. Il ouvrit la fenêtre. La pluie s'était arrêtée. À chaque coup de vent, l'eau tombait de la cime des hêtres sombres, en crépitant.

Lorsque ses yeux se furent habitués à la pénombre, il distingua le billot de bois qui marquait l'entrée du parking. Il laissa un peu de temps s'écouler. Puis il démarra son moteur et se dirigea vers le parking, tous feux éteints.

Il était vide. Blank fut soulagé. Peut-être, se dit-il, mes sentiments reviennent-ils lentement à la normale.

Il ralluma ses phares.

C'est alors qu'il vit le dessin sur l'asphalte. Le contour d'une silhouette recroquevillée.

Une demi-heure plus tôt, l'obscurité avait commencé à se répandre sur les collines. La route de campagne sinueuse brillait, toute trempée. De temps en temps, Blank croisait un tracteur ou une vieille Landrover.

Il trouva la bifurcation du premier coup. Il traversa la forêt et monta vers la clairière. La petite ferme était là, tranquille. Lorsqu'il approcha avec sa voiture, le bouvier se mit à aboyer.

— Couchée, Brahma, dit Blank en descendant. L'animal se calma aussitôt et le renifla en hochant la tête.

Il dut frapper et crier pendant longtemps avant qu'une fenêtre s'ouvre au première étage et qu'apparaisse la tête hirsute de Joe.

— Non mais tu déconnes, ou quoi ? Il est six heures !

— C'est important, lui cria Blank.

Peu après, il se retrouva assis dans la cuisine confinée. Joe avait fait du feu dans un petit poêle à bois et y avait déposé une verseuse en aluminium pleine de café froid. Il était à présent assis devant Blank, à la table de la cuisine.

— Qu'est-ce qui est important ? demanda-t-il, énervé.

— Il y avait la première fois quelque chose qui manquait à la deuxième.

— Qu'est-ce qui te fait dire ça ?

— Le trip était complètement différent.

— Tous les trips sont différents.

— Pas *aussi* différents, si j'en crois mes médecins.

Joe avait l'air surpris.

— *Tes* médecins ?

— Je suis en traitement. Je suis malade. Et si je ne guéris pas, je porte plainte contre toi.

— À tes risques et périls. C'étaient les termes de l'accord.

— Pas si tu coupes tes produits.

Joe monta d'un ton.

— Nous ne coupons pas !

— Mes médecins disent qu'il y avait quelque chose de synthétique à l'intérieur.

— Tes médecins connaissent que dalle aux champignons.

— Mes symptômes leur donnent raison.

Joe se leva et chercha quelque chose.

— Tu fumes ? demanda-t-il.

Blank répondit par la négative. Joe choisit le plus gros mégot dans le cendrier, et l'alluma.

— Quel genre de symptômes ?

Blank se leva et lui donna une gifle. Le mégot vola dans la cuisine.

— Ce genre-là, répondit-il.

Joe l'observait, effrayé. Il se tenait la joue.

— Devenu fou ?

— Tout juste.

Un sifflement leur vint du poêle. Le café débordait. Blank se leva, attrapa un gant et prit la verseuse sur le poêle. Il la porta vers la table et versa du café brûlant sur le bras de Joe.

Joe cria, bondit sur ses jambes, courut à l'évier plein de vaisselle sale, ouvrit le robinet et se refroidit le bras.

— Qu'est-ce qu'il y avait d'autre ? demanda Blank.

Joe ne répondit pas. Blank passa derrière lui et lui posa la verseuse sur le dos. Joe hurla.

— Assieds-toi ! ordonna Blank.

Joe obéit. Blank se campa devant lui, la verseuse à la main.

— À part les champignons, qu'y avait-il d'autre ?

— Uniquement des champignons. Je le jure.

Blank tenait la verseuse au-dessus de lui.

— De tailles différentes ! cria Joe.

Blank reposa la verseuse sur le poêle et y remit deux bûches.

— Des psilocybes fer-de-lance, dans différentes tailles.

— Montre-les-moi.

Joe se leva. Blank le suivit avec la cruche. Un escalier raide menait à la chambre à coucher, jusque sous le toit. Il y flottait une odeur de sueur et de linge sale. Un matelas était posé au sol, la literie était en bataille.

— Où est Shiva ? demanda Blank.

— En Inde.

Joe fouilla dans un placard ouvert et en sortit une boîte en fer-blanc. Ils retournèrent dans la cuisine. Blank reposa la verseuse sur le poêle et ordonna à Joe de s'asseoir.

La boîte renfermait deux sacs en plastique. Joe vida leur contenu sur la table de la cuisine. Le premier était plein de champignons secs, grands ou moyens. L'autre, de petits.

— Des psilocybes de grande ou petite taille. On les appelle des fers-de-lance, commenta Joe.

— Et les minuscules ?

— Quels minuscules ?

— La première fois, j'en ai eu un minuscule. Beaucoup plus petit que ces petits-là.

Blank attrapa le gant.

Joe hésita.

— De minuscule, il n'y en avait qu'un seul.

— C'est moi qui l'ai eu.

— Un vraiment minuscule ? Grand comme un ongle ?

— Comme un ongle, au maximum.

Joe soupira.

— C'était quoi ?

Joe haussa les épaules. Blank prit la verseuse sur le poêle.

— Je ne sais pas ! cria Joe.

Blank brandit la cruche au-dessus de lui.

— Un bleuet, un bleuet ! laissa échapper Joe.

— Qu'est-ce que c'est, un bleuet ?

— Un champignon très rare.

— Rare à quel point ?

Joe hésita. Blank versa du café sur le sol. Juste à côté de la jambe de Joe.

— C'est le premier que j'aie jamais vu, bredouilla Joe.

— Et d'où connaissais-tu ses effets ?

— Je ne les connaissais pas. Je voulais essayer. C'est une erreur. C'est Shiva qui l'a rangé avec les autres.

— D'autres personnes t'ont-elles dit comment il agit ?

Joe secoua tristement la tête.

— Je n'ai rien trouvé là-dessus.

— Et comment sais-tu qu'il contient de la psilocybine ?

Joe se mit à pleurer.

— Il en avait l'air.

— Et d'où tiens-tu son nom ? (Blank criait presque.)

— C'est moi qui le lui ai donné.

L'après-midi, Urs Blank s'assit de nouveau à sa table. Il avait fermé la porte de son bureau et demandé qu'on ne le dérange pas. Il avait posé devant lui un livre intitulé *Identifier les champignons.* Quelques pages étaient marquées par des feuillets autocollants. À chaque fois, il revenait à un morceau de papier arraché à un petit bloc à spirales. On y lisait quelques notes de l'écriture rapide de Joe :

« Bleuet »

Chapeau : 7-9 millimètres, bleu-cyan, mucosité luisante, bosse pointue, cannelé.

Lamelles : jaune safran, pas au pied.

Pied : couleurs du chapeau, 2-3 cm, mince, fragile.

Chair : couleurs des lamelles, odeur légèrement désagréable.

Spores : spores rose pulvérulents.

Localisation : Bois de Rubli ?

Blank trouva bien un pied-bleu, la *lepista nuda*. Mais sa couleur allait du violet au brunâtre, son diamètre de quatre à douze centimètres, et il était comestible – on disait même qu'il faisait baisser la tension.

Le seul champignon qui ait à peu près correspondu à la description de Joe était l'entolome nitreux, couleur bleu-acier. Bleu-acier et bleu-cyan, ça pouvait se discuter. Quant aux lamelles – blanches puis rose pâle chez l'un, safran chez l'autre – elles aussi étaient très proches. Mais là encore, le problème, c'était le diamètre du chapeau. Jusqu'à cinq centimètres. Au lieu de sept à neuf millimètres.

Blank ne connaissait rien aux champignons. Mais il ne pouvait pas s'imaginer qu'il se soit agi d'un exemplaire tout jeune, beaucoup plus petit qu'au stade adulte.

Il avait encore marqué quelques autres exemplaires : russule bleue et jaune, cortinaire azuré, cortinaire hircin, lactaire améthyste. Mais hormis la couleur, ils n'avaient pas le moindre rapport avec le « bleuet ».

Joe n'avait pas pu dire grand-chose sur le lieu où ils avaient trouvé le champignon. L'automne passé, comme tous les ans, il avait organisé une chasse « alternative » au champignon. Le soir, au contrôle mycologique, le champignon se trouvait parmi les prises anarchiques des jeunes gens. Personne ne savait plus vraiment qui l'avait trouvé. Joe n'était même pas tout à fait sûr des lieux où ils avaient cherché ce jour-là. Peut-être dans le bois de Rubli, une forêt des environs, un bois à essences mélangées qu'il montra à Blank sur une carte. Mais peut-être pas. Le groupe avait achevé l'excursion avec un inoubliable rituel des champignons. C'était d'ailleurs l'une des rares choses inoubliables de ces journées-là.

Son guide s'achevait sur le lentin écailleux et l'hydne cure-oreille, deux champignons non comestibles. Il n'y avait pas trouvé la moindre allusion à un minuscule champignon bleu-cyan.

Blank se leva et rangea le guide des champignons dans sa serviette. Il fallait qu'il sorte d'ici avant que ce sentiment de remords paralysant s'empare totalement de lui.

Rolf Blaser, coupe en brosse grise, dents abîmées, était assis dans son Opel bleue et notait en style télégraphique les éléments de son compte rendu. Sa voiture de service était le seul endroit où il ne gênait personne. Tout le parvis était peuplé de camions de pompiers, de tuyaux, de pompes, de générateurs, de voitures et de tracteurs.

Lorsque le paysan de la ferme voisine avait vu les colonnes de fumée au-dessus de la forêt, il avait, par précaution, prévenu la brigade d'incendie de la commune. Puis il avait passé son uniforme de pompier, s'était installé dans sa Landrover et était monté à la Ferme aux Épicéas.

Celle-ci brûlait déjà comme une torche. Brahma, le bouvier, aboyait contre les flammes.

La brigade municipale d'incendie était composée d'agriculteurs travaillant dans les fermes avoisinantes. Mais ils étaient tous à leur travail. Lorsqu'ils arrivèrent, le feu s'attaquait déjà au hêtre rouge derrière la ferme. Bien sûr, la brigade s'exerçait régulièrement en cas de coups durs, mais avant que les tuyaux soient déroulés et raccordés, et que l'on puisse passer à l'extinction, la forêt était déjà en flammes. On ne put maîtriser le sinistre qu'avec des renforts de pompiers professionnels et l'aide du bulldozer d'une entreprise voisine qui creusa un pare-feu hideux dans la vieille forêt.

La Ferme aux Épicéas avait brûlé jusqu'aux fondations.

Les paysans, avec leurs casques et leurs ceinturons de pompier, s'étaient rassemblés par petits groupes autour des décombres et spéculaient sur la cause de l'incendie. Ils étaient unanimes : c'était un accident, dû à une négligence. Les habitants avaient manipulé le feu alors qu'ils étaient ivres ou avaient pris de la drogue. Un miracle que ça ne soit pas arrivé plus tôt.

L'un des pompiers professionnels qui tisonnaient les restes s'approcha de l'Opel de Blaser.

— Nous avons quelque chose, dit-il.

Blaser alla chercher les bottes en caoutchouc dans le coffre, les passa et chercha à se frayer un chemin sur le terrain ramolli par l'eau des lances et labouré par les engins. Il monta sur les ruines et rejoignit les pompiers qui entouraient quelque chose.

Blaser sut aussitôt de quoi il s'agissait. Ça n'était pas la première fois qu'il voyait ce genre de motte noire et indéfinissable sur le lieu d'un incendie.

— Il nous faut un cercueil, dit l'un des pompiers.

Blaser rentra à sa voiture et prévint le poste.

Alfred Wenger était occupé avec une cliente. Mais Lucille insista pour qu'on la laisse passer. Une urgence. Il s'agissait d'Urs Blank.

— Tu es au courant ? (Ils se tutoyaient depuis le week-end aux champignons.) Joe est mort brûlé vif.

Elle lui raconta ce qu'elle savait : la ferme avait brûlé, et avec elle la moitié de la forêt.

— Et en quoi s'agit-il d'une urgence qui concerne Urs ? demanda Wenger.

— J'essaie de le prévenir depuis hier soir. Mais je n'arrive pas à le joindre. Ni à l'hôtel, ni à la chancellerie, ni sur son portable. Personne ne sait où il est.

— Je ne le sais pas non plus.

Lucille se tut un instant.

— J'ai un mauvais pressentiment. Il est tellement tendu, ces derniers temps. Et maintenant cette histoire avec Joe.

— Je ne vois pas le rapport. (Il y avait un peu d'impatience dans la voix de Wenger.)

— Tout est lié, répondit Lucille. La semaine dernière, nous dormions encore sous le même tipi. Maintenant, Joe est mort, Urs a disparu. C'est inquiétant.

— J'ai une patiente, Lucille.

— Excuse-moi.

— Ne te fais pas de soucis, dit Wenger avant de raccrocher.

Mais lorsque la patiente fut sortie, il appela la secrétaire de Blank. Celle-ci lui apprit qu'Urs n'était apparu que la veille, au début de l'après-midi, qu'il était resté enfermé pendant deux heures avant de quitter le cabinet sans prévenir, et à toute vitesse. Depuis, elle n'avait plus aucune nouvelle de lui, et ne savait pas ce qu'elle devait répondre aux gens. Elle paraissait inquiète.

Il ne répondait pas non plus sur la ligne directe de sa suite à l'hôtel. À la réception, on lui indiqua que Me Blank ne se trouvait pas dans sa chambre. Il demanda quand on l'avait vu pour la dernière fois à l'Impérial ; on ne lui répondit pas, bien entendu.

Deux patients plus tard, il appela Évelyne. L'air aussi détaché que possible, il lui demanda :

— Dis, j'essaie de joindre Urs. Tu sais où il est ?

— C'est à moi que tu poses cette question ?

— À son bureau et à l'hôtel, on ne sait pas où il est. Depuis hier.

— Est-ce qu'il y a une raison de se faire du souci ?

Wenger hésita.

— Qu'est-ce qu'il lui arrive, Alfred ?

— Il n'est plus tout à fait le même. Ces derniers temps.

— Oui. Je l'ai remarqué moi aussi. (Sa voix était un rien sarcastique.)

— Dis-lui qu'il me passe un coup de fil, si tu le vois.

C'était peut-être le temps d'arrêt avant qu'elle dise oui, peut-être une tonalité à peine perceptible dans sa voix, ou simplement la longue expérience qu'avait Wenger des gens qui ne disent pas la vérité. En tout cas, après son dernier patient, il se rendit directement chez Évelyne.

Elle ne parut pas surprise de sa visite impromptue, et le conduisit dans le séjour.

— Tu bois un verre de vin ?

Elle apporta deux verres et une demi-carafe de rouge. Lorsqu'il la regarda, au moment de la servir, il remarqua que ses mouvements n'étaient plus résignés comme lors de sa dernière visite. Et l'on n'avait plus l'impression que les lumières s'étaient éteintes derrière ses yeux.

— Il est ici, n'est-ce pas ?

— J'ai dû lui promettre de ne pas le trahir.

Pendant qu'ils buvaient leur vin, Évelyne raconta ce qui s'était passé. La veille, peu après la tombée de la nuit, on avait sonné chez elle. Lorsqu'elle avait ouvert, Urs était devant la porte. Son costume était sale, ses chaussures couvertes de glaise. Elle l'avait laissé entrer. Ils avaient mangé un morceau. À la cuisine, comme au bon vieux temps.

Urs n'avait pas dit grand-chose. Juste qu'il était en crise. Arrivé à un point où il ne savait plus comment progresser. Il devait se retirer pendant quelques jours et faire le point.

— Depuis, il n'a plus quitté sa chambre. Je lui ai déposé le petit déjeuner à côté du lit. Lorsque j'ai voulu lui apporter à manger pour midi, il dormait toujours. Il n'avait pas touché son petit déjeuner. Qu'est-ce qui lui arrive, Alfred ?

— Il fait une dépression.

— Urs, une dépression ? Et pourquoi ?

— Si on le savait toujours du premier coup...

— Chagrin d'amour ?

— Non. Je crains que ce ne soit un peu plus compliqué.

— Je comprends. Tu n'as pas le droit de me dire quoi que ce soit.

Wenger confirma.

— Mais si je peux dire quelque chose, moi : en tout cas, je le préfère tel qu'il était hier. La semaine précédente, il était d'une froideur qui m'a fait peur.

Wenger hocha la tête.

— Tu l'as remarqué, toi aussi ?

La porte s'ouvrit. Blank entra, vêtu d'une robe de chambre. Sa chevelure était hirsute, il n'était pas rasé. Il toisa Évelyne et Wenger, l'air écœuré.

— J'aurais dû m'en douter.

— C'est lui qui a eu l'idée de venir te chercher ici, je te le jure, se défendit Évelyne.

Blank s'installa avec eux.

— Tu veux que j'aille te chercher un verre ? demanda Évelyne.

Il secoua la tête.

Ils étaient assis, silencieux, à la lumière d'un lampadaire. Leur reflet dans la grande fenêtre était émaillé par les lointaines lueurs de la ville.

— Tu veux parler ? demanda Wenger.

Blank haussa les épaules.

— Je dois sortir ? demanda Évelyne.

Blank haussa les épaules.

Évelyne sortit de la pièce. Elle emporta son verre.

Wenger prit une gorgée.

— De qui te caches-tu ?

Blank réfléchit.

— De moi-même, peut-être.

— Quelque chose s'est passé ?

— Non. Mais ce sentiment de culpabilité m'achève.

— Il y a un nouveau motif ?

— Les anciens suffisent.

— Et où t'es-tu sali comme ça ?

— Sali ?

— Évelyne dit que tu étais couvert de crasse lorsque tu es arrivé ici.

— Ah, d'accord. Dans la forêt. La forêt m'apaise. Amusant, non ?

— La dernière fois que tu t'es senti vraiment bien, c'était dans la forêt.

— Oui, là, j'allais bien.

Wenger se resservit du vin.

— Est-ce qu'il existe des champignons psychoactifs agissant avec d'autres substances que la psilocybine ? demanda Blank.

— La psilocine, la sérotonine, la baéocystine, pour autant que je sache.

— Serait-il possible qu'un champignon de ce type se soit trouvé parmi ceux que j'avais consommés au premier trip ? Cela expliquerait que le deuxième ait été tellement différent.

— Ça n'est pas exclu.

— Crois-tu que cela vaille la peine d'étudier la question ?

Wenger observait Blank lorsqu'il répondit :

— Il y a un problème.

— Quel problème ?

— Joe est mort. Il a brûlé avec la maison et la ferme.

— Ah.

La réponse ne paraissait ni étonnée, ni effrayée, ni déçue. C'était le « ah » avec lequel on prend connaissance d'un fait nouveau dont il faut tenir compte pour adopter d'autres mesures. « Ah. »

Wenger était soulagé.

— De toute façon, je te ne te conseillerais pas de mener d'autres expériences sur les champignons. C'est pratiquement impossible à doser. Trop incertain. Trop risqué. Je demeure partisan d'une analyse.

Blank secoua la tête.

— Que comptes-tu faire ?

— Il faut que je reste éloigné de tout pour un moment.

— Penses-tu que le lieu soit bien choisi ?

— Qu'est-ce que tu proposes ?

— Tu dis toi-même que la forêt te tranquillise. Je connais un endroit au beau milieu de la forêt. Belle maison, beau cadre, bon personnel, bons repas. Pas très bon marché.

— Un hôtel ?

— Quelque chose de ce genre.

Lorsque Pat revint chez elle vers deux heures du matin après avoir pris un dernier verre au Volume, elle trouva Lucille dans la cuisine, derrière sa crème de banane, la langue un peu plus pâteuse que d'habitude.

— Maître Blank a fait sa réapparition. Devine où, tu as droit à trois réponses.

— Chez Maman ?

— Chez Maman.

— C'est lui qui t'a appelée ?

— Non. Son psychiatre.

— Oh, pardon.

Pat se servit le reste de liqueur dans un petit verre et le leva en direction de son amie.

— Pour ce qui concerne maître Blank, le sujet est clos, conclut Lucille.

10

La Frênaie était composée d'un manoir du XVIIIe siècle, d'une ferme avec ses dépendances pour le fonctionnement du domaine, d'une maison réservée au personnel et d'une annexe des années quatre-vingt, construite à l'époque où la clinique connaissait son grand boom.

Entraient à La Frênaie les gens qui pouvaient se le permettre ; on venait s'y reposer d'un infarctus du myocarde, suivre une cure de désintoxication alcoolique ou perdre ses kilos superflus. On pouvait aussi s'y rafraîchir les cellules ou laisser cicatriser les traces d'opérations de chirurgie esthétique. Bref, l'institut était spécialisé dans la remise sur pied après toutes les espèces de coups du sort que réserve la vie aux gens de bonne situation.

Dans le cas d'Urs Blank, il s'agissait d'une dépression due à l'épuisement. Il avait préféré cette expression à celle « d'effondrement nerveux ». Il la trouvait moins vieille fille.

Chez Geiger, von Berg, Minder & Blank, on avait pris connaissance du diagnostic avec un mélange d'inquiétude et de soulagement. Inquiétude, dans la mesure où il signifiait que certains des mandats importants du cabinet seraient orphelins pour un certain temps. Soulagement, parce qu'il apportait une explication à l'étrange comportement de Blank. Les associés auraient certes préféré pouvoir donner une explication matérielle à l'absence de Blank, par exemple un infarctus ou une hernie discale. Mais comme l'expliqua le Dr Wenger lorsqu'il vint les informer personnellement, une dépression par épuisement était explicable par le surmenage. Et pour un avocat d'affaires compétent, le surmenage était toujours un motif d'absence honorable.

En tout cas, ils parvinrent à convaincre tous les clients de Blank d'accepter une solution transitoire. Même Huwyler accepta finalement de laisser son mandat au cabinet ; Me Geiger le reprit à titre provisoire et en confia la gestion courante à l'assistant de Blank, Christoph Gerber. Il connaissait déjà le dossier et le style de travail de Blank. « Un deuxième Blank », garantit Geiger à Huwyler.

Urs Blank fut agréablement surpris par La Frênaie. Le personnel était discret. Les médecins ne s'imposaient pas. Il était facile d'éviter les autres patients. La plupart étaient heureux qu'on les laisse tranquilles. Il n'en rencontrait que quelques-uns, de temps en temps, à la piscine ou dans les salles de remise en forme. Il prenait ses repas dans sa chambre. Il logeait dans une tour du petit château. Ses fenêtres, aux quatre points cardinaux, donnaient sur la forêt de frênes qui entourait la clinique.

C'est là que Blank passait ses journées.

Il lui arrivait de s'éveiller à la première lueur du jour. Il s'installait à la fenêtre ouverte et écoutait les oiseaux saluer le lever du soleil, une polyphonie de sifflements et de trilles qui s'unissaient parfois en une seule voix, comme émise par une unique créature vivante.

Urs s'habillait et descendait sans faire de bruit les marches grinçantes des étages, puis celles qui donnaient dans la cour. De la lumière brillait dans l'étable, on entendait par la fenêtre le bruit d'aspiration des trayeuses, mêlé à de la musique folklorique. Blank prenait l'un des chemins qui, partant derrière le grand potager, se ramifiaient et donnaient sur la forêt. Plus il approchait des bois, plus il marchait vite, comme un homme désireux de se mettre à couvert avant l'arrivée de la grande averse.

On était fin mai. Les frênes n'avaient débourré que deux semaines plutôt et laissaient encore beaucoup de lumière pénétrer dans la forêt. Le vert éclatant du sol de la forêt était encore à moitié tacheté par les primevères sauvages et les lamiers dorés. Ici et là resplendissait le blanc d'une anémone des bois attardée.

Au bout de quelques centaines de mètres, Blank quitta le chemin et prit la direction dans laquelle la forêt était le plus dense. Là où il se sentait le mieux : les troncs jaunâtres des frênes étaient remplacés par ceux, moussus, de l'érable à feuille d'obier. À l'ombre de leurs puissantes cimes, les merisiers à grappes, les noisetiers et les fusains tissaient un épais sous-bois. Il aimait les endroits où l'on aurait juré qu'aucun homme n'avait posé le pied depuis des années. Il s'asseyait sur une pierre ou sur un tronc pourri, ou encore sur le tendre humus de la forêt, et tentait de devenir une partie de la forêt.

Parfois, au bout de plusieurs heures, il arrivait à reconquérir une ombre du sentiment qui l'avait empli cette après-midi-là, sur le fond marin de la forêt. Ces jours-là, lorsqu'il rentrait à La Frênaie, il était comme libéré.

La deuxième semaine, en revenant à la clinique, il trouva des champignons. Il les vit au bord du chemin au point précis où il retrouvait le sentier de la forêt. Il crut d'abord qu'il s'agissait de cailloux. Il ne voyait que les chapeaux, qui allaient du gris clair jusqu'au gris-bleu sombre. Il fallut qu'il s'accroupisse pour être sûr qu'il s'agissait bien de champignons. Il en détacha un du sol moelleux de la forêt. Le chapeau était en cloche, son rebord grippé comme de la vieille peau. La tige était gris clair, mais on aurait peut-être aussi pu la qualifier de bleu clair. À la base, il portait une protubérance, qui n'était pas mentionnée dans la description du « bleuet ». Il était aussi nettement plus grand. Les jeunes exemplaires ressemblaient à des œufs gris montés sur tige.

Blank détacha toute la petit grappe et l'emballa soigneusement dans son mouchoir.

Là où le chemin rejoignait la clairière de La Frênaie, en lisière de la forêt, on avait installé un banc vert. Lorsque Blank passa devant, quelqu'un demanda :

— A-t-on le droit de vous adresser la parole ? Ou bien êtes-vous ici incognito ?

Blank sursauta et se retourna. Pius Ott était assis sur le banc. Il portait un manteau de loden et un chapeau de feutre, comme un chasseur. Il se leva et se dirigea vers Blank.

— Comment saviez-vous que je me trouvais ici ?

— Je ne le savais pas. (Ott tendit la main à Blank.)

— Alors vous êtes ici par hasard ?

— Pas tout à fait. (Ott désigna le petit ballot que Blank avait formé avec son mouchoir.) Mycologue ?

— Non. Mais ceux-là, je les ai trouvés intéressants.

Ott tendit la main vers le petit sac.

— Vous permettez ?

— Vous vous y connaissez en champignons ?

— Un peu, oui. (Ott prit le mouchoir, le posa sur le sol, l'ouvrit et émit un sifflement.) Intéressants, c'est le mot !

— Ils sont comestibles ?

— Comestibles ? Les jeunes exemplaires sont de première qualité ! Vous m'invitez ?

— Vous habitez aussi à La Frênaie ?

— Trois semaines par an.

Blank respecta l'usage et s'abstint d'en demander le motif. Ott referma le mouchoir sur les champignons.

— Je vais expliquer au cuisinier comment on les prépare, et nous les mangerons ensemble. *Your place or my place ?*

Voyant Blank hésiter, Ott ajouta :

— Je sais, il n'y a rien de plus désagréable que de rencontrer une relation par hasard dans une clinique de convalescence. Tranquillisez-vous : je tiens moi aussi à ce que nous ne nous importunions pas plus que cela. Mais il faut manger ces champignons sur-le-champ. Ce sont des coprins noir d'encre. Demain, ils commenceront à se liquéfier.

Quelques jours auparavant, dans le meilleur des cas, Blank aurait encore ignoré Ott. À son grand étonnement, non seulement il ne refusa pas ce repas, mais il accepta même de consommer le plat de champignons dans la chambre de l'homme d'affaires. Blank attribua ce phénomène aux exercices de méditation qu'il s'était lui-même prescrits. Il semblait en bonne voie de redevenir une créature sociable.

La suite de Pius Ott était située dans le penthouse de l'annexe. Elle était entourée, sur trois côtés, par une terrasse depuis laquelle on avait vue sur la propriété, le castel et la forêt. Elle était équipée de meubles qui avaient dû être modernes dans les années quatre-vingt et comprenait un séjour et une chambre à coucher.

Un quart de l'espace était occupé par une table où l'on avait disposé trois écrans. Sur chacun d'entre eux défilaient les cours de la Bourse. À côté, des papiers soigneusement empilés et, disposés avec précision, trois téléphones portables. Un télécopieur et un broyeur complétaient l'infrastructure temporaire de Pius Ott.

Devant la façade vitrée donnant à l'ouest, on avait dressé une petite table pour deux personnes. Côté sud, un petit groupe de siège, un divan et deux fauteuils.

— Le repas sera servi dans une demi-heure. Puis-je vous proposer un apéritif?

Blank demanda un tonique. Ott alla chercher deux petites bouteilles dans le réfrigérateur et leur servit un verre plein chacun.

— Autrefois, je pensais que l'irrégularité rallongeait l'existence. Ne fais jamais la même chose deux ans de suite, sans cela tu ne pourras plus dissocier les années, elles fusionneront pour n'en faire plus qu'une seule. Aujourd'hui, je suis persuadé du contraire : c'est la régularité qui prolonge la vie. Plus les années se ressemblent, plus elles passent sans qu'on les remarque. Chaque année, je reviens ici, exactement à la même période, et je reprends toujours la même chambre. Le personnel ne vieillit qu'imperceptiblement, la clientèle d'habitués, pas du tout. (Ott se mit à rire.) Au contraire : certains d'entre eux rajeunissent tous les ans. Que faites-vous pour prolonger votre vie, maître ?

Blank réfléchit.

— Trop peu de choses, peut-être.

— Vous allez chaque jour dans la forêt, au petit matin.

— Comment le savez-vous ?

— Je vous vois d'ici, en haut. Moi aussi, je suis un lève-tôt.

— Vous m'observez ? (Blank était agacé.)

— Depuis que vous êtes arrivé. Mais ne vous faites pas de souci. Je repars demain soir.

Blank ne répondit pas.

— Désolé, c'est une vieille habitude de chasseur. Se tenir à l'affût perché au petit matin, et observer la lisière de la forêt. Et je vous vois entrer dans la forêt. La forêt, c'est un bon début si vous voulez rallonger votre vie. Vous y trouverez les deux à la fois. La stagnation et la transformation.

— C'est pour cela que vous chassez ? (Blank était heureux d'être aussi détendu.)

— Pas à cause de la forêt. Je chasse tout autant dans la steppe et sur la glace. Mais je fais aussi cela pour rallonger la vie.

— Comment cela ?

— Le fait de décider de la vie ou de la mort se rapproche beaucoup de l'état d'immortalité.

On frappa à la porte. Deux garçons poussaient une desserte roulante. Ott et Blank s'assirent à table et se firent servir le repas. Une salade printanière mixte précédait les nouilles maison et les champignons saupoudrés d'un peu d'oignon et d'ail.

— Une gorgée de bordeaux? demanda Ott.

Blank refusa.

Son hôte avait raison. Les champignons étaient un mets de choix. Lorsque Blank eut vidé son assiette, il demanda :

— Sont-ils si rares que l'on en mange aussi peu souvent?

— Non, le coprin noir d'encre est relativement répandu. Si on le mange rarement, c'est pour une autre raison. Il s'entend mal avec l'alcool.

— Comment cela se traduit-il?

— Un rougissement de la peau du visage, qui se mue peu à peu en violet avant de s'étendre à la totalité du corps. Curieusement, seuls le bout du nez et le lobe des oreilles restent blancs. La suite : bouffées de chaleur, tachycardie, troubles de l'élocution et de la vision. Les symptômes apparaissent lorsqu'on a ingéré, au cours des deux jours précédents ou pendant le repas, des quantités même minimes d'alcool. Et ils reviennent si l'on absorbe de l'alcool pendant les deux journées qui suivent. (Ott sourit.) Une bonne chose que vous ne buviez jamais.

— Comment le saviez-vous?

— Je ne le savais pas.

Blank sentit la colère monter en lui.

— Vous avez pris le risque?

— J'étais à peu près sûr de moi.

— Comment pouviez-vous être à peu près sûr de vous? (Blank avait haussé la voix.)

— Je suis un bon connaisseur du genre humain.

— Et vous testez votre connaissance du genre humain avec des champignons vénéneux ?

Plus Blank écumait, plus Ott était calme.

— Je vous le dis, j'étais sûr de moi. C'est à partir de ma propre personne que j'ai tiré des conclusions vous concernant. Nous avons les mêmes instincts. Nous nous ressemblons beaucoup.

Le poing de Blank fila vers le visage d'Ott. Le sang s'échappa aussitôt de sa narine droite. Il ne s'en soucia pas. Il resta assis, regardant Blank dans les yeux.

Lorsque Blank prit son élan pour le deuxième coup, Ott leva la main droite. Il tenait un couteau de chasse. Blank se leva de table et fit un pas en arrière. Le sang de Pius Ott coulait goutte à goutte sur son menton, puis sur sa chemise blanche. Il souriait.

Blank quitta la chambre.

Ott resta assis, droit et immobile, les mains posées à gauche et à droite de l'assiette.

Il s'était trompé sur Blank. Il n'était pas comme lui. Il ne se contrôlait pas.

Ott s'interdit d'appuyer sa serviette contre son nez ou de passer à la salle de bains. Il allait rester assis sans bouger et attendre que son corps arrête le sang de lui-même. Il attendait et se demandait si Blank pressentait les dimensions de l'erreur qu'il venait de commettre.

Blank avait emporté son guide des champignons à La Frênaie. Ce que Ott avait dit sur le coprin noir d'encre (*coprinus atramentorius*) était exact. L'auteur du guide allait encore plus loin, et mettait en garde contre le risque de troubles circulatoires mortels. Blank souligna ce passage et écrivit dans la marge : « Le champignon surprise de Pius Ott ! »

Cette fois, il n'éprouva pas la moindre culpabilité. Lorsqu'il raconta l'épisode à Alfred Wenger, pendant l'une de leurs conversations téléphoniques régulières, il considéra cela comme un bon signe.

— Ton inconscient paraît avoir de nouveau appris à faire la distinction. Boxer le nez d'un homme qui a failli t'empoisonner me paraît être une réaction tout à fait saine.

Juste après sa sortie de La Frênaie, Pius Ott rencontra Me Geiger, l'associé de Blank, au lobby de l'Impérial. Il lui annonça qu'à l'avenir, il comptait travailler exclusivement avec le cabinet Geiger, von Berg, Minder & Blank. On évoqua quelques questions centrales, et l'on délégua les détails de la transmission des dossiers aux niveaux compétents. On ne mentionna pas le cas de Blank.

Blank avait empilé dans sa chambre les livres et les encyclopédies qu'il s'était fait livrer par une librairie de la ville. On y trouvait tout ce qui avait un rapport avec la forêt : sociétés de parts sylvicoles, exploitation, arboriculture, flore, mycologie, protection de la nature, gibier, protection des espèces, pratique de la chasse.

Il plancha sur son sujet comme il ne l'avait plus fait depuis ses études. Mais il n'avait aucun mal. Contrairement au droit, cette discipline-là le fascinait. Il était comme possédé par la forêt.

Dans la forêt, comme n'importe quelle autre créature, il n'était ni bon, ni mauvais.

Au cours de sa troisième semaine de séjour, Évelyne lui rendit une visite surprise. Comme toujours au petit matin, il se tenait à sa fenêtre et écoutait les oiseaux lorsque le concert fut troublé par un bruit de moteur. Il reconnut la vieille Alfa gris métallisé d'Évelyne. Elle se gara devant l'entrée, éteignit ses phares et attendit.

Blank attendit aussi. La bande de ciel, au-dessus des cimes, devint plus claire. Évelyne ne bougeait pas. Blank comprit qu'il ne pourrait éviter cette rencontre s'il ne voulait pas manquer sa matinée dans la forêt.

Lorsqu'il apparut à la porte du pavillon, Évelyne descendit de voiture et vint à sa rencontre.

— Alfred m'a dit qu'à cette heure-là, tu vas toujours marcher dans la forêt.

Elle portait des chaussures de randonnée, des fuseaux et une veste en Loden droite avec boutons en corne de cerf. Blank maudit Alfred Wenger.

— Tu m'emmènes ?

— Je ne marche pas sur les chemins.

— J'ai de bonnes chaussures.

— Je marche vite.

— Je suis en forme.

Ils partirent. Passèrent devant la ferme et le marchand de légumes, en direction de la lisière du bois.

— Que fais-tu dans la forêt ?

— Regarder, écouter, sentir. Se taire.

Il pressa le pas.

Ils atteignirent la lisière de la forêt. Devant eux, le chemin se perdait dans la lumière ténébreuse du petit matin. Blank continua. Du coin de l'œil, il voyait Évelyne, hors d'haleine, incertaine, appliquée. Il passa devant le premier point où il quittait le chemin d'habitude. Devant le deuxième aussi. Devant le troisième, il s'immobilisa.

— Ça ne va pas.

— Quoi ?

— Retourne d'où tu viens.

Évelyne le regarda, décontenancée.

— Fiche le camp ! cria-t-il, et elle recula d'un pas.

Il fit un pas vers elle.

— Fiche le camp ! (Elle recula de nouveau.)

Il attrapa une pierre et prit son élan. Elle commença à courir. Il la poursuivit.

— Fiche le camp ! Fiche le camp !

Évelyne courait à présent aussi vite qu'elle le pouvait. Blank s'immobilisa.

— Cours ! Cours pour sauver ta vie ! cria-t-il.

Il apparut vers le soir, tout à fait détendu, dans la cuisine de La Frênaie. Le chef lui avait laissé – de mauvaise grâce, à la demande expresse de la direction de la clinique – une partie d'un fourneau, quelques poêles et une table. À un endroit où il ne l'aurait pas entre les jambes. C'est là que Blank préparait ses étranges repas, à partir des champignons et des légumes de la forêt qu'il y avait cueillis.

Ce jour-là, pour la première fois, il avait trouvé des morilles. Il avait lu que les morilles aiment la proximité des chênes. Mais jusqu'à ce jour, il les avait cherchées en vain. Et aujourd'hui, quinze morilles blondes d'un seul coup ! Il y en avait encore plus à l'endroit où il les avait trouvées.

Il nettoya les champignons, les dépoussiéra avec un pinceau de traiteur, divisa les petits en deux, les grands en quatre.

Il lava et découpa les jeunes feuilles de raiponce qu'il avait ramassées dans le sous-bois. Puis il fit chauffer du beurre dans une poêle, fit revenir les morilles, les sala et les poivra, y renversa la planche de salade et fit revenir le tout à couvert, pendant quelques minutes.

Il servit le plat de champignons sur une assiette chaude et le garnit avec quelques tendres feuilles d'aegopodium. Il couvrit l'assiette avec une cloche, la posa sur un plateau et le porta hors de la cuisine.

Lorsqu'il entra dans sa chambre, Alfred Wenger, assis à son bureau, feuilletait son guide des champignons.

— Si tu avais prévenu, j'aurais pris plus de morilles, dit Blank.

— J'ai déjà mangé.

— Des morilles à la raiponce et à l'aegopodium. Personne au monde ne te servira ça.

Wenger secoua la tête. Blank mit la table, s'assit, souleva la cloche et mangea. Lentement, avec componction.

Wenger le regarda faire.

— Tu menaces les femmes de mort, maintenant ?

Blank ne parla que lorsque son assiette fut vide.

— Tu m'envoies mes problèmes en thérapie à cinq heures du matin ?

— L'idée n'était sans doute pas excellente.

— Ça n'était pas pour de vrai. Je n'ai pas menacé Évelyne de mort. Je l'ai simplement fait déguerpir, un peu énergiquement.

— En lui jetant des pierres ?

— En faisant comme si.

— En criant « cours pour sauver ta vie ! » ?

— Je ne le pensais pas comme ça. Tu ne comprends pas ?

Wenger était très sérieux.

— Explique-moi ça.

Blank réfléchit.

— La forêt, c'est ma sphère intime. Évelyne a fait irruption dans ma sphère intime.

Blank n'était toujours pas satisfait de son explication. Il manquait le point essentiel :

— Et c'est ce qu'elle voulait. C'est ce qu'elle a toujours voulu.

Rolf Blaser aurait préféré que le vieil Egli n'ait pas vu la Jaguar noire. Ou du moins, qu'il ne l'ait pas mentionnée.

Egli était monté sur le silo à maïs, il raccordait le tuyau d'acheminement. Le silo faisait huit mètres de haut. Depuis le sommet, il pouvait voir le sentier menant à la ferme des épicéas, avant qu'il disparaisse dans la forêt. Il avait aperçu la Jaguar noire. Un peu plus tard, la fumée.

Comment, à cette distance, avait-il pu discerner qu'il s'agissait d'une Jaguar, avait demandé Blaser.

Elle était passée ensuite sur la route en-dessous de lui. À cinquante mètres de distance.

Avait-il pu lire la plaque ?

Il n'avait plus une si bonne vue.

Comment savait-il alors qu'il ne s'agissait pas d'un autre véhicule ?

Il n'y avait pas d'autre véhicule. Ça se serait entendu. Son oreille fonctionnait encore correctement.

Blaser n'avait pas le choix, il fallait qu'il vérifie. Compte tenu de l'état des lieux autour de l'incendie, chercher des traces de pneus n'avait aucun sens. Il devait commencer par interroger des relations de Joe

Gasser, leur demander s'ils connaissaient un propriétaire de Jaguar noire.

De Gasser, il savait seulement qu'il avait eu des relations avec le milieu de la drogue. Ce n'était pas la spécialité de Blaser. Il lui fallait l'aide de ses collègues. C'est la raison pour laquelle il était assis depuis plus d'une demi-heure dans un bureau de la police municipale, et attendait qu'un inspecteur répondant au nom de Schär ait un peu de temps à lui consacrer.

— Bon, bon, connu dans le milieu de la drogue, répéta Schär lorsque Blaser, près d'une heure plus tard, eut enfin pu lui raconter son histoire. Il avait bien vingt ans de moins que lui et portait un Lumberjack, comme les détectives des séries télévisées. Il se ferait moins remarquer en uniforme, pensa Blaser. L'aversion fut immédiate. Et réciproque, de toute évidence.

— Qu'est-ce que vous croyez, collègue, où irions-nous si nous nous mettions à surveiller le milieu des champignons, en plus du reste ?

— Je me disais qu'il existe peut-être dans le milieu des gens fichés chez vous pour d'autres drogues.

Blaser désigna le dossier que Schär avait apporté pour leur entretien.

Celui-ci l'ouvrit et le feuilleta négligemment.

— Voilà le dossier de Gasser. Ce sont de vieilles histoires. Mais si vous voulez, je vous le prête.

Schär poussa le dossier de l'autre côté de son bureau. Blaser l'attrapa.

— À votre place, je m'accrocherais à cette Trudi Frei, *alias* Shiva, dont on parle si souvent là-dedans.

— Elle est quelque part en Inde.

— C'est le cas de la plupart d'entre eux.

Armé d'une vieille fiche de police sur un vieux hippie calciné, et conforté dans son opinion sur les jeunes gars des stups en Lumberjack, Rolf Blaser monta dans son Opel bleue de service et repassa de l'autre côté de la lune.

11

Au bout de quatre semaines à La Frênaie, Urs Blank se sentait presque prêt à affronter de nouveau la vie quotidienne. Ses accès de dépression étaient devenus plus rares, et lorsqu'ils survenaient, il les traitait avec une surdose de forêt. Il avait retrouvé une bonne partie de son équilibre d'antan. Ses derniers accès de colère subite n'avaient pas eu de conséquences pour des tiers. Il était certain que ça ne tenait pas seulement au fait qu'il avait, autant que possible, évité de rencontrer d'autres personnes.

Pour que son retour à la vie professionnelle ne soit pas trop brutal, il prit quelques précautions. Au lieu de reprendre sa suite à l'Impérial, il descendit à l'hôtel de la Forêt.

L'hôtel de la Forêt était un bâtiment de quatre étages en éléments préfabriqués, qui datait des années soixante-dix. Les vieux retraités qui y logeaient à l'année lui apportaient l'essentiel de ses activités. Ses suites étaient de grands appartements de deux pièces meublés sans prétention, avec kitchenette. La plupart offraient une vue unique sur la ville et le lac. Quelques-uns donnaient sur l'arrière, où les premiers hêtres de la forêt des faubourgs barraient la vue. Urs Blank choisit l'une de ces suites-là.

Il se sépara aussi de sa Jaguar noire. Il lui fallait quelque chose de plus campagnard pour sa vie future. Il se décida pour une Range Rover. Il resta fidèle à la couleur noire.

Il convint avec ses partenaires qu'il ne travaillerait pas à plein temps dans l'immédiat. Il leur proposa de rester en coulisses et de leur laisser assumer les contact avec les clients. Cela correspondait parfaitement au point de vue de Geiger, von Berg et Minder. Le seul détail un peu délicat était l'assistant de Blank, Christoph Gerber. Il était à présent totalement intégré à la fusion de la *Confed* et n'était plus disponible pour Blank – c'était l'expression de Geiger, qui para ses objections en lui rappelant : « Si j'en crois ce qu'il m'a raconté, les dernières paroles que tu lui as adressées étaient “disparais si tu tiens à la vie, lèche-cul !”. »

Deux fois par semaine, il rencontrait Alfred Wenger. Une fois, comme par le passé, au Doré, en tant qu'ami. Et une fois au cabinet, en tant que patient. Pour le reste, il vivait en original.

Il se levait chaque matin au petit jour. Lorsque le travail le lui permettait – et la plupart du temps, il faisait en sorte que ce soit le cas – il montait dans sa Range Rover et se rendait dans une forêt des environs. Il revenait souvent avec des champignons, des légumes de la forêt et des salades sauvages qu'il préparait dans sa kitchenette. Il y trouvait toujours des plantes et des insectes qu'il s'efforçait de déterminer, parfois jusqu'à une heure tardive de la nuit.

Les jours où sa présence au cabinet était indispensable, il allait, avant de travailler, passer trois heures dans la forêt des faubourgs. Régulièrement, il arrivait au bureau chaussé de lourds souliers de randonnée, vêtu de pantalons en velours côtelé dont les revers portaient les traces de la terre séchée de la forêt.

Évelyne Vogt avait confié à un avocat, qu'il ne connaissait pas personnellement, le soin de régler la partie matérielle de leur séparation. Blank trouvait parfois qu'ils allaient un peu loin, tous les deux, dans leurs exigences. Mais cela lui était égal.

De temps en temps, il se souciait encore de Lucille. Une fois, il avait appelé chez elle, depuis La Frênaie. C'est Pat qui avait décroché, et répondu que Lucille n'avait aucune envie de lui parler.

— Peut-elle me le dire personnellement ? avait-il demandé.

Il avait entendu Pat poser sa main sur le micro. Puis la voix de Lucille.

— Oui, je peux aussi te le dire personnellement, avait-elle répété. Et elle avait raccroché.

Le deuxième mercredi après son retour de La Frênaie, il s'organisa pour pouvoir aller flâner à l'heure du déjeuner dans le petit parc où s'installait le marché aux puces. On était à la mi-juin, la journée était nuageuse, mais chaude. Il y avait du monde sur le marché, c'était le coup de feu dans les buvettes.

Lorsqu'il vit, de loin, la mince silhouette aux cheveux blonds qui tenait le stand, il pensa d'abord que Lucille s'était teinte. Mais quand il s'approcha, la silhouette se retourna. C'était un jeune homme. Il était habillé comme Lucille : un méli-mélo de tenues asiatiques, orné des foulards de soie qu'elle vendait.

— Où est Lucille? demanda Blank sans dire bonjour.

— Elle fait ses courses.

— Où?

— Indonésie.

— Quand revient-elle?

Le jeune homme haussa les épaules.

— Tout ce que je sais, c'est que je ne pourrai pas tenir son stand plus de quatre semaines.

— Je comprends, marmonna Blank avant de reprendre sa route.

— Tu savais que Lucille était en Indonésie? demanda-t-il plus tard à Wenger, au Doré.

— Elle l'a mentionné.

— Et pourquoi ne m'en as-tu rien dit?

— J'ignorais que cela t'intéressait encore.

Blank picora sans appétit dans son assiette de salade. Depuis qu'il se préparait ses propres menus sylvestres, la nourriture des restaurants ne lui plaisait plus.

— Drôle de période pour aller faire ses achats, alors que le marché aux puces grouille de clients!

— Ça lui facilite la séparation.

— C'est elle qui a dit cela?

Savoir que Lucille avait du mal à se séparer de lui n'aida pas Urs à l'oublier.

Une sorte d'amitié s'était nouée entre Pius Ott et le Dr Geiger. Ils se rencontraient régulièrement, le plus souvent au lobby de l'Impérial, et se tutoyaient depuis quelques jours. L'initiative en était revenue à Ott, le mandataire. Le volume de travail qu'il confiait à l'avocat lui donnait le droit à une relation qui ne fût pas uniquement d'affaires.

Le mandat *Universal Textile*, dont l'objectif était l'intégration du groupe *Charade* à la multinationale du textile ouvrait en particulier à Geiger, von Berg, Minder & Blank l'accès à un secteur dans lequel le cabinet souhaitait s'implanter depuis longtemps.

Ott savait par l'une de ses sources que Geiger inclinait à achever ses journées de travail fatigantes dans les clubs de nuit et à y boire plus qu'il ne l'aurait fallu. Ott lui-même n'appréciait guère les boîtes, mais il savait apprécier leur effet sur ses partenaires en affaires. Elles les incitaient à faire plus de révélations qu'il ne leur siérait le lendemain.

Après un dîner en commun, il fit en sorte qu'ils atterrissent au Belle de Nuit. Geiger avait bu la plus grande partie des trois bouteilles de bordeaux, arrondi la soirée avec deux bières, et il venait de passer au whisky. Au milieu d'un strip-tease avec beaucoup de ruché et de dentelle, Geiger marmonna :

— Latex.

— Pardon.

— Latex. Avec fermetures Éclair.

— Où ça ?

— Justement, pas.

Ott comprit.

— Latex avec fermetures Éclair. Ça te plaît ?

Geiger gloussa et hocha la tête.

— Et attacher ? demanda Ott.

— Oui, attacher, bredouilla Geiger.

Ott lui donna le numéro de téléphone d'une jeune Belge spécialisée dans ce genre de choses. Geiger le lui revalut en lui fournissant quelques informations sur la méga-fusion imminente de la *Confed.*

Le climat estival attirait les gens dans la forêt des faubourgs. Là où, peu de temps auparavant, Urs pouvait encore être certain de ne rencontrer personne à six heures du matin, il se heurtait à présent à des joggers, des promeneurs et des amoureux de la nature. Ou, plus désagréable encore, ce sont les promeneurs qui butaient sur lui.

Il avait mis au point une technique qui l'aidait à s'immerger dans l'univers de la forêt. Il lui fallait pour cela une branche, une fronde de fougère ou une motte de mousse. Il s'accroupissait au sol, tenait des deux mains ces éléments végétaux, les pressait contre son front et fermait les yeux. À deux reprises, des passants le surprirent dans cette attitude. Une fois, un jeune couple s'exclama « Oh, pardon ! » ; il l'entendit glousser pendant quelques minutes encore. Une autre fois, un enfant demanda : « Papa, qu'est-ce qu'il fait, le monsieur ? »

Les deux fois, il sentit monter en lui une haine qu'il mit une journée à résorber. Pour se protéger, lui-même et les promeneurs, contre les conséquences d'une telle rencontre, il s'enfonçait de plus en plus profondément dans les grandes forêts de hêtres du centre du pays.

Dès la veille au soir, il cherchait sur une carte un endroit où il pourrait laisser sa voiture. Il partait à quatre heures du matin pour se trouver sur les lieux juste après le lever du soleil. Il garait son auto, passait son petit sac à dos et entrait au crépuscule dans la lumière verte de la forêt.

Il marchait sur le sol tendre, entre les muguets, les orties blanches, les parisettes, les sceaux-de-salomon et les anémones des bois en fleurs. Il se cherchait une voie parmi les jeunes hêtres qui dressaient des barrières épaisses entre leurs aînés. Il luttait pour se frayer un chemin parmi les ronces dont les épines s'enfonçaient dans ses pantalons.

Il lui arrivait d'affoler un chevreuil. Une fois, c'est une laie avec ses quatre marcassins qui le terrifia. Une autre fois, il se retrouva les yeux dans les yeux avec un cerf élaphe. De temps en temps, un lapin bondissait de son terrier lorsqu'il s'en approchait trop. Avec les oiseaux et les insectes, c'étaient les seules créatures humaines qu'il y rencontrât à cette époque.

Ses promenades n'avaient jamais de but. Il suivait son instinct, qui le menait toujours vers les endroits les plus denses et les plus vierges. Il ne notait jamais son chemin. Lorsque l'heure de revenir à la voiture était venue, il se fiait à son sens de l'orientation, à la mousse et aux lichens que le vent d'orage faisait pousser sur le côté ouest des troncs d'arbre.

Il n'emporta jamais une carte ni une boussole. Comme s'il espérait secrètement s'égarer dans la forêt.

Il y parvint effectivement l'une des dernières journées de juin. Lors de sa promenade, il était tombé sur un étrange fourré de jeunes hêtres. Son centre paraissait briller de l'intérieur. Il recouvrait une surface d'environ trente mètres carrés. Quel que soit le côté par où il regardait, la lumière filtrait toujours depuis son milieu.

Blank rampa dans le sous-bois et, au bout de quelques mètres, atteignit une petite clairière. Elle était constituée d'une cuvette dont l'humus était sans doute trop maigre pour nourrir autre chose que quelques fougères et un tapis de mousse. Mais celui-ci était si tendre et si épais que Blank ne put résister à l'envie de s'y coucher.

Il cligna des yeux dans la lumière verte du feuillage des hêtres, il inspira l'humidité de la mousse, sentit sa tendresse. Il ferma les yeux et s'imagina qu'il plongeait de plus en plus profondément dans le gouffre de la forêt. Il n'avait encore jamais approché d'aussi près la sensation qu'il avait éprouvée à l'époque, lorsqu'il était devenu une partie de la forêt.

Il s'éveilla en fin d'après-midi. Il se sentait léger et heureux. Il prit beaucoup de temps pour quitter sa cuvette et se faufiler dans l'épais fourré pour rejoindre la forêt ouverte.

Très lentement, comme s'il craignait de détruire ce sentiment par un mouvement brusque, il continua sa progression.

Il tenta de ne penser à rien. De déconnecter son cerveau, de se laisser guider par son inconscient et d'écarter toute pensée profane : Quelle heure est-il ? Où suis-je ? Dans quelle direction se trouve ma voiture ?

Il erra ainsi dans la forêt jusqu'à la tombée du soir. La réalité le rattrapa lorsqu'il comprit qu'il avait perdu ses points de repère. La forêt avait le même aspect aux quatre points cardinaux.

Le gazouillement des oiseaux fut bientôt remplacé par le chuchotement, le murmure, le bruissement, le crépitement, le froufroutement et les craquements de la forêt nocturne.

Blank portait une lampe de poche dans son sac à dos. Mais son faisceau ne pouvait que découper la forêt en quartiers de troncs, d'arbrisseaux et de buissons. Il chercha pendant quelque temps un sentier, qui l'aurait mené tôt ou tard à un poteau indicateur ou à la lisière de la forêt. Mais le maquis devenait de plus en plus impénétrable, et le rayon qu'il pouvait éclairer avec sa lampe ne cessait de diminuer. Il décida de trouver un endroit pour passer la nuit.

Entre deux vieux hêtres, il tomba sur un bloc de molasse dans lequel les glaciers du quaternaire avaient jadis creusé une cuvette plate. Il la garnit avec des branches vertes découpées sur un jeune épicéa.

Il passa son coupe-vent et s'installa aussi confortablement que possible sur sa couche. Son sac à dos lui servit d'oreiller, et il s'emmitoufla dans une couverture de survie fine comme un papyrus. Il s'endormit presque aussitôt.

Blank se réveilla parce qu'il grelottait. Il éclaira sa montre et constata qu'il n'avait même pas dormi une heure. La cuvette dans laquelle il était couché était humide et froide. La feuille d'aluminium censée réfracter la chaleur de son corps réfléchissait surtout la froideur de la molasse sur laquelle il était couché.

Un léger bruissement parcourait les feuilles au-dessus de lui. Il s'était mis à pleuvoir. Tout près de sa tête, le toit de feuilles commençait à fuir. De lourdes gouttes claquèrent sur la roche. Blank ramassa ses affaires et éclaira les alentours, en quête d'un abri.

Dans un petit fourré de jeunes épicéas, il s'accroupit sous sa couverture de survie. De tous côtés, l'eau ruisselait des branches. Des éclairs, suivis de peu par de violents coups de tonnerre, illuminaient la forêt pendant quelques secondes, comme dans un théâtre d'ombres. Les rafales de l'orage faisaient pénétrer l'humidité et la froideur jusque dans les os de Blank.

Il fallut près d'une heure avant que la tempête se calme. Blank tenta de réchauffer son corps grelottant en pliant des genoux, en faisant des bonds et des appuis. Il n'avait rien à manger dans son sac, rien à boire, pas même une allumette. Il voulut regarder sa montre, vérifier quand le jour se lèverait enfin. Mais la lampe de poche avait rendu l'âme. L'eau de pluie avait vraisemblablement provoqué un court-circuit. Blank se promit de ne plus jamais se rendre en forêt aussi mal équipé.

Une éternité s'écoula. Puis, à la cime des arbres, ici et là, le feuillage commença à se dessiner dans le ciel gris. Dès qu'il put discerner les premiers troncs, il se remit en marche.

Vingt mètres plus loin, à peine, il se retrouva dans un chemin. Et il n'en avait pas fait cent de plus qu'il trouvait un poteau indicateur. « Waldacker, 10 min. » y lisait-on. C'était le nom du hameau où il avait laissé sa voiture.

Le dossier « Joe Gasser » s'était déjà un peu empoussiéré sur le bureau de Rolf Blaser. Le mort n'avait pas de famille, personne ne faisait pression pour accélérer le traitement du dossier, et ses supérieurs avaient d'autres priorités. Il aurait classé l'affaire depuis longtemps s'il n'y avait pas eu ce petit accroc, cette histoire de Jaguar noire. Avant de pouvoir laisser tomber, Blaser devait vérifier ce témoignage. Ne serait-ce que pour la forme.

Il revenait de l'hôpital, où il avait pris la déposition de la victime d'une bagarre de bistrot, soignée pour fracture de la mâchoire. Il avait réglé sa radio sur Fréquence Pop qui passait parfois de vieux morceaux du temps où il avait vingt ans. Il roulait en pleine campagne, sous les nuages, et ne pensait à rien qui eût le moindre rapport avec son travail. Un homme à la voix agréable chantait une déclaration d'amour à un petit champignon en s'accompagnant sur sa guitare acoustique. La chanson était presque arrivée à son terme lorsque Blaser prêta attention aux paroles. Elles permettaient de conclure que le « fer-de-lance » n'était pas un champignon comestible ordinaire.

Blaser nota le nom du chanteur : Benny Mettler. L'enregistrement avait été réalisé pendant un festival de musique de rue.

Un homme qui chantait des déclarations d'amour aux champignons avait peut-être aussi connu Joe Gasser.

Urs Blank passa trois jours au lit, avec un sévère refroidissement. L'hôtel de la Forêt, avec ses nombreux pensionnaires âgés, était équipé pour dispenser des soins. Le médecin de l'établissement l'ausculta et lui prescrivit des antibiotiques. Les femmes de chambre changèrent régulièrement ses draps, la cuisine l'approvisionna en thé et en repas légers.

Ses rêves fébriles étaient un mélange d'hallucinations et de réalités vécues au cours des dernières semaines et des derniers mois. Un thème les unissait tous : la forêt.

Vers midi, le quatrième jour, le premier sans fièvre, il ne supporta plus son lit. Il quitta l'hôtel, traversa la route ensoleillée et entra dans le bois des faubourgs. Il avait besoin de son silence et de sa fraîcheur.

Mais le bois était plein d'appels, de rires, de cris et de bavardages. L'odeur du charbon de bois et des saucisses grillées flottait partout. Il y régnait le bruit d'une fête foraine. On était sans doute dimanche.

Blank fit demi-tour et rentra dans son appartement. Il se plongea dans ses livres, comme s'ils pouvaient lui servir de succédanés à la forêt.

Dès qu'il aurait retrouvé ses forces, il comptait passer une autre nuit dans la forêt. Mais cette fois, il ne se comporterait plus en débutant.

Dans sa quête de littérature sur la survie dans la vie sauvage, il découvrit un monde qu'il ne connaissait pas. Celui du *survival*.

Blank acheta tout ce que lui recommandaient les livres et ce que lui conseillaient les vendeurs barbus des *survival shops*. Au bout de quelques jours, il était équipé pour une expédition en solitaire sur n'importe quel point du globe.

Après sa convalescence, Blank refit son apparition à la réunion des associés. C'était la première fois depuis longtemps. Lorsqu'il entra dans la salle, avec un peu de retard, les avocats se turent. Geiger tenait un document qu'il posa la face contre la table, comme par hasard.

— Si je dérange, je repars, fit Blank. Sa voix exprimait sans doute un peu sa vexation.

— Assieds-toi, tu ne déranges pas, l'assura von Berg. Au contraire, nous sommes contents que tu nous fasses cet honneur.

Mais Blank comprit très rapidement que ses partenaires lui faisaient des cachotteries. Ils évitaient certains sujets, ne faisaient qu'effleurer certains autres. Et ils se réfugiaient sans arrêt dans les anecdotes et les futilités.

On frappa à la porte, et Christoph Gerber entra dans la pièce, un bras chargé de dossier. Il sursauta en voyant Blank.

— Oui, Christoph ? demanda maître Geiger. Blank nota qu'il l'appelait par son prénom.

Gerber, embarrassé, était resté au seuil de la porte. Blank vint à son secours.

— Vous voudrez bien m'excuser, j'ai oublié un rendez-vous.

Il se leva. Gerber lui laissa la place. En passant devant lui, Blank jeta un coup d'œil sur la fiche des destinataires apposée aux dossiers. Son nom n'y figurait pas. En revanche, il lut, en dessous du nom de ses associés, celui de Christoph Gerber. Et celui de Pius Ott.

Un détail qui laissa Blank de marbre.

En se rendant à son déjeuner avec Alfred Wenger, il passa devant le stand de Lucille. L'échoppe était toujours tenue par Arshad, le jeune homme aux boucles blondes. Il n'avait pas eu de nouvelles de Lucille et ne savait pas quand elle reviendrait.

Ce détail-là, en revanche, ne laissa pas Blank indifférent.

C'était un samedi idéal pour les musiciens de rue : un ciel sans nuage, les terrasses des cafés noires de monde, et la zone piétonne peuplée de gens de bonne humeur, les poches pleines de monnaie.

Rolf Blaser ne chercha pas longtemps Benny Mettler. Il se tenait près de l'entrée d'un grand magasin et chantait des ballades en s'accompagnant sur une guitare à bout de souffle. Il portait sur la poitrine un support d'harmonica, dont il jouait parfois quelques mesures. Une poignée de badauds l'entourait. De temps en temps, quelqu'un jetait une pièce dans l'étui à guitare ouvert.

Rolf Blaser se tenait un peu à l'écart, adossé à un panneau. Dans l'étui à guitare se trouvait sa pièce de cinq francs, autour de laquelle il avait plié un petit morceau de papier contenant son message. Il voyait sur le visage de Mettler qu'il était impatient de le lire.

Au bout de trois morceaux, il laissa sa place à un accordéoniste arménien et compta sa recette. Blaser le vit déplier le message autour de sa pièce et le regarder, l'air interrogateur. Blaser hocha la tête et se dirigea vers lui.

— Quel genre de questions ? demanda Mettler.

— Vous avez le temps de prendre une bière ?

Quelques pas plus loin, un bistrot avait disposé quelques tables sur le comptoir.

— Tant qu'il joue ici. Ensuite, ça sera de nouveau mon tour.

— Ça ne durera pas plus longtemps que ça.

Il s'assirent sur une table de jardin peinte en vert.

— Demandez, dit Mettler lorsqu'on lui eut servi sa bière.

— Vous connaissiez Joe Gasser ?

— Vous êtes policier ?

Blaser hocha la tête.

— Mais pas en service.

Mettler plongea la main dans sa poche, sortit une poignée de pièces, déposa sur la table le prix de sa bière et se leva.

— Il faut d'abord répondre à mes questions.

— Il faut ? Je croyais que vous étiez hors service.

— Ça peut changer n'importe quand.

Mettler se rassit.

— Oui, je le connaissais. La moitié de la terre le connaissait. Pourquoi ?

— Peu avant l'incendie de la Ferme aux Épicéas, on a vu une Jaguar noire en sortir. Nous aimerions savoir à qui elle appartient. Vous avez une idée ?

Benny Mettler n'était pas un bon menteur. Il aurait aussi bien pu hocher la tête que la secouer. Il ne fallut pas dix minutes à Blaser pour savoir qu'une certaine Lucille était arrivée un jour chez Joe Gasser avec un homme en Jaguar noire. Mettler ne se rappelait plus le nom de l'homme. Il ne se rappelait plus non plus le patronyme de cette Lucille. Mais il savait qu'elle tenait un stand sur un marché aux puces.

Des marchés aux puces, il n'y en avait pas beaucoup dans la ville, et l'on ne comptait qu'une seule licence de stand établi au prénom de Lucille. Lucille Martha Roth, 47, Reifengasse, troisième étage.

Rolf Blaser passa par la voie officielle et demanda à ses collègues de la police urbaine de recueillir le témoignage de la jeune femme.

Trois jours plus tard, on l'informa que celle-ci avait quitté le pays pour une période indéterminée. On avait laissé à son domicile une convocation au commissariat, et il serait informé dès qu'elle réapparaîtrait.

Des bandes de peinture jaune sur les troncs des sapins et des hêtres indiquaient à Urs Blank qu'il se trouvait toujours sur le sentier de randonnée officiel. Il comptait parcourir encore cinq cents mètres, quitter le chemin et plonger dans la forêt, vers le nord-ouest. Selon sa carte au vingt-cinq millième, il n'y croiserait aucun sentier sur une aire d'environ seize kilomètres carrés.

Blank avait soigneusement examiné la forêt. Il était à une bonne heure de voiture de la ville, à la lisière des Alpes du Nord. C'était une grande forêt, en pente, selon ses documents une forêt à essences mixtes. Cela signifiait qu'elle ne devait pas être exploitée à grande échelle. Les paysans venaient chercher les troncs dont ils avaient besoin pour construire et chauffer, et plantaient à la place de nouveaux arbrisseaux. Dans ce genre de forêts, on ne trouvait ni chemins de bûcherons, ni coupes claires, ni zones de reboisement. Elles étaient comme devaient être les forêts de Blank : sauvages, variées, difficilement accessibles.

Il marchait depuis une heure. Il avait trouvé un pas régulier qu'il pouvait maintenir longtemps sans perdre le souffle. Il avait trempé ses chaussures de randonnée juste après les avoir achetées et – au grand étonnement de Petra Decarli – les avait portées dans le bureau jusqu'à ce qu'elles soient sèches. À présent, elles lui allaient à la perfection.

Blank portait autour du cou ses principaux instruments : boussole, couteau de poche, horloge, et un sifflet à roulette qui lui permettrait d'attirer l'attention sur lui en cas d'urgence. Chaque objet était attaché à sa propre cordelette, comme le stipulait son manuel de survie.

Son sac à dos était plein. Il contenait du linge et des vêtements de rechange ; un pull-over, une casquette en laine, des gants, un poncho imperméable ; une trousse de premier secours et du papier toilette ; un set de cuisson, un cuiseur, une bouteille d'eau, une assiette, un gobelet, des couverts ; du thé, du café, du sucre, du lait en poudre, du bouillon en cube, des sardines, du salami, des biscuits secs, des fruits déshydratés, des barres de céréales aux fruits ; un sac de couchage, une tente, un tapis isolant, une couverture de survie, un sac de bivouac ; une corde, un mousqueton ; des jumelles, une lampe de poche, un filtre à eau, une outre ; un guide des animaux, une flore, un manuel de mycologie et un dictionnaire des techniques de survie.

Dans sa poche de pantalon gauche, il avait rangé son équipement d'urgence. Une boîte étanche en fer-blanc avec du fil à coudre, des épingles à nourrice, de la ficelle de pêche, des hameçons, des plombs. Un miroir signalétique, une boussole à bouton, une bougie à chauffe-plat, du fil fort, des boutons ; une loupe, une scie de poche, du sparadrap, des antibiotiques, des cachets de décontamination de l'eau, un scalpel, un crayon à mine, du sel, un sac en plastique, du permanganate de potassium.

Dans sa poche de pantalon droite, il portait le couteau de chasse de Pius Ott. Avec ses deux mots gravés, *Never hesitate.*

Pour quelqu'un qui faisait une excursion sylvestre de deux jours, cet équipement était sans doute exagéré. Mais Blank n'était pas un promeneur. Il voulait apprendre à vivre dans la forêt.

Il fit une pause au point où il comptait quitter le sentier de randonnée. Le talus était couvert d'une végétation dense. Il reconnut du lierre sauvage, des prenanthes et du sceau-de-salomon multiflore. Il prit trois gorgées mesurées à la bouteille. Au-dessus de lui, un pic martelait le bois. Un nuage de condensation s'étirait dans le ciel.

Au bout de dix minutes, il repassa son sac à dos et entreprit de monter le talus. Il avançait lentement. Le tapis régulier formé par la couche d'herbe était trompeur. Il dissimulait des pierres, des trous, des crevasses et des branches. Il devait constamment contourner des champs de jeunes plants et des haies impénétrables. Il faisait tourner la boussole jusqu'à ce que l'aiguille du nord se place dans l'axe d'un premier point de repère sur le contournement et comptait les pas qu'il faisait dans cette direction. Lorsque la voie était dégagée, il reprenait sa direction initiale jusqu'à ce qu'il ait dépassé l'obstacle. Alors, il retournait la boussole jusqu'à ce que l'aiguille du nord désigne l'autre point de repère, et comptait le même nombre de pas. Il ne laissait rien au hasard.

Au bout d'une heure, il rencontra un petit torrent. Il le suivit tant qu'il le put. À trois reprises, il disparut entre des blocs rocheux ou dans des fourrés impénétrables. Et trois fois de suite, Blank contourna les obstacles et retrouva le torrent. La quatrième fois, le cours d'eau avait disparu.

Il revint au point où le torrent avait plongé entre des fragments de roche, et les contourna par l'autre côté. Il fit près de six cents pas laborieux et incertains hors de son chemin jusqu'au point où s'arrêtait l'éboulement de rochers, au bord d'une cuvette recouverte de fougères. Il la traversa et passa au-dessus des fragments, dans la direction où il pensait trouver le torrent. Au bout de trois cents pas supplémentaires, il tomba sur l'obstacle suivant : un maquis de jeunes sapins qui jouxtaient, au nord-ouest, une falaise à la verticale, et, au sud-est, les blocs de pierre. Le torrent se trouvait forcément derrière.

Blank posa son sac à dos, le cacha dans les fougères entre deux rochers et rampa entre les jeunes sapins. En plusieurs endroits, il dut couper les branches inférieures avec son couteau.

Il devait avoir avancé en reptation sur une cinquantaine de mètres lorsqu'il entendit le gargouillement. Dix mètres plus loin, il vit le torrent. Il jaillissait sous une roche gigantesque, au bord d'une clairière qui ne mesurait pas même quarante mètres carrés. Elle était molletonnée d'une épaisse couche de mousse, de fougères et de touffe de myrtilliers, ceinturée par des débris de roche et des épicéas jeunes ou rabougris. S'il y parvenait, le soleil ne devait pas atteindre plus de quelques heures par an, en plein été, le fond de la clairière. Mais à cet instant, il brillait sur le plateau rocheux situé cinq mètres au-dessus de lui.

Blank repartit en rampant et alla chercher son sac à dos.

Bien avant le crépuscule, Blank avait fini d'ériger son campement. Sa petite tente grise en tunnel se dressait sur le point le plus plat de la clairière. Il avait accroché son nécessaire de toilette et sa serviette-éponge aux branches d'un épicéa, près de la source. Avec son poncho imperméable, il s'était aménagé sur une pierre couverte de mousse un endroit où il pouvait s'asseoir au sec. Il avait construit à côté, avec quelques pierres, un paravent pour son cuiseur. Quelques mètres après la clairière, entre les roches, il avait trouvé un lieu susceptible de servir de latrines. Il l'avait pourvu d'un siège composé de petites branches d'épicéa débarrassées de leur écorce, et d'une réserve de terre de forêt.

Blank passa la corde de varappe autour de sa poitrine et commença à escalader les rochers couverts de guirlandes de pied-de-loup. Il avait bien appris quelques pas et quelques prises, mais c'était la première fois qu'il les mettait en pratique. Il se retrouva deux fois bloqué, incapable d'avancer ou de reculer, et il dut déployer toute sa concentration pour ne pas céder à la panique. Lorsqu'il arriva en haut, il accrocha sa corde pour la descente et pour ses ascensions ultérieures.

La roche était juste assez élevée pour qu'un homme de la taille de Blank puisse regarder au-dessus de la cime des arbres.

Il observa les villages dispersés devant lui. Il jouit du sentiment d'être le seul être humain sachant où se trouvait Urs Blank.

Il comptait passer deux nuits dans la forêt. Mais lorsque la pluie le réveilla, au deuxième matin, il décida de rester vingt-quatre heures de plus. Survivre en plein soleil, ça n'avait rien d'un art.

Il s'était muni d'une petite provision de bois de chauffage qu'il protégea de la pluie avec son poncho. Il construisit alors, avec quelques bâtons, des cordons et le poncho, un abri près du rocher ; il alluma le feu et prépara du café. La pluie tombait sur les sapins et les épicéas, gouttait depuis les lourdes branches, coulait le long des troncs et des traces d'algues laissées par de nombreuses pluies antérieures. La couverture herbeuse de la clairière se remplissait comme une éponge. La mousse, les fougères, les touffes de myrtilliers, qui avaient souffert du passage de Blank, commencèrent à se redresser.

Blank écoutait le bruissement monotone et regardait fixement ce monde sauvage aux teintes émeraude qui coulait devant lui. Rien n'était réel, sauf lui-même.

12

Par une torride journée de la fin juin, on annonça à Rolf Blaser que Lucille Martha Roth s'était présentée au commissariat de police. Le permanent qui l'appelait voulait savoir s'il tenait toujours à recueillir son témoignage.

— Toujours, répondit Blaser.

— Vous ne pourriez pas l'interroger vous-même ? Ici, nous avons besoin de tous les hommes qui ne sont pas en vacances.

Blaser n'y voyait aucune objection. Tout prétexte lui permettant de sortir de son bureau étouffant était le bienvenu. Il appela Lucille au téléphone et lui laissa le choix du lieu de leur rencontre : chez elle ou au commissariat. Elle choisit la deuxième solution, sans hésiter. Elle ne voulait pas de police chez elle.

On avait laissé à Blaser un bureau dans une grande salle à cloisons mobiles. C'est là qu'il attendait le témoin ; elle avait déjà dix minutes de retard. Ça n'était pas bon signe. Les témoins arrivent à l'heure, ou pas du tout.

Mais au moment précis où il refermait le capot de sa machine à écrire portable – il ne connaissait rien aux ordinateurs qu'ils utilisaient ici –, elle arriva.

Mis à part ses yeux, elle avait tout d'une Indienne. Sa silhouette, ses cheveux, son teint, ses vêtements. Mais il n'était pas facile de faire abstraction de ses yeux. Blaser, qui avait déjà donné des milliers de signalement dans sa vie de policier, ne savait pas quel nom il donnerait à cette couleur-là. Bleu aqueux ? Bleu blanc ? Bleu ciel ? Ce serait plutôt : d'un bleu indescriptible.

— Excusez-moi, je suis un peu décalée : j'étais encore en Indonésie il y a quelques jours, déclara-t-elle en guise de salutation. Blaser lui proposa un siège et releva son identité. Puis il en vint au fait.

— Au début mai, vous vous êtes rendue chez Joe Gasser en compagnie d'un homme en Jaguar noire.

Elle n'hésita pas longtemps.

— Qui dit cela ?

Blaser sourit et ôta ses lunettes.

— Ça n'est pas ainsi que se déroulent les interrogatoires, madame Roth.

Lucille sourit à son tour. Il n'était pas fréquent qu'on lui donne du « Mme Roth ».

— Je dispose d'un témoignage selon lequel vous vous êtes rendue chez Joe Gasser en compagnie d'un homme en Jaguar noire, et je dois savoir qui était cet homme.

— Pourquoi devez-vous le savoir ?

— Comme je vous l'ai dit, il s'agit d'un interrogatoire. Je pose les questions, vous donnez les réponses.

Lucille se tut.

Elle plaisait à Blaser. Il ne tenait pas à lui causer des difficultés si ce n'était pas indispensable. Il expliqua donc :

— Il ne s'agit pas de drogues. Pour ce qui me concerne, vous pouvez bien manger des champignons à en avoir la nausée. Mon enquête porte sur l'incendie.

— Et c'est à cause de l'incendie que vous devez savoir qui était l'homme à la Jaguar ?

Blaser hocha la tête.

— Peu avant l'incendie, on a vu une Jaguar noire dans la Ferme aux Épicéas.

Elle fronça les sourcils.

— C'en était certainement une autre.

— Je le suppose aussi. Mais je dois en être sûr.

Lorsque Lucille lui donna le nom, il fut lui aussi convaincu qu'il s'agissait d'une autre Jaguar.

Il se demandait tout de même ce qu'un avocat d'affaires de premier ordre pouvait bien faire avec une jeune fille chez un vieux hippie drogué.

Urs Blank ne s'était pratiquement pas montré du mois dans son cabinet. Il passait la majeure partie de son temps dans les forêts. Il expérimenta différents types de campements ; des confortables, comme lors de sa deuxième nuit, des improvisés, à partir de feuillages et d'une bâche, des naturels, dans les grottes et les failles rocheuses. Parfois, il se contentait de se glisser dans son sac de couchage à l'endroit qui lui plaisait ; il le protégeait de la rosée et de la pluie avec un sac de bivouac imperméable.

Il prenait comme unique réserve alimentaire quelques barres de chocolat et paquets de biscuits. Son ambition était de vivre avec les réserves de la forêt. Il mangeait des champignons, des circes maraîchers, de l'angélique et des baies mûres : fraises des bois, framboises, myrtilles. Une fois, en tentant de pêcher une truite, il avait attrapé du fretin qui contenait trop d'arêtes pour qu'on le mange.

Depuis qu'il était passé chez Geiger, von Berg, Minder & Blank, Ott n'était qu'à moitié satisfait. Les gens que l'on avait chargé de traiter ses dossiers travaillaient bien, et ses relations privilégiées avec Geiger lui avaient même permis de participer à une affaire très prometteuse en Bourse. Mais pour ce qui concernait Blank, il n'avançait pas.

Ott n'avait certes pas conçu de projet bien défini au moment où il avait confié tous ses mandats au cabinet. Il savait seulement, alors, qu'il punirait Blank parce qu'il s'était trompé sur son compte. Et il était sûr qu'il pourrait plus facilement lui nuire de l'intérieur que de l'extérieur.

Or, à présent que lui était entré, c'est Blank qui était dehors. Il semblait avoir perdu tout intérêt pour son travail. Il ne l'avait pas encore rencontré une seule fois lorsqu'il se rendait au cabinet pour l'un de ses entretiens réguliers. Lorsque Pius Ott demandait de ses nouvelles aux autres partenaires, ils éludaient la question.

Blank s'esquivait. Comme un gibier qui a compris qu'on a ouvert la chasse à son espèce.

Alfred Wenger, lui aussi, s'inquiétait pour Urs Blank. Il avait rarement vu une personnalité se transformer aussi radicalement en aussi peu de temps. L'homme du monde charmant, équilibré et amusant était devenu un original déguenillé, taciturne et avare de ses paroles.

Jadis, on pouvait discuter de tout avec Blank. Il savait raconter, mais il maîtrisait mieux encore l'art d'écouter les autres. À présent, il n'avait plus que deux sujets de discussion : Urs Blank et la forêt. Ce qui tendait en outre à revenir au même.

Lors de leurs rencontres hebdomadaires au cabinet, cela passait encore. Il n'y avait rien d'étonnant à ce qu'un patient en psychiatrie considère que le monde ne faisait qu'un avec sa propre personne. Mais pour leurs déjeuners au Doré, Wenger aurait aimé changer de sujet, de temps en temps.

Il n'avait trouvé ni dans les bibliothèques, ni chez ses collègues, de descriptions de cas où des patients, après une seule expérience avec la psilocybine, se transformaient si profondément qu'il constituaient un danger pour leur entourage – une hypothèse qu'il ne pouvait toujours pas exclure. Bien sûr, Blank lui garantissait que la thérapie forestière qu'il s'était lui-même inventée accomplissait des miracles. Mais Wenger relevait constamment chez lui les signes d'une négligence pour les autres qu'il n'avait jamais remarquée auparavant dans son attitude.

L'élégance, jadis l'une des qualités frappantes de Blank, avait elle aussi laissé place à un laisser-aller qui ne cadrait absolument pas avec l'image que Wenger avait de son vieil ami. Il avait perdu près de huit kilos et portait des bretelles qui tiraient tantôt vers la gauche, tantôt vers la droite son col de chemise devenu trop large. Personne n'aurait plus été capable de deviner que ses costumes étaient taillés sur mesure.

Ce mercredi-là, il arriva trop tard, comme c'était si souvent le cas ces derniers temps. Mais il paraissait au moins de bonne humeur.

— Lucille est revenue, annonça-t-il. Je l'ai rencontrée à son stand.

— Comment va-t-elle?

— Bien, si j'en juge à sa mine. Je dirais même : très bien.

— Tu ne lui as pas parlé ?

— Quelques mots seulement. Elle avait des clients. Mais je lui rendrai visite ce soir.

Wenger était étonné. Lors de sa dernière conversation avec Lucille, peu avant son départ, il n'avait pas eu l'impression que son premier geste, à son retour, serait d'inviter Blank chez elle.

Lucille n'avait pas invité Blank. La visite de l'avocat devait être une surprise. Ce matin-là, de bonne heure, en revenant du plus long séjour qu'il ait fait jusque-là dans la forêt – quatre jours et cinq nuits – il avait trouvé sous un hêtre rouge un groupe de ceps d'été. Avec huit ceps, des pappardelle fraîches achetées dans une boutique d'épicerie fine, des oignons et de l'ail, il comptait l'inciter à lui ouvrir sa porte. Et si cela ne la convainquait pas, il avait encore une petite corbeille de myrtilles qu'il avait cueillies lui-même.

Il sonna ainsi, en début de soirée, à la porte de Lucille et de Pat. Personne n'ouvrit. Mais il y avait quelqu'un à l'intérieur. Il entendait de la musique.

Il appuya de nouveau sur la sonnette. La musique s'arrêta. Personne ne vint à la porte. Il frappa.

— Lucille, c'est moi, Urs. Je sais que tu es là, cria-t-il.

Alors, il entendit des pas. On tourna la clef dans la serrure, on entrebâilla la porte, le visage de Lucille apparut.

— Qu'est-ce que c'est ? (La voix n'avait rien d'aimable.)

— Surprise. (Il souleva le torchon blanc de sa corbeille, et l'inclina pour qu'elle puisse voir les champignons.)

— Je n'ai pas envie de champignons maintenant, dit-elle, sans faire mine de le laisser entrer.

Il venait de remarquer qu'elle portait son kimono chinois.

— Tu es au lit?

Lucille hocha la tête.

— Ça va te remettre sur pied : des ceps frais, des pappardelle fraîches, des myrtilles fraîches...

Blank comprit d'un seul coup ce qui se passait.

— Tu n'es pas seule, constata-t-il. Il poussa la porte d'un coup et, passant devant Lucille, se précipita dans sa chambre.

Arshad était couché par terre, sur le matelas. Blank lui posa le genou sur la poitrine et commença à lui serrer la gorge.

Derrière lui, Lucille cria quelque chose qu'il ne comprit pas. Elle lui tira les cheveux et le frappa. Arshad, lui aussi, donnait des coups à l'aveuglette. Mais Blank ne lui lâchait pas le gosier.

Un coup l'atteignit à la tête. Il resta un instant abasourdi. Il se toucha le crâne, sentit quelque chose de chaud, baissa la main et vit que c'était du sang.

Arshad s'était levé et avait couru se réfugier tout nu dans la cuisine. Blank se redressa. Il avait les jambes un peu flageolantes. Lucille lui barrait le chemin et brandissait une poêle à frire. Il la poussa sur le côté et entra en titubant dans la cuisine. Arshad était passé dans la chambre de Pat. Blank l'entendit, à travers la porte, tousser et suffoquer. Il appuya sur la poignée. Elle était fermée.

Lucille criait toujours. À cet instant seulement, il comprit ce qu'elle disait. Elle parlait d'une Jaguar noire.

— Quoi?

— C'était toi, l'homme à la Jaguar noire. C'est toi qui as mis le feu à la maison de Joe. La police te recherche.

Blank fit un pas vers Lucille. Elle criait :

— La police m'a interrogée. Ils cherchent un homme en Jaguar noire qui se trouvait chez Joe avant sa mort. Je leur ai donné ton nom.

On sonna à la porte de l'appartement.

— Tout va bien ? demanda quelqu'un.

— Non. Appelez la police ! cria Lucille.

Blank ouvrit la porte. Un homme affolé, en maillot de corps, se tenait dans l'escalier.

— Tout va bien, dit Blank en passant devant lui et en descendant l'escalier.

— Il saigne de la tête, bredouilla l'homme.

Lucille s'approcha de la rambarde et cria dans le dos de Blank :

— Et c'est toi aussi qui as tué Troll, espèce d'assassin !

L'unique médecin auquel Lucille pensa dans son affolement était Alfred Wenger. Il vint immédiatement. Arshad avait le larynx comprimé ; ses troubles respiratoires le paniquaient et se transformaient en accès d'étouffement. Wenger lui injecta un tranquillisant. Puis il les conduisit à l'hôpital.

— Que direz-vous si on vous demande comment c'est arrivé ?

— Je raconterai ce qui s'est passé, fit Arshad en haletant.

— Que veux-tu qu'il fasse d'autre ? demanda Lucille, agressive.

— Tu comptes porter plainte contre Urs ? demanda Wenger.

— Évidemment. Il est dangereux. La police le recherche.

— La police ?

— Sa voiture a été vue près de la Ferme aux Épicéas juste avant qu'elle brûle.

Wenger freina et se gara près du trottoir.

— Qu'est-ce que tu dis ?

Lucille lui raconta l'interrogatoire que lui avait fait subir Blaser.

— Tu comprends, maintenant, pourquoi je dois porter plainte ?

Wenger redémarra sa Volvo.

— Attends jusqu'à demain, s'il te plaît. Tout à l'heure, j'irai le voir et je lui ferai comprendre qu'il doit se mettre à la disposition de la police. S'il refuse, allez porter plainte demain matin.

Lucille et Arshad échangèrent un regard.

— Et à l'hôpital, qu'est-ce qu'on raconte ?

— La vérité. Que quelqu'un l'a étranglé, mais que vous attendez pour porter plainte.

Wenger reprit sa route.

Il n'était pas à l'hôtel de la Forêt. Le portier de nuit l'informa que Me Blank était passé en coup de vent et avait quitté l'établissement en tenue de randonnée. C'était à peu près deux heures plus tôt. À son départ, le portier lui avait lancé : « La forêt vous appelle de nouveau, docteur ? » une sorte de code entre les deux hommes. Lui aussi aimait la nature.

Il était un peu plus de dix heures. Wenger se rendit chez Évelyne Vogt. Après tout, Blank s'était déjà caché une fois chez elle. Elle ne vint à la porte qu'à la troisième sonnerie. Elle portait une tenue échancrée, elle était plus maquillée que d'habitude. Ça lui allait bien.

— Puis-je entrer un instant ?

Évelyne sourit.

— Je ne préférerais pas.

— Pourquoi ?

— Tu as droit à trois réponses.

— Urs ?

— Oh non, Dieu merci !

Wenger voulut lui raconter ce qui s'était passé. Mais il changea d'avis. Le moment était mal choisi.

C'était la troisième fois que Rolf Blaser appelait chez Geiger, von Berg, Minder & Blank. La première fois, on lui avait annoncé que Me Blank était absent jusqu'à mercredi. Le mercredi, on lui répondit qu'il n'avait fait que passer au bureau. Blaser pouvait réessayer le lendemain. Et ce jour-là, le jeudi, la même secrétaire voulait le renvoyer au vendredi.

— Non, ça n'est pas possible. Il s'agit d'une affaire policière importante. Donnez-moi le numéro auquel je pourrai le joindre, ordonna-t-il.

— Si je le connaissais ! soupira Petra Decarli. Sa réponse paraissait tellement sincère que Blaser n'insista pas.

Il passa le reste de la matinée dans son bureau et expédia une partie de la paperasserie qu'il avait accumulée devant lui. Peu avant midi, il reçut un appel de Lucille Roth, le témoin qu'il avait interrogé quelques jours plus tôt. La police urbaine lui avait donné le numéro de sa ligne directe. L'histoire qu'elle lui raconta ressemblait à une scène de jalousie qui aurait un peu dégénéré.

— Si vous voulez porter plainte, c'est à la police urbaine qu'il faut le faire.

— Je pensais que c'est vous qui le cherchiez?
— Pour cette histoire d'incendie.
— L'homme que vous recherchez pour cette histoire d'incendie, comme vous dites, a fait irruption dans mon appartement et a essayé de tuer mon ami. Quand je lui ai dit qu'on avait vu sa voiture chez Joe Gasser, avant que le feu prenne, il a fichu le camp. Depuis, il a disparu. Je pensais que cela vous intéresserait.
— Comment savez-vous qu'il a disparu?
— Par son psychiatre.
Lucille lui donna le numéro d'Alfred Wenger.

Wenger prit un ton très professionnel. Il demanda à Blaser de lui donner son numéro et rappela. Une précaution que le psychiatre respectait à chaque fois qu'il avait affaire à la police. Il confirma l'incident, mais en atténua la portée. Il confirma également que Me Blank avait disparu depuis la veille au soir. Mais il n'y avait rien d'inhabituel à cela, dit-il. Il lui arrivait régulièrement de passer plusieurs jours et nuits en plein air. Me Blank en avait besoin pour se détendre. C'était un grand amoureux de la nature.
— Et des champignons?
— Il connaît très bien la faune *et* la flore de la forêt, si c'est ce que vous voulez dire. Que dois-je lui dire s'il me donne de ses nouvelles? Il y a un avis de recherche?
— Chez nous, pas encore. Et tant que les deux jeunes n'ont pas déposé plainte à la police urbaine, nos collègues ne lanceront pas non plus de mandat. Mais vous lui donneriez un bon conseil en lui suggérant de prendre contact avec moi.

Lorsqu'il raccrocha, le tonnerre retentit. Peu après, la pluie de l'orage crépita sur l'avancée en fer-blanc, sous la corniche. Blaser dut fermer la fenêtre du bureau.

Au cours des trois journées suivantes, plusieurs ouragans s'abattirent sur le pays. Les pires depuis soixante-deux ans, annoncèrent les statisticiens. Dans les Préalpes, des ruisseaux insignifiants sapèrent des ponts installés là depuis toujours et les emportèrent. Des avalanches de boue coupèrent certains villages du monde extérieur, bloquèrent les routes et les voies ferrées.

Ce n'était pas un temps à passer la nuit dans la forêt.

Alfred Wenger attendit en vain qu'Urs Blank lui fasse un signe. Le quatrième jour, un lundi, il appela au cabinet. Là aussi, on lui dit que nul n'avait la moindre idée de l'endroit où il se trouvait. La secrétaire de Blank était un peu tendue, comme si elle commençait à en avoir assez qu'on lui pose cette question.

Le même jour, Wenger eut un entretien téléphonique avec Évelyne. C'est elle qui exprima la pensée qu'il avait depuis longtemps en tête : il est peut-être arrivé quelque chose.

La tempête s'était enfin calmée. Le ciel était certes toujours assombri par les nuages. Mais ils ne filaient plus désormais comme des dirigeables sans pilote au-dessus de la maison de vacances : ils étaient accrochés aux collines, flasques et gris.

Même s'il avait fait mauvais temps, Franz et Leni Hofer seraient allés se promener avec leurs enfants.

Les trois derniers jours avaient été infernaux. D'abord, ils avaient apprécié l'orage, comme un spectacle naturel. Mais il avait duré toute la nuit et s'était encore renforcé le lendemain ; la famille montra alors les premiers signes d'usure. Les journées précédentes, sous le soleil rayonnant de l'été, ils étaient tous à peu près parvenus à ne pas laisser paraître la déception inspirée par la maison ; aucun n'avait remis en cause leur décision de se rendre à la montagne plutôt qu'à la mer. Mais cette harmonie était fragile. Elle ne survécut pas aux journées passées dans l'exiguïté du logement.

Ils apprécièrent donc beaucoup de pouvoir sortir sans craindre d'être assommés par les tuiles ou les pots de géraniums des maisons voisines, ni écrasés sous un arbre. Le père, la mère et les trois enfants marchaient sur le sentier boueux qui menait au lac. Chaque membre de la famille s'efforçait de rester hors de portée de voix des autres.

Kathi, la fille du milieu, avait pris le plus d'avance. Comme si elle avait l'intention de tourner définitivement le dos à la famille. Leni Hofer la vit quitter le sentier et disparaître dans les fourrés. Si elle se cache, je continue mon chemin, se promit Leni. Mais quelques instants plus tard, Kathi ressortit sur la route et fit signe aux autres. Personne n'accéléra le pas. Kathi disparut de nouveau dans les buissons.

L'endroit où elle avait quitté la route était l'entrée d'un parking. Il était un peu caché par une haie de noisetiers et offrait de la place pour une dizaine de voitures, un banc public, deux corbeilles à papier et un panneau reproduisant les plantes protégées de la région. Le ruisseau qui coulait entre la lisière de la forêt et le parking s'était transformé en torrent boueux et avait arraché sur ses deux rives quelques mètres de sol. Deux sapins avaient été déracinés. Ils s'étaient couchés sur le toit d'une Range Rover noire dont la proue était plongée jusqu'aux fenêtres dans le lit du torrent.

La voiture était enregistrée comme le véhicule de fonction d'un bureau d'avocats.

— Dans ce métier, il y a tellement de boue que tu ne t'en sors pas sans quatre-quatre, lança en plaisantant le policier du village à son collègue. Un coup de téléphone leur avait appris que Me Blank, le conducteur habituel de la Range Rover, n'avait plus donné signe de vie depuis près d'une semaine. Si on ne l'avait pas porté disparu, c'est uniquement parce qu'il faisait souvent de longues excursions dans la forêt, et qu'il n'était jamais joignable dans ces périodes-là. On leur affirma qu'il s'agissait d'un randonneur expérimenté et bien équipé.

— Il ne doit pas être si bien équipé que ça, dit le policier du village à ceux du canton, qui inspectaient l'intérieur de la voiture ramenée sur la terre ferme. Ils avaient trouvé un sac à dos contenant des vivres, du matériel de camping, des vêtements, un sac de couchage et une tente.

Les éboulis charriés par le torrent avaient défoncé la lunette arrière. L'intérieur de la voiture était empli de vase, de galets et de branches. Dans le vide-poches, les policiers trouvèrent un passeport détrempé, un trousseau de clefs et un portefeuille. Il contenait plus de trois mille francs, une collection de cartes de crédit et un permis de conduire. Une enveloppe enflée était posée à côté.

Elle contenait une feuille ressemblant à un morceau de batik. C'était une lettre dont l'encre avait été délavée. On ne lisait que l'en-tête imprimé, d'une élégance discrète : Maître Urs Blank, avocat, *Attorney at Law.*

— Une lettre d'adieux, supposa le policier du village.

Ça n'était pas la première qu'il trouvait ici. Le lac de Gründel n'était certes pas très grand, mais il avait plus de quatre cents mètres de profondeur. Plus d'un y était entré, que l'on n'avait plus jamais retrouvé.

Alfred Wenger avait été informé par la secrétaire de Blank ; il s'attendait donc à ce que le policier qui lui avait demandé des nouvelles de l'avocat quelques jours plus tôt lui pose cette question.

— Est-il concevable qu'Urs Blank se soit suicidé ?

Quelques mois plus tôt, il n'aurait pas eu de mal à répondre. Urs n'était pas un suicidaire. Mais à présent, il n'était plus aussi sûr de lui. D'après tout ce qu'il savait de Blank (et surtout en tenant compte des soupçons qui pesaient désormais sur lui), il pouvait concevoir que le suicide lui soit apparu comme l'unique issue.

Et pour être tout à fait honnête, il tirait la même conclusion.

— Oui, c'est tout à fait envisageable. Maître Blank était en traitement dans mon cabinet depuis plusieurs mois.

— Puis-je vous demander pour quelle raison ? s'informa Blaser, sans grand espoir.

— Maître Blank est un de mes patients. Je ne peux pas vous donner de renseignements. Mais voilà ce que je peux dire : je ne serais malheureusement pas surpris qu'il ait attenté à ses jours.

— Voilà ce qui me préoccupe le plus : ça ne me fait presque rien. J'essaie d'être triste, mais il n'y a pas moyen.

Évelyne Vogt était assise avec Ruth Zopp au Fruit pressé, un bar où l'on ne servait que des jus de légumes frais et un buffet de salades, le tout portant le label de l'agriculture biologique. Les gens faisaient la queue pour obtenir une petite table qu'ils devaient quitter une demi-heure plus tard.

— Il faut dire que vous vous étiez déjà beaucoup éloignés l'un de l'autre.

Évelyne prit une gorgée de son jus de pommes au céleri.

— Il avait complètement changé. Il m'est devenu étranger. Pour être tout à fait sincère : il me faisait peur.

Ruth Zopp s'était fait servir un jus de betteraves. Vraisemblablement parce que le rouge de la boisson allait parfaitement avec celui de ses lèvres et de ses ongles.

— Tu es soulagée, n'est-ce pas?

Elle avait un don pour dire les choses qu'on aurait mieux fait de taire.

— Bien sûr que non! répondit Évelyne, indignée.

— Ces dames désirent autre chose? demanda le garçon à tablier de jardinier. On avait besoin de leur petite table. Ruth Zopp demanda l'addition. Le garçon l'avait sur lui, comme par hasard.

— Que vont devenir toutes ses affaires personnelles?

— Son père est encore vivant.

— Et son argent ?

Évelyne haussa les épaules.

— Et toi ?

— Mon avocat me dit que s'il y avait au moins une preuve qu'il ait pris connaissance de nos projets de contrat, peut-être... Mais il n'a jamais réagi.

— Dans ces cas-là, c'est toujours la concubine qui s'en tire le plus mal, soupira Ruth Zopp, comme si elle était bien placée pour le savoir.

— Penses-tu que ce soit ma faute ? demanda Lucille à son amie Pat.

Elles étaient assises à la table de la cuisine. Deux heures plus tôt, elle avait appris par Alfred Wenger que l'on pouvait s'attendre à ce que Blank ait mis fin à ses jours. Dans ces conditions, Wenger lui avait demandé de garder pour elle les détails de ses expériences avec les champignons.

— Tu déraillles. Comment pouvais-tu deviner qu'il péterait les plombs à cause de quelques champignons ?

— Sans moi, il vivrait encore.

— Et il continuerait à zigouiller les chats et les gens.

— Ça n'est pas prouvé.

— Après ce qui s'est passé mercredi, je n'ai pas besoin d'autre preuve.

— Il n'a tué personne.

— Parce que tu lui as flanqué un coup de poêle sur le crâne.

Lucille n'était pas convaincue.

— J'ai mauvaise conscience malgré tout.

— Ça vaut mieux que d'avoir peur.

La petite patrouille de secouristes interrompit les recherches le deuxième jour, sans résultat. On aurait peut-être mené des battues plus longues et plus intensives si l'on n'avait pas eu besoin de tous les hommes pour réparer les dégâts causés par la tempête.

On renonça aussi à faire venir des plongeurs sous-marins. Jusqu'ici, c'est toujours le lac de Gründel, et lui seul, qui avait décidé de garder ses cadavres ou de les rendre.

Lorsque la police scientifique envoya ses résultats, on fut définitivement certain d'avoir pris les bonnes décisions. Selon le rapport, la lettre portait effectivement l'écriture manuscrite du disparu. Outre sa signature, on avait pu déchiffrer quelques mots, en se fondant sur l'empreinte gravée par la plume et sur ce qu'il restait de pigments colorés. Les expressions « continuer à vivre », « sans issue » et « de ce monde », et la formule « Pardonnez-moi ! » juste avant la signature, ne laissaient notamment aucun doute : il s'agissait bien d'une lettre d'adieux.

L'entrefilet parut dans plusieurs journaux. Me Urs Blank, le fameux avocat d'affaires, avait disparu dans des conditions qui permettaient de conclure à un suicide.

Deux jours plus tard, l'un des quotidiens économiques nationaux doubla cette information d'un petit article poisseux. Il laissait entendre que le suicide d'un expert de premier plan en matière de fusions avait déclenché une nervosité considérable dans les milieux d'affaires qu'il fréquentait. Surtout au moment où la rumeur d'une fusion imminente de la *Confed* avec *British Life, Sécurité du Nord* et *Hansa Allgemeine* devenait de plus en plus insistante.

La rumeur en question, c'est l'article qui l'avait lancée. Il était signé « -dro », l'abréviation qui désignait Pedro Müller.

13

Les contours commencèrent à se préciser vers cinq heures et demie. Un tronc, une souche, quelques fougères. Un point clair dans une masse informe. Une couche de terre à nu sur talus. Une racine déterrée. Un point sombre.

Le jour se levait. Il éclaira les arbres, les fourrés, les herbes, les buissons, un éboulis. Et des cordons. Un filet. Le point sombre, derrière, demeurait obscur.

À cet instant, au centre du point sombre, quelque chose de clair. Il se déplaça. Il s'arrêta. Se déplaça. S'arrêta. Vint à la lumière. Un lapin.

Il se redressa. Ses oreilles touchèrent le filet. En un éclair, il se tourna vers l'entrée de son terrier. Mais le filet s'était déjà refermé. Le lapin se mit à y frétiller en poussant des sifflements perçants.

Une main l'attrapa par les pattes arrière, un gourdin l'atteignit à la nuque.

L'homme sortit le lapin mort du filet, enroula le piège et le rangea dans l'une des nombreuses poches de son pantalon de treillis. Il remonta le talus avec son butin.

Au bout d'environ cinq cents mètres, assez loin du terrier, il s'arrêta. Il massa la paroi abdominale du lapin jusqu'à ce que sa vessie soit vide. Cela éviterait que la viande ait un goût d'urine. Il déplia son couteau de poche et ouvrit une fente dans la paroi abdominale, du sternum à l'anus. Il ôta d'abord du ventre, les intestins et les organes sexuels. Il éloigna précautionneusement la vésicule biliaire du foie, et les glandes des deux côtés de l'anus. Avec le talon de ses lourdes bottes de cuir, il creusa un trou dans le sol tendre de la forêt et y enterra les organes inconsommables. Il croisa les pattes du lapin, les noua avec un cordon et attacha l'animal à sa ceinture.

À la mousse d'une souche d'arbre pourrie, il essuya son couteau de chasse ensanglanté. L'inscription sur la lame apparut : *Never hesitate.*

Blank traversa une cuvette, à la lisière d'un éboulement de rochers. Prudemment, pour ne pas laisser de traces de fougères cassées. À sa gauche s'élevait une paroi de granite. Devant lui, un fourré de jeunes sapins barrait le passage. Lorsqu'il l'atteignit, il déterra l'un des petits sapins. L'extrémité de son tronc était taillée en pointe, comme celle d'un arbre de Noël. Blank entra, courbé en deux, dans le fourré, et replanta le petit sapin derrière lui dans la terre. En plusieurs endroits, il lui fallut écarter du chemin les branches et les buissons qu'il avait disposés pour rendre le bosquet encore plus impénétrable. La plongée dans sa cachette était un peu laborieuse. Mais ce camouflage lui avait permis de couper les branches de sapin les plus basses. Au moins, il n'était plus forcé de ramper à travers le fourré.

Il entra dans la petite clairière avec son gros bloc rocheux aux pieds duquel jaillissait un petit ruisseau.

C'était l'endroit où il avait passé, jadis, ses trois premières nuits dans la forêt.

Il accrocha le lapin par les pattes arrière à la branche d'un épicéa, détacha la peau des pattes avec son couteau et tira la fourrure au-dessus des oreilles. Il lava soigneusement l'animal dans le ruisseau et le découpa : le râble, la poitrine, le foie, le cœur, les cuisses. Il recouvrit les morceaux de feuilles de fougère. Il déposa la tête, la peau, les pattes et les poumons dans une petite fosse recouverte d'une pierre, en guise de couvercle : son dépôt d'ordures intermédiaire.

Il alluma un feu avec des brindilles desséchées. Il empila au-dessus du bois suffisamment sec pour ne pas produire de fumée. Sur un grill en barbelés, il disposa les morceaux sur la braise. Il mangea tout de suite le cœur et le foie, pour son petit déjeuner. Il étala les autres morceaux sur une grille constituée de branches dont il avait ôté l'écorce, dans un sac de tulle suspendu à un épicéa.

Cela faisait près d'un mois, désormais, que Blank vivait dans la forêt. Pourtant, le deuxième jour, il avait été à deux doigts de renoncer.

Peu avant minuit, il était arrivé sur le parking et avait dormi un peu. Il connaissait déjà le lac de Gründel, et avait lu sur la carte que depuis ce point, il pourrait rejoindre en deux ou trois jours la forêt sauvage de sapins et d'épicéas où se trouvait la petite clairière. Un chemin y menait, qui passait pour sa plus grande part à travers des forêts et des zones à peine habitées.

Il était parti au petit jour. Son sac à dos contenait tout ce dont il avait besoin, s'il se fiait à l'expérience qu'il avait acquise pendant les mois précédents. Il avait laissé dans la voiture un autre sac à dos avec un échantillon des équipements et du bazar de survie qu'il s'était laissé convaincre d'acheter au cours des derniers mois.

Peu avant midi, un orage éclata. Blank s'assit sous un grand épicéa, se glissa sous une bâche avec son sac à dos et attendit que cela se passe. Constatant que les intervalles entre le tonnerre et l'éclair se réduisaient de plus en plus, et que la cime des arbres paraissait constamment touchée par la foudre, il s'installa sur son tapis d'isolation et déplia au-dessus de lui sa couverture de survie, afin qu'elle lui serve de cage de Faraday. Mais lorsque la tempête se déchaîna, la vieille règle selon laquelle on est plus à l'abri, en cas d'orage, dans la forêt qu'à ciel ouvert, perdit rapidement toute pertinence. De tous les côtés, les branches, les troncs, les cimes des arbres s'effondraient sur le sol. Blank se leva et se colla aussi près que possible contre le tronc de son épicéa. Il resta ainsi près de deux heures.

L'orage s'éloigna, mais la tempête ne s'arrêta pas plus que la pluie diluvienne. Blank se mit en quête d'un abri.

Avant la tombée du soir, il ne put trouver que deux rochers dont l'angle permettait de se protéger un peu du vent. Mais la place était trop étroite, et le sol trop irrégulier pour la petite tente. Il dut passer la nuit à demi assis dans son sac de bivouac. Il dormit mal, jamais plus de dix minutes d'affilée.

Bien avant le lever du jour, il perçut un gargouillement et un clapotement qu'il n'avait pas entendus jusque-là. Au-dessous de lui, dans la fente du rocher, un filet d'eau était apparu et avait enflé pour devenir un petit ruisseau. Son sac à dos était déjà dans l'eau. Blank se mit en sécurité sous un sapin avec ses affaires et attendit l'aube en grelottant.

Au lever du jour, il mangea une boîte de sardines qu'il comptait garder comme ration de survie. Il n'était pas question d'allumer un feu. La forêt était imbibée par l'eau que des rafales de vent imprévisibles projetait dans toutes les directions.

Blank se mit en route. La marche dans le sol ramolli le força à faire des pauses de plus en plus fréquentes ; il en profitait pour étudier la carte à l'abri de son poncho. Il dut bientôt reconnaître qu'il avait perdu ses repères. Depuis longtemps déjà, il n'avait plus rencontré de point qu'il aurait pu retrouver sur la carte. Et là où la forêt s'ouvrait, les nuages bas l'empêchaient d'apercevoir des hauteurs qui lui auraient permis de déterminer sa situation.

Il ne lui restait plus qu'à poursuivre dans la direction indiquée par la boussole. Sa nuit sans sommeil l'avait fatigué, il avait froid, la pression de la courroie de son sac à dos engourdissait son bras droit, l'humidité avait pénétré dans les bottes garanties étanches qu'il avait payées une petite fortune.

Il était tout près de mettre un terme à son aventure. Mais pour cela, il aurait dû savoir où il se trouvait.

Il poursuivit ainsi son chemin, sous la pluie incessante. Sous son poncho, qu'il avait déployé sur lui-même et sur son sac à dos, il ressemblait à un gnome bossu.

La forêt finit par s'arrêter. À sa lisière, la brume était tellement épaisse qu'il n'y voyait qu'à quelques mètres. Le pré sur lequel il marchait avait été fauché de peu.

Au bout d'une centaine de mètres, il croisa un sentier. Il s'arrêta, regarda la boussole et suivit le chemin en direction de l'ouest. Il se retrouva tout d'un coup devant une grange.

Blank fit le tour du bâtiment. À l'arrière, une rampe menait à une porte. Elle n'était pas verrouillée. Il entra. L'odeur de foin l'accueillit.

Il passa des vêtements secs et étendit ses habits mouillés sur la paille. Il mangea quelques crackers, une barre de céréales aux fruits, et but de l'eau de sa gourde. Puis il se glissa dans son sac de couchage. Si quelqu'un le trouvait ici, il abandonnerait. Sinon, on verrait bien.

La pluie tambourinait sur les tuiles. L'odeur lui rappela les vacances d'été, trente-cinq ans plus tôt, lorsqu'il avait encore toute la vie devant lui.

Blank n'avait pas préparé son départ de longue date. Mais au cours de ces journées et de ces nuits dans les bois, il s'était souvent demandé comment il s'y prendrait s'il voulait un jour tout abandonner et partir vivre dans la forêt. Tout ce qu'il faisait était donc certes spontané, mais parfaitement réfléchi. Le lac de Gründel, qui avait la réputation de garder ses noyés ; l'équipement de survie qu'il avait laissé dans sa voiture. Les papiers, l'argent, les cartes de crédit, sans lesquels il n'irait pas loin. Et la lettre d'adieux, avec ses aveux parcellaires et sa demande de pardon.

S'il fallait encore une preuve du fait qu'il était mort et n'avait pas simplement disparu sans laisser d'adresse, il y avait aussi son compte en banque : qui donc prendrait la poudre d'escampette en laissant plus de trois millions de francs suisses derrière lui ?

Il s'était cependant laissé une petite issue de secours : outre un peu plus de trois mille francs suisses en petites coupures, il avait conservé la carte de crédit débitée sur un compte en Irlande. Il y avait rassemblé un peu plus de cent mille francs d'honoraires dont les impôts ne savaient rien, et qui ne donnaient lieu à aucune correspondance. Il avait aussi emporté le double de sa clef du cabinet. Il ne savait pas vraiment pourquoi.

Au matin du troisième jour suivant sa disparition, Blank fut réveillé par le moteur d'un petit tracteur. Il sortit de son sac de couchage, rassembla ses affaires et se cacha sous le foin avec elles. Le moteur se tut. Il entendit des voix. Deux hommes s'entretenaient dans le lent dialecte de la région. Ils s'approchèrent. La porte grinça. De la lumière filtra à travers le foin, devant le visage de Blank.

— Je ne vois rien, et toi ?

— Rien.

— Ce sont encore des tuiles d'autrefois.

La porte grinça, et l'obscurité revint. Peu après, le tracteur redémarra et s'éloigna. Quand il ne l'entendit plus, Blank remarqua le silence. La pluie avait cessé.

Alors seulement, il se rappela qu'il avait eu l'intention d'abandonner si on le trouvait ici.

Deux jours plus tard, il avait retrouvé la petite clairière, et commencé à s'y installer comme chez lui. Il se bâtit un abri en dur avec un toit à pignon, confectionné sur une épaisse couche de branches d'épicéa. Il se construisit une petite table à partir des troncs menus de jeunes sapins. Il aménagea en cellier frais une faille dans un rocher. Il facilita sa montée sur la plate-forme située sur le rocher. Et il camoufla l'accès par le fourré.

Lorsqu'il ne travaillait pas à son campement, il explorait les environs. Il découvrit un chemin menant à la terrasse rocheuse ; il descendait par une paroi verticale, à environ quatre-vingts mètres de sa petite clairière. Il rencontra un ruisseau qui enflait à un point de sa course pour former un bassin dont les dimensions permettaient d'y prendre un bain. Et il trouva le talus où vivaient les lapins.

Blank avait toujours su qu'il lui faudrait chasser s'il voulait se nourrir durablement de la forêt. La pratique de la chasse avait été l'une des nombreuses disciplines de ses études privées sur la forêt. Mais lorsqu'il avait pris son premier lapin, il s'était étonné d'être aussi peu ému de tuer l'animal et de l'évider. Il n'avait jamais supporté la vue du sang ; enfant, il avait refusé pendant des années de manger de la viande, après avoir vu tuer le cochon dans une ferme. À présent, il éviscérait des lapins comme s'il ôtait les piles d'une radio portable.

Il nota avec intérêt cette froideur de ses sentiments, qu'il attribuait à l'effet du bleuet. Ici, dans la forêt, elle ne pouvait pas nuire à autrui, ni lui faire accomplir des actes qu'il payerait ensuite par des accès de mauvaise conscience.

Au cours des premières nuits, lorsque le mugissement du vent dans la cime des arbres ou le claquement d'un orage d'été l'empêchaient de dormir, des yeux le fixaient encore : les yeux de Troll sur ses genoux, les yeux du Dr Fluri au Repos de la Forêt, ceux du dessinateur de machines-outils dans le coupé, ceux du junkie devant le parcours de mise en forme, les yeux de Joe Gasser dans la cuisine de la ferme.

Mais les images pâlissaient. À chaque jour qui s'écoulait dans la forêt, il sentait de nouveau grandir en lui la certitude que rien ne comptait, sauf lui-même.

14

Dans la métropole économique, à une petite heure en voiture de la forêt où habitait Urs Blank, les choses suivaient leur cours. La fusion de la *Confed* avec la *British Life,* la *Sécurité du Nord* et la *Hansa Allgemeine* avait été menée à bien malgré la fuite. À un démenti énergique de tous les participants avaient succédé deux semaines de silence radio. On y mit un terme au cours d'une conférence de presse retransmise à Londres, Düsseldorf et Paris depuis la grande salle de l'Impérial. La naissance de ce conglomérat, le plus gros groupe d'assurances du monde, fit les gros titres trois jours durant. Elle fut ensuite relayée par des bruits de délits d'initiés massifs.

Sur les bourses centrales des quatre pays participants, presque au moment où les rumeurs sur la fusion étaient rendues publiques, on avait acheté à grande échelle des actions des différents protagonistes. Certains soupçonnaient cette « fuite » de dissimuler une indiscrétion volontaire que l'on avait organisée pour justifier ultérieurement, si nécessaire, des transferts d'actions trop voyants.

Lors de la fusion, Christoph Gerber avait remarquablement fait ses preuves comme bras droit du

Dr Geiger. Anton Huwyler commençait déjà à faire pression pour qu'on l'admette comme associé à la place de Blank. Pour l'instant, Geiger, von Berg et Minder n'en avaient pas l'intention. Et ce n'était pas seulement par fidélité à sa mémoire.

Lucille s'était séparée d'Arshad. Il avait exploité sans vergogne sa glotte écrasée et la mauvaise conscience de la jeune femme. Pendant trois semaines, il avait vécu à ses crochets et lui avait tapé sur les nerfs. Ensuite, elle l'avait fichu à la porte. Et puisqu'elle y était, elle s'était aussi débarrassée des bâtonnets d'encens. Ils lui rappelaient Urs Blank.

Évelyne Vogt tentait de s'accommoder de son étrange statut : elle était la veuve d'un homme qui n'était peut-être pas mort, avec lequel elle ne vivait plus vraiment, mais dont elle n'était pas non plus séparée pour de bon. L'avocat qui aurait dû la défendre pendant la procédure de séparation avec Blank l'aidait désormais à surmonter cette perte.

Alfred Wenger se demandait parfois s'il avait tout fait pour aider Urs Blank. Peut-être, se disait-il, aurait-il fait preuve d'une plus grande obstination si Urs n'avait été qu'un malade, et non un patient doublé d'un ami. Il continuait à venir déjeuner tous les mercredis à midi. M. Foppa et lui-même s'étaient entendus tacitement pour ne pas débarrasser le deuxième couvert.

Rolf Blaser gardait le dossier Joe Gasser en suspens jusqu'à ce que Blank soit officiellement déclaré décédé. C'était une affaire de pure forme. Pour lui, cette histoire était réglée.

Il fallut quelques jours à Pius Ott pour se faire à l'idée que Blank lui avait filé entre les pattes.

Urs Blank passait ses journées à couvrir ses besoins en calories. Il essayait, autant que possible, de ne pas entamer son stock de plats lyophilisés et déshydratés, et de vivre de la forêt. On était au mois de septembre, et celle-ci produisait beaucoup. Il collecta des noisettes et des faines pour avoir suffisamment de lipides et de protides. Il utilisa les amélanchiers, les berberis et les églantiers pour en faire des compotes riches en vitamines. Il passa des heures à faire cuire du sirop de feuilles d'érable champêtre.

Et il ramassait des champignons. Au début, il prit tout ce qu'il avait pu identifier comme comestible à l'aide de son guide des champignons. Mais lorsque, peu à peu, il découvrit le bolet subtomenteux, le lycoperdon livide, le clitocybe géotrope, la pholiote ridée, le gomphide glutineux, le gomphide visqueux, la chanterelle, il devint plus difficile. Il arrivait qu'il laisse en place un petit groupe de golmottes parce que son instinct lui disait qu'il allait trouver, à proximité, des trompettes-de-la-mort.

Il faisait rôtir des pignons de pins dans la graisse de lapin, ou grillait des cèpes coupés en deux sur la braise jusqu'à ce qu'ils soient secs à l'extérieur et crémeux à l'intérieur. Ce qu'il ne pouvait pas manger, il le faisait sécher au soleil ou, lorsque celui-ci se faisait rare, sur une pierre près du feu.

Tous les autres minéraux et vitamines dont il avait besoin, il allait les chercher sur les champs et dans les clairières. Dans ces cas-là, il quittait son camp de base en fin d'après-midi, chargé d'un paquetage léger. À proximité d'une lisière de forêt, il s'installait pour la nuit. Au petit matin, il se sentait suffisamment en sécurité pour quitter la forêt. Il se mettait en quête de trèfles des prés, de pâquerettes, d'achillées et de pissenlits pour ses salades assaisonnées au thym des champs et à la bourse-à-pasteur. La saison de la laitue des Alpes – sa salade préférée – était malheureusement révolue. On trouvait en revanche à présent les racines de la barbe-de-bouc, qui avaient le goût de salsifis noirs. Les racines de la chicorée sauvage – s'il la faisait bouillir pour en éloigner les substances amères – et celles du pissenlit avaient bon goût, elles aussi, dans un mélange de silène et d'orties. Parfois, il se risquait à proximité des étables qui paraissaient abandonnées. C'est là que poussait le chénopode Bon-Henri, l'ancêtre sauvage des épinards.

Blank aurait sans doute pu survivre sans faire autant d'efforts. Mais l'activité qu'il déploya ainsi l'aida à ne plus penser à sa propre personne. Tant qu'il parvenait à concentrer toute sa pensée et toute son activité sur son corps, il parvenait à mettre son esprit hors du jeu. Il travaillait à sa survie, mécaniquement, jusqu'à tomber de sommeil, afin d'écourter autant que possible le moment où il s'efforçait de chasser ses pensées avant de s'endormir.

Un jour où il rentrait de l'une de ses chasses aux vitamines, son filet à lapin plein de verdure, traversant un pré encore humide de rosée qui menait vers la forêt, il remarqua un petit groupe de champignons. Ils poussaient sur les restes d'une bouse de vache, ne mesuraient pas dix centimètres de haut, avaient de petits chapeaux bruns en forme de bonnets, surmontés d'une pointe minuscule. Il en toucha un, il lui colla aux doigts.

Blank crut reconnaître ces petits champignons. Lorsqu'il les détermina, plus tard, au campement, à l'aide de l'atlas des champignons, il vit qu'il s'agissait de *psilocybe semilanceata*. C'étaient ces fers-de-lance qui avaient assuré une telle hilarité dans le tipi de Joe Gasser, il y avait bien longtemps. Blank les déposa pour les sécher sur une pierre chaude, près du feu, et les regarda virer lentement au jaune.

Les menus de Blank avaient beau être variés, ils souffraient de quelques carences qui se firent de plus en plus remarquer au cours du deuxième mois de sa vie dans la forêt : la graisse, la farine et le sucre.

Pour les lipides, il faisait appel aux noix et à la graisse de ses proies, principalement des lapins, parfois un chevrotin. Il pouvait couvrir à peu près ses besoins en sucre avec des fruits de la forêt, les tiges de scrofulaire sauvage et le sirop d'érable. Mais ce qui lui manquait de plus en plus, c'était le pain – et aussi, depuis peu, le sel. Dans son équipement de base, il y avait eu une saupoudreuse de sel fin et un kilo de gros sel. Il avait toujours su que ce serait le point faible de son plan de survie, et qu'il devrait tôt ou tard se procurer des réserves supplémentaires. Pour retarder ce moment autant que possible, il en avait fait un usage très parcimonieux. Mais il ne lui en restait plus désormais que quelques grammes, qu'il administrait à son organisme à doses homéopathiques. Il décida de descendre à Rimmeln.

Il connaissait Rimmeln depuis sa première visite dans cette forêt. C'était un petit village planté sur un coteau abrupt, trop peu spectaculaire pour attirer les touristes, et trop peu élevé pour obtenir les subventions à l'élevage de montagne. Il avait garé sa voiture sur le parking, devant la petite école, que l'on n'utilisait plus depuis longtemps. Il se rappelait vaguement une laiterie qui vendait certainement aussi des produits de consommation courante.

Il se leva tôt le matin. Il pouvait atteindre le village en deux bonnes heures, mais il prévoyait de faire un détour. Il traversa la zone impraticable qu'il connaissait bien, désormais, jusqu'à ce qu'il parvienne au chemin de randonnée. Il le suivit jusqu'à l'embranchement vers Rimmeln. Mais au lieu de tourner, il continua tout droit. Le chemin traversait une petite vallée forestière. Il l'y quitta, suivit le lit du torrent sur deux bons kilomètres jusqu'à ce qu'il tombe sur la route nationale qui montait de Rothausen à Rimmeln. À l'abri d'un buisson, il attendit neuf heures – un moment de la journée où un excursionniste qui avait pris le premier train pour Rothausen pouvait tranquillement arriver à Rimmeln.

C'était un jour de fenaison. Le village paraissait mort. Une vieille moto militaire était garée devant la laiterie. Dans une chambre dont la fenêtre ouverte se situait au-dessus de la porte de la boutique, on entendait une radio. La fin d'un bulletin météo, le début d'un chœur masculin.

Urs Blank ouvrit la porte. Un jeu de clochettes retentit au-dessus de sa tête. Ça sentait le lait et le fromage. Derrière le comptoir de vente, on avait disposé des pains de différentes tailles. Des mobiles publicitaires étaient suspendus au plafond. Ils tournaient au vent que Blank avait fait entrer. Personne ne vint.

Blank attendit. Il ouvrit et ferma la porte pour faire de nouveau tinter le *glockenspiel*. Personne ne vint.

— Il y a quelqu'un ? voulut-il crier. Mais il ne produisit qu'un croassement. Depuis plus de deux mois, il ne s'était pas servi de sa voix.

Il se racla la gorge. Il entendit alors, dans l'arrière-salle, le bruit d'une chasse d'eau, puis des pas. Une lourde vieille femme en tablier blanc apparut derrière le comptoir.

— Qu'est-ce que ce sera ? demanda-t-elle d'une voix réprobatrice.

Blank acheta trois kilos de sel, deux kilos de graisse végétale, trois kilos de farine semi-raffinée, quatre kilos de sucre, trois plaquettes de chocolat, deux paires de saucisses sèches, cinq savons, du dentifrice, des allumettes, de la ficelle et des piles pour sa lampe de poche éteinte depuis longtemps.

— J'espère que vous n'allez pas loin, nota la femme en voyant Blank fourrer ses achats dans son sac à dos, qui pesa ensuite quatorze kilos de plus.

— Non, j'ai garé ma voiture un peu plus bas, à Burren.

Cela faisait partie de son plan de camouflage : il allait prendre le chemin menant à Burren, un village un peu plus petit qui se trouvait dans la vallée suivante ; au point approprié, il se fraierait un passage dans les buissons et traverserait la forêt pour rejoindre le sentier de randonnée.

— Tiens, à Burren ! s'étonna la femme. Là aussi, vous auriez trouvé une laiterie.

Blank quitta la boutique. Lorsque le *glockenspiel* cessa de tintinnabuler derrière lui, une voix lança :

— *Grüss Gott*, salut à vous. Cette voix-là aussi était chargée de reproches.

À côté de la moto se tenait un homme, autour de la cinquantaine. Il portait un chapeau de chasse graisseux et fumait une Boyard maïs. Blank répondit à son salut et poursuivit son chemin.

Plus haut, près de la vieille école, là où prenait naissance la bifurcation vers Burren, il se retourna. L'homme le suivait toujours des yeux. Le sentiment d'avoir commis une erreur s'insinua en Blank.

Une nuit, Blank fut réveillé par un bruit lugubre. On aurait dit le hurlement d'un ours prisonnier d'une conduite. Tantôt plaintif, tantôt menaçant, tantôt rageur, tantôt résigné.

Blank s'était habitué aux bruits inquiétants de la nuit dans la forêt. Le triste glapissement du renard, le claquement de langue agacé de l'écureuil, le sifflement chagriné du muscardin, l'appel angoissé de la hulotte ne le sortaient plus de son sommeil. Mais ce bruit-là, venu d'un autre monde, d'un autre temps, l'inquiéta. Il sortit de son sac de couchage, s'habilla et monta par la corde jusqu'à sa plate-forme de surveillance.

C'était une froide nuit étoilée de septembre. À l'est, la lune déclinante surplombait les forêts paisibles de l'autre flanc de la vallée. Il devait être un peu après minuit. Sa petite clairière lui paraissait l'unique lieu sûr au monde. Ce brame inhabituel lui faisait peur.

Brame. C'était cela. Un cerf en rut qui défiait le monde entier de venir se mesurer avec lui.

Blank resta sur sa plate-forme et écouta le brame léger, le brame saccadé et le brame mugissant jusqu'à ce que le vent froid de la nuit le renvoie dans son sac de couchage.

Le lendemain matin, lorsque Blank fut assis pour le petit déjeuner – crêpes, sirop d'érable et thé à la menthe d'eau –, des coups de feu résonnèrent dans la forêt. Ce n'étaient pas les pétarades lointaines qui s'élevaient le dimanche depuis le stand de tir, dans la vallée, ni le claquement isolé de la carabine d'un chasseur de renards. Cette fois, c'étaient des détonations bruyantes, sèches comme des coups de fouet et bien distinctes, à proximité immédiate. La chasse avait commencé.

Blank avait espéré que cette forêt abrupte, avec sa couche de buissons difficilement pénétrable et ses éboulis crevassés, tiendrait les chasseurs à l'écart. Il avait cependant remarqué la quantité d'animaux qui profitaient du calme que leur assurait ce terrain inaccessible.

Ces coups de feu tellement proches lui prouvaient que les chasseurs, eux aussi, étaient au courant.

Des chasseurs eux-mêmes, il n'avait pas grand-chose à craindre, sa cachette était bien camouflée. Les chiens qui se mirent à japper après les premiers coups de feu lui causaient en revanche du souci. Le vent soufflait dans leur direction.

Il éteignit la braise avec de la terre et se prépara à une longue attente. Mais les aboiements s'éloignèrent bientôt. Une heure plus tard, le pépiement des oiseaux était redevenu le bruit le plus puissant de la forêt.

Blank passa le reste de la journée à produire du pemmican. Il frotta de la viande de chevrotin et de lapin desséchée, la mélangea avec de la graisse pour en faire une masse compacte, y ajouta des myrtilles séchées, et l'assaisonna avec du sel et du thym sauvage. Il le sépara en petites parts qu'il roula en saucisses et fit sécher à proximité du feu : une nourriture de survie qui se conserverait pendant des semaines.

Presque chaque jour désormais, il entendait les coups de feu et les chiens, parfois à grande distance, parfois de nouveau tout proches. Les chasseurs étaient imprévisibles. Il ne pouvait jamais être tout à fait certain qu'ils le laisseraient en paix. Ils restreignaient sa liberté de mouvement. Ils le forçaient à rester caché pendant des périodes de la journée qu'il aurait normalement consacrées à chercher des champignons ou des baies. Ils l'obligeaient à laisser de fausses pistes avec des lapins morts, pour éloigner les chiens de sa tanière.

Les chasseurs le contraignaient à s'occuper de l'autre réalité. Ils faisaient irruption dans un univers dont il était l'unique élément, et constituaient un péril pour la mince enveloppe qui protégeait le monde et lui-même contre sa propre personne. C'est surtout pour cela qu'il les haïssait chaque jour un peu plus.

Et un jour, il en prit un.

Dès l'aube, bien en-dessous de lui, il avait entendu un coup de feu, puis le glapissement d'un chien qui suivait une piste à la longe. Lorsqu'il fut certain que le chien venait dans sa direction, il quitta sa cachette. Il ne supportait pas l'idée de passer un jour supplémentaire dans ses quarante mètres carrés de clairière.

Blank grimpa sur le flanc abrupt de la forêt. Il avançait vite. Il connaissait le chemin. Et ces derniers mois l'avaient mis en bonne condition physique.

L'aboiement du chien ne fut bientôt plus qu'un lointain écho. Dans une heure, il atteindrait l'arête. Là s'étendait une clairière creusée par le vent ; il savait qu'à sa lisière, il trouverait des cèpes. À sa dernière visite, il avait emporté trois grands champignons, et laissé les petits pour plus tard.

Il l'aperçut à quelques mètres de son coin à champignons. Un homme rondouillard. Il portait un treillis vert, une veste coupe-vent assortie avec de nombreuses poches, un sac à dos et un chapeau de chasseur, dont le ruban était orné de petites plumes. Il avait un fusil à chevreuil accroché à l'épaule droite. Un lévrier blanc et brun l'accompagnait.

Blank s'aplatit sur le sol, comme à chaque fois qu'il rencontrait des gens dans la forêt. Il suivit le chasseur des yeux jusqu'à ce qu'il disparaisse derrière le petit promontoire, se leva et se rendit à son coin à champignons.

On venait de retourner la terre à l'endroit où poussaient les cèpes. Il n'y manquait pas seulement les exemplaires qui avaient dû, entre-temps, atteindre une taille adulte. Tous les jeunes, les embryons dont l'humus recouvrait encore les chapeaux bruns, avaient été arrachés avec un bâton. Blank n'y retrouva qu'un fragment de vieux chapeau rongé par une limace. C'est le vandale qui l'avait cassé. La ligne de fracture était encore fraîche.

Blank se mit en marche. Il ne courait pas, il marchait droit, à grands pas francs et résolus, comme un homme qui s'apprête à aller faire la leçon à un autre.

Il ne tarda pas à rejoindre le chasseur. Il avait presque traversé la clairière et se dirigeait tranquillement vers les épicéas qui ourlaient la falaise rocheuse sur l'arête nord. Blank le rattrapa rapidement.

C'est le chien qui remarqua Blank en premier. Il fit quelques pas vers lui, l'échine courbée, et aboya. Blank ne s'occupa pas de lui. Le chasseur se retourna, vit Blank et cria :

— Bella ! Le chien cessa d'aboyer.

Blank se dirigea droit vers l'homme.

— Donnez les champignons !

Il devait avoir un peu plus de quarante ans. Il regarda Urs sans comprendre.

Blank tendit la main.

— Sac à dos.

La chienne recommença à aboyer.

— *Down !* ordonna Blank. Elle se coucha immédiatement.

— Les cèpes ne sont pas protégés, protesta le chasseur en lui tendant son sac à dos.

Blank l'ouvrit et huma l'odeur des cèpes frais. Ils étaient emballés dans un mouchoir noué qu'il sortit du sac et posa sur le sol.

— Permis de chasse, ordonna Blank.

Le chasseur tira son permis de sa veste et le tendit à Blank. Il était flambant neuf, et établi au nom de Me Lorenzo Brunner, docteur en droit.

Blank rendit à son collègue intimidé sa carte et son sac à dos.

— Merci, dit celui-ci. Et maintenant ?

— Suivez-moi.

L'homme suivit docilement Blank entre les épicéas adultes. Il avançait en trébuchant. Bella dansait autour d'eux.

— Si j'ai commis un impair avec les cèpes, j'en suis navré. Je pensais vraiment...

Ils avaient atteint l'arête rocheuse. Blank s'immobilisa. Une vallée s'étendait en-dessous d'eux. Elle était parsemée de villages. Autour de leur centre s'étaient développées de petites agglomérations de maisons neuves qui singeaient les vieilles bâtisses paysannes.

— Vous voyez, dit Blank.

— Quoi ?

Blank donna un grand coup sur le sac à dos de Lorenzo Brunner. Il poussa un cri étonné et se précipita dans le silence.

Tout en bas, Blank entendit le craquement du bois et le fracas des blocs d'éboulis que cet homme pesant avait arrachés dans sa chute.

Bella remuait la queue près du précipice. Elle regardait alternativement Blank et le gouffre, en aboyant.

— *Down !* ordonna Blank. La chienne obéit. Il revint à la place où il avait interpellé le chasseur, se baissa et reprit le mouchoir aux champignons.

Lorsque Blank revint au camp, il se réfugia dans sa tente et attendit que montent les sentiments de culpabilité.

Ils vinrent comme toujours en trois vagues successives. La première était le refus d'accepter ce qu'il avait fait. Il tentait de se convaincre que cela ne s'était pas produit. Mais à chaque fois qu'il avait presque entièrement chassé la réalité hors de sa conscience, elle le rattrapait. Comme un mauvais rêve qui n'en était pas un.

La deuxième vague était la confrontation avec son acte. C'étaient toujours les détails qui le torturaient. La tenue de chasse que Me Lorenzo Brunner, docteur en droit, paraissait porter pour la première fois ; sa volonté de tout faire conformément aux règles ; la confiance avec laquelle il l'avait suivi jusqu'au bord du gouffre ; l'étonnement dans son cri ; Bella, qui l'attendait sans doute toujours au bord de la falaise.

La troisième était la dépression paralysante. Il savait qu'il n'existait aucun moyen de la combattre, hormis s'y laisser prendre totalement et espérer qu'il parviendrait rapidement à maîtriser, de nouveau, l'idée que rien ne comptait d'autre que lui.

À ce stade, Blank restait couché dans son sac, ni éveillé, ni endormi ; il se forçait à boire un peu d'eau de temps en temps et à manger une bouchée de pemmican pour garder un minimum de forces.

Il ne savait pas combien de temps il était resté ainsi lorsqu'il entendit un froufrou à côté de lui. Il ouvrit les yeux et vit un muscardin qui grignotait un reste de pemmican. Blank leva la main et tapa sur le sol à côté de lui. La souris avait vu le mouvement et était partie en courant, droit sous la main de Blank.

Blank attrapa la queue entre le pouce et l'index et la projeta hors de la tente. Son geste avait si peu d'énergie que le petit cadavre atterrit à moins de deux mètres de l'entrée de la tente.

Lorsque Blank ouvrit les yeux, la fois suivante, il faisait nuit. Il regardait fixement le toit de la tente, juste au-dessus de lui.

Peu à peu, les coutures commencèrent à apparaître, en teintes sombres. Il referma les yeux.

Des aboiements de chiens le réveillèrent. On cherchait peut-être Lorenzo Brunner. Si leur traque les dirigeait sur lui, il aurait eu de la malchance. Ou de la chance.

Lorsque ce fut devenu inévitable, il sortit de la tente et se rendit aux latrines. Et lorsqu'il se força à se glisser de nouveau dans le sac de couchage, il vit la souris morte devant la tente.

Il ferma les yeux et écouta l'aboiement du chien. Il se rapprochait.

Un grésillement, tout près de lui, s'insinua dans son demi-sommeil. Blank s'appuya sur le coude et regarda à l'extérieur. Le bruit venait du muscardin mort. Deux scarabées noirs l'avaient découvert. Le plus grand avait à peu près deux centimètres de long. Ils avaient tous les deux des bandes jaune orangé sur les élîtres. Des nécrophores.

Les deux scarabées creusaient la terre sous la souris. En haut, au-dessus de lui, il entendit le bruit pétaradant du rotor d'un hélicoptère.

Jusqu'à ce que l'obscurité revienne, Blank regarda fixement la souris morte et immobile, et ses fossoyeurs zélés. Puis il ferma les yeux et s'imagina que c'était lui que les scarabées jaune et noir enfouissaient. Il s'endormit ainsi.

Au matin, la souris était déjà à demi ensevelie dans le sol tendre de la forêt. Blank but un peu d'eau, mangea un morceau de pemmican et poursuivit sa méditation.

La souris, c'était lui. Il sentait au-dessous de lui le crissement des scarabées et la froideur de la terre.

Il s'enfonça lentement. À travers une couche odorante d'aiguilles de pin sèches. Puis à travers une couverture de paille en putréfaction tissée de mycélium. À travers la couche terreuse de l'humus noir. De plus en plus profond, jusqu'à ce qu'il atteigne les roches.

La terre se referma derrière lui. Il devint une partie de la forêt.

Blank se réveilla l'après-midi. Il se redressa et constata qu'il allait mieux. Il était certes un peu hagard, mais il n'avait plus cette sensation de plomb dans les membres.

Lorenzo Brunner lui revint à l'esprit. Le cœur de Blank s'arrêta un bref instant, mais il sentit que le pire était passé. Cela s'améliorerait de jour en jour. Bientôt, ses sentiments de culpabilité le laisseraient en paix.

Et cela recommencerait tôt ou tard. Quelqu'un se placerait en travers de son chemin. Quelqu'un le débusquerait dans la cachette qu'il s'était aménagée pour se protéger de soi-même. Si l'hiver ne le poussait pas auparavant dans la vallée, comme un animal affamé.

La forêt ne pouvait pas l'aider à redevenir celui qu'il avait été. Elle pouvait juste l'aider à supporter celui qu'il était devenu. S'il voulait redevenir le Blank de jadis, il allait lui falloir se prendre en mains.

Il se leva. L'endroit où avait atterri le muscardin était vide, désormais. Le silence le frappa. Pas d'hélicoptère, pas d'aboiements de chien.

15

La fin septembre n'était pas la haute saison pour une auberge de jeunesse au cœur de la ville. Dans le jardin d'hiver de la villa fin de siècle, deux participants finnois à un séminaire d'ingénierie électronique de l'Université technique disputaient une partie de tennis de table. Le tic-toc des balles dérangeait une touriste canadienne à sac à dos venue faire son courrier dans la salle commune. Les responsables de l'auberge s'étaient retirés derrière la porte barrée de l'écriteau « privé ». Ils n'attendaient plus de clients ce jour-là.

On sonna pourtant à la porte, peu avant trois heures. Sami, le patron, ouvrit à un homme d'âge moyen. Il ressemblait à l'un de ces nombreux chevaux de retour qui défilaient ici pendant l'été : maigre, cheveux mi-longs, barbe tissée de fils blancs, tenue de sport usagée, sac à dos. Et comme la plupart des nouveaux venus, une douche ne lui ferait pas de mal.

— Avez-vous aussi des chambres en single? demanda-t-il.

— Si ça ne vous dérange pas d'avoir cinq lits vides à l'intérieur, répondit Sami en souriant.

L'homme se fit inscrire sous le nom de Werner Meier. Pour les nationaux, Sami ne réclamait pas de passeport. Il le fit payer les dix-neuf francs pour la nuit, lui donna la clef de la chambre, celle du bâtiment et un exemplaire du règlement de l'auberge.

— Je me fiche de l'heure à laquelle tu rentres la nuit, tant que tu ne fais pas de bazar.

Un peu plus tard, il entendit Werner Meier quitter le bâtiment. Il revint vers le soir, portant des sacs provenant d'un grand magasin bon marché.

Lorsque Meier quitta l'établissement, dans la soirée, portant de nouveaux mocassins, des pantalons, une chemise, une cravate et un blazer neufs, les patrons étaient au lit depuis longtemps.

Depuis l'auberge de jeunesse, on pouvait rejoindre le cabinet d'avocats à pied en une petite quinzaine de minutes. Il était une heure du matin, le dernier tram était au dépôt, la plupart des bars fermés, quelques taxis roulaient encore.

À l'entrée, la plaque de laiton discrète mentionnait toujours les noms de « Geiger, von Berg, Minder & Blank ». Les trois étages qu'occupaient les bureaux étaient plongés dans le noir.

Lorsque Blank ouvrit la porte, un taxi passa devant lui. Il ne perdit pas son sang-froid. Dans cette ville, un homme d'affaires qui se rendait au bureau en pleine nuit n'avait rien de suspect. Même s'il avait les cheveux un peu longs et une barbe.

Le nom de « Me Christophe Gerber » était inscrit à la porte de son bureau. Il l'ouvrit, et la referma derrière lui. Rien n'avait changé dans l'aménagement de la pièce. Mais on avait accroché au mur des tableaux de chasse anglais. Blank se demanda un bref instant ce qu'avait bien pu devenir son David Hockney.

Il s'installa à son bureau et constata avec soulagement que l'ordinateur était toujours celui dont il se servait à l'époque.

Les ordinateurs de Geiger, von Berg, Minder & Blank étaient chargés d'explosifs : les secrets commerciaux d'entreprises renommées. L'accès aux appareils était donc protégé par un mot de passe personnel. Il changeait à intervalles irréguliers et aléatoires.

Blank n'avait pas souhaité devoir mémoriser constamment de nouveaux codes. Il s'était fait installer une *hot key* par un technicien de l'entreprise chargée de la maintenance. Elle lui permettait de contourner l'icône d'appel du mot de passe, à l'aide d'une combinaison de touches qu'il devait presser en allumant l'unité centrale. La combinaison des lettres produisait le mot « vomi » et datait de l'époque où il ne mettait pas encore en actes la totalité de ses pensées.

Il garda les doigts appuyés sur les quatre touches et lança l'appareil. Il entendit le disque dur crépiter, et l'écran s'éclaircit. Si quelqu'un avait repéré son truc, l'ordinateur allait immédiatement lui demander son mot de passe.

Une icône apparut sur l'écran : « Bonjour Urs. »

Blank attrapa un petit morceau de papier dans la poche de poitrine de sa nouvelle chemise. C'étaient les notes qu'il avait prises sur le bloc à spirales de Joe Gasser. Il le posa à côté du clavier.

« Bleuet »

Chapeau : 7-9 millimètres, bleu-cyan, mucosité luisante, bosse pointue, cannelé.

Lamelles : jaune safran, pas au pied.
Pied : couleurs du chapeau, 2-3 cm, mince, fragile.
Chair : couleurs des lamelles, odeur légèrement désagréable.
Spores : spores rose pulvérulents.
Localisation : Bois de Rubli ?

Blank ne s'était jamais particulièrement intéressé à l'informatique. Les ordinateurs étaient là pour fonctionner et lui faciliter le travail. Il n'avait jamais acquis dans ce domaine plus de connaissances que celles dont il avait absolument besoin. Lorsque le cabinet avait mis en place une connexion à Internet, il s'était un peu promené sur le réseau, mais avait rapidement cessé de s'y intéresser. Internet était peut-être un bon instrument de recherche, mais Blank payait des gens pour faire ce travail-là. C'est aussi la raison pour laquelle l'idée de chercher le « bleuet » sur Internet ne lui était pas venue plus tôt.

Blank mit du temps pour entrer sur le réseau et se rappeler comment on procédait lorsque l'on cherchait un renseignement précis. Lorsqu'il confia à un moteur de recherche le terme « psilocybine », il se retrouva immédiatement dans l'univers international des champignons psychédéliques. Des centaines de sites, de liens, de pages et de forums sur les *shrooms* et tout ce qui leur était lié, même de très loin. Blank se rappela que cette surabondance d'informations avait été l'une des causes de son désintérêt pour le World Wibe Web.

Il éteignit la lumière du bureau : les fenêtres donnaient sur la rue. Mais de là, on ne verrait pas la lueur blafarde de l'écran.

Au bout de deux heures, il avait réduit le flot d'informations aux sites qui lui semblaient intéressants – essentiellement des catalogues contenant des descriptions détaillées des champignons psychoactifs.

Blank accomplit un travail de tri systématique des informations. Il voyait apparaître sur l'écran des listes de combinaisons chimiques, des dessins scientifiques et des dessins d'artistes qui représentaient toujours les mêmes champignons. Certains d'entre eux semblaient être tout droit sortis de l'une des hallucinations qu'ils provoquaient.

Il enregistra les pages les plus intéressantes. Il comptait en faire un tirage papier ultérieurement.

Il entendit alors des pas dans le couloir.

Jadis, lorsque son nom ne figurait pas encore sur l'en-tête de la société, il avait souvent passé des nuits entières dans son bureau. Il n'avait aucune raison de supposer que Christoph Gerber était moins ambitieux qu'il l'était lui-même à cette époque.

Blank se leva, alla à la porte, sortit de sa poche son couteau de chasse, le déplia et attendit.

Le bruit des pas se rapprocha. Il s'arrêta devant la porte. On appuya sur la poignée. Blank retint son souffle.

On relâcha la poignée, les pas s'éloignèrent, on actionna le pommeau de la porte d'à côté, les pas s'éloignèrent encore.

Ce n'était pas Gerber. C'était le veilleur de nuit qui faisait sa ronde.

Blank replia le couteau.

Vers quatre heures du matin, Blank put commencer à imprimer les deux bonnes centaines de pages qu'il avait enregistrées. Tandis que l'imprimante crachait lentement ses feuilles, Blank se promena, sans visées particulières, dans les fichiers informatiques de Gerber. L'un d'eux portait le nom « Ex Blank ». À sa grande surprise, il contenait tous ses dossiers qui n'étaient pas liés à des clients. Sa correspondance privée, sa comptabilité très rudimentaire, son dossier fiscal, la liste de ses comptes, son agenda personnel. Manifestement, pour Geiger, von Berg, Minder & Blank, il n'était pas encore électroniquement mort.

L'un des dossiers éveilla son attention. Il s'appelait « Cecicela ». Blank ne se rappelait pas avoir jamais donné à un dossier le nom puéril de « Cecicela ». Il l'ouvrit.

Le dossier contenait des correspondances et des contrats réglant la fondation d'une société nommée *Externag* et sa participation majoritaire dans deux sociétés financières internationales. La première s'appelait *Bonotrust*, la deuxième *Unifonda*. Il y avait un élément surprenant dans tout cela : la liste des sociétaires de l'*Externag*. Il s'agissait de MM. Geiger, von Berg, Minder, Huwyler, Ott et – dans une modeste mesure, mais tout de même – Gerber.

Quoi qu'ait pu dissimuler cette histoire, elle n'intéressait pas Blank. Il éteignit l'ordinateur, attrapa la liasse de papiers sur l'imprimante et la glissa dans une solide enveloppe, s'assura qu'il avait tout laissé comme il l'avait trouvé et mit un terme à sa dernière visite chez Geiger, von Berg, Minder & Blank.

Au retour, dans l'auberge de jeunesse, il entendit le premier tram. Il eut l'impression d'être un visiteur venu d'une autre planète.

L'une des fenêtres de l'auberge de jeunesse était éclairée. Il ferma le lourd portail de la maison et entra dans le vestibule obscur. La porte marquée « privé » s'entrebâilla. La tête de la directrice de l'auberge apparut. Blank la salua d'un hochement de tête, elle lui répondit pareillement et referma la porte.

Lorsqu'il entra dans la salle de bains de son étage, la Canadienne lisait assise sur les toilettes. Elle leva les yeux et secoua la tête, l'air réprobateur. Blank s'excusa et ferma la porte. Il n'avait pas vu le panonceau accroché à la poignée : un petit bonhomme barré de deux lignes rouges, sous lequel on avait écrit en trois langues : « Je dois rester à l'extérieur. »

Blank prit sa douche à l'étage au-dessus et passa dans sa chambre. Il ouvrit largement les deux fenêtres et se coucha dans le lit le plus proche de l'ouverture. Il sombra dans un sommeil agité et rêva de la forêt.

Lorsqu'il se réveilla, il faisait jour. Sa montre indiquait dix heures et quart. « Petit déjeuner jusqu'à neuf heures », avait-il lu sur le règlement de l'auberge.

Dans une épicerie des environs, il acheta du pain, du fromage, de l'eau minérale et une tablette de chocolat. Il se retira dans sa chambre avec ses provisions et commença à étudier les deux cents pages.

Une partie des documents était composée de *trips reports* : des rapports rédigés par des étudiants américains sur leurs expériences avec des champignons psychoactifs. Ils se ressemblaient par leur forme comme par leur contenu, évoquaient des visions colorées et des illuminations subites. On parlait de métamorphoses et de rencontres avec des anges et des diables. La plupart, d'une manière ou d'une autre, rappelaient à Blank ses propres expériences. L'un d'eux racontait même l'instant où il avait découvert que tout ce qu'il avait cru jusqu'alors était faux et sans importance. Et un autre avait acquis la conviction d'être Dieu.

Mais chez aucun d'entre eux, il ne trouva d'exemple où ces découvertes auraient été tellement profondes et massives qu'elles se soient emparées de leurs auteurs et les aient ensuite poussés à agir dans leur sens.

Peu avant midi, la directrice entra dans la chambre.

— Tu restes une nuit de plus ? demanda-t-elle. Comme Blank hochait la tête, elle lui demanda de descendre payer d'avance.

L'après-midi, il avait parcouru les deux tiers de sa documentation, sans être tombé sur la moindre ligne qui l'ait fait progresser. Il s'installa à la fenêtre et regarda fixement les deux sapins argentés majestueux qui se dressaient derrière la villa. Une table de jardin en fer rouillait dans leur ombre. Il inspira profondément et s'attela à la lecture des quarante dernières pages.

Dans un long exposé sur la composition chimique des champignons à psilocybine, il trouva une référence aux IRMO. Les inhibiteurs réversibles de la monoamine oxydase provoquent deux types d'action : d'une part, ils neutralisent les enzymes qui suppriment les acides aminés – et éliminent donc la plupart des drogues de notre corps. Et de l'autre, ils renforcent l'action de la psilocybine dans le cerveau.

L'auteur déconseillait formellement d'utiliser des IRMO pour renforcer l'effet des champignons. Non seulement parce que associés à certains aliments, ils pourraient provoquer de dangereuses crises du système circulatoire, mais aussi parce que leur interaction avec la psilocybine n'avait pas été étudiée. Il donnait tout de même le nom des IRMO les plus connus : la harmine et l'harmaline, que l'on rencontrait dans le *peganum harmala.*

Blank se rappela être tombé quelque part sur le terme de graines de harmala, la rue sauvage. Il le trouva dans une liste de questions fréquemment posées à propos des médicaments psychoactifs.

Question :

— Existe-t-il une alternative aux graines d'harmala ?

La réponse était précédée de la mise en garde habituelle contre la combinaison de tryptamines et d'IRMO. Suivait ensuite une énumération de quelques graines de plantes qui contenaient des IRMO. On y trouvait les graines de l'ayahuasca et du fruit de la passion et – selon des rapports difficilement vérifiables – un champignon du centre de l'Europe, *conocybe caesia*, un spécimen extrêmement rare de la famille des bolbitiacés.

Urs Blank parcourut le reste des pages. Mais il ne trouva plus rien de notable.

Il plia les feuilles principales. Il emballa les autres dans ses sacs en plastique vide et les jeta dans une poubelle en se rendant au bistrot du quartier.

Dans le restaurant enfumé et bruyant, Blank commanda une saucisse grillée avec de la purée de pommes de terre et une sauce aux oignons, un plat dont il avait parfois rêvé dans la forêt. Mais il eut du mal à l'avaler.

— Ça n'allait pas ? demanda la serveuse en reprenant son assiette à moitié pleine.

— Si, répondit Blank. Mais il y en avait trop.

Lorsqu'il arriva dans sa chambre, il y avait des bagages sur tous les lits.

— Un groupe d'apprentis venu de Dresde, expliqua le directeur. De braves petits gars.

Blank prépara son sac à dos et se changea. Il fourra sa nouvelle garde-robe dans un sac en plastique, et la jeta dans la même poubelle qu'à l'aller en se rendant à l'arrêt du tram ; il le prit jusqu'à la forêt des faubourgs.

Le lendemain matin, il prenait le premier train régional en direction de Rothausen. Il avait passé la nuit dans son sac de bivouac, non loin du Repos de la Forêt, là où, une éternité auparavant, avait été scellée la fin de l'*Elegantsa* et de son patron. Il avait dormi comme un enfant.

Au début, le train était bien rempli. Mais lorsqu'il eut franchi les banlieues, Blank se retrouva seul dans le compartiment. Il feuilleta un quotidien qu'un passager avait oublié sur un siège.

Dans les pages économiques, il tomba sur un article consacré à la fin de « l'affaire du délit d'initiés autour de la fusion de la *Confed* ». Il occupait une demi-page et constatait qu'aucun lien n'avait pu être établi entre les parties concernées par la fusion et les sociétés financières qui, en achetant des actions à grande échelle, avaient enregistré des bénéfices d'un peu moins de quatre cents millions de dollars.

Le nom des sociétés financières arracha à Blank un léger sourire, aux commissures de ses lèvres barbues. Elles s'appelaient *Bonotrust* et *Unifonda*.

Quelques pages plus loin, dans le carnet nécrologique, Maria Brunner-Frei et Verena, Max et Enzo remerciaient tous ceux qui leur avaient témoigné leur sympathie à l'occasion de la tragique disparition de leur cher mari et papa, Me Lorenzo Brunner-Frei.

Il passa devant Rothausen. Il ne descendit qu'à la station suivante et revint à sa verte clairière en décrivant un grand détour.

16

Fritz Fenner avait grandi à Rimmeln. À quinze ans, sa mère était entrée en apprentissage dans une papeterie, à la ville; à seize ans, elle était tombée enceinte. Elle n'avait jamais révélé l'identité du père. Dès qu'elle avait eu mis Fritz au monde, elle était revenue à la ville. Elle avait confié l'enfant à sa mère, Anna.

Anna Fenner vivait de sa petite rente et d'une épicerie où elle proposait tout le nécessaire en produits alimentaires et domestiques. Elle avait un goitre dont Fritz souffrait plus qu'elle-même. Lorsqu'elle mourut, elle lui laissa la maison avec la boutique et quatre-vingts mille francs qu'elle avait économisés par des moyens qui tenaient du miracle.

Depuis, Fritz avait dépassé la cinquantaine; c'était un original comme on en trouve dans chaque village. Il travaillait comme auxiliaire sur les chantiers des environs; chaque jour de la semaine, il se rendait au bureau de Rothausen avec sa moto militaire pour contrôler sa boîte postale. Il collectionnait les capsules de bière et correspondait avec d'autres passionnés du monde entier. Il passait son week-end dans la forêt.

Dès son enfance, la forêt avait été le seul lieu où il se fût senti à l'abri des moqueries des enfants du village. Il la connaissait comme sa poche ; il lui était arrivé de passer des journées entières dans des cachettes dont personne, hormis lui, ne connaissait l'existence.

Quelques jours plus tôt, il avait remarqué que l'une d'entre elles avait été découverte.

Au début du mois de septembre, un promeneur était arrivé au village avec un sac à dos, et avait fait des achats à la laiterie. Lorsqu'il était reparti, Ida avait remarqué : « C'est bizarre, il achète des provisions pour plusieurs mois et il traîne ça jusqu'à Burren. »

Fenner était parti pour Burren avec sa moto, mais il n'avait vu cet homme nulle part, d'un bout à l'autre du trajet. Il avait forcément disparu dans la forêt.

Que voulait-il y faire avec un équipement pareil ? C'était peut-être un criminel ? Un prisonnier évadé ? Ce type lui avait paru suspect au premier regard.

Fenner s'imagina l'étonnement des villageois s'il capturait dans la forêt un détenu en cavale. Il se demanda où lui-même se cacherait s'il était un repris de justice évadé, et commença à contrôler toutes ses anciennes cachettes au cours de ses patrouilles dans la forêt.

Il trouva trois jours plus tard. C'était dans la clairière, au-dessus de la fosse aux éboulis. Le détenu avait camouflé l'entrée du fourré avec de jeunes sapins et des buissons. Il s'était bien installé. Tente, table, banc, abri de tranchée, foyer, latrines, cellier. Fenner trouva aussi du sel, de la graisse, de la farine et du sucre de la marque que l'on vendait à Rimmeln. Mais l'évadé lui-même s'était envolé.

Fritz laissa tout comme il l'avait trouvé. Pendant quelques jours, il savourerait son secret en solitaire. Et à un moment qu'il serait le seul à choisir, il irait à la police.

Urs Blank se demandait si le détour qu'il avait choisi n'était pas un peu exagéré. La pluie était tombée sans discontinuer, et il n'avait pas rencontré âme humaine. Il marchait dans la forêt depuis trois heures, dont une hors du sentier de randonnée. Il lui en fallait encore une demie avant de rejoindre sa cachette. À deux reprises, déjà, il avait glissé sur des pierres couvertes de mousse qui se dissimulaient sous les fougères. Il était pressé. Il voulait savoir si sa clairière n'avait pas été découverte. Et il attendait avec une extrême impatience l'instant où il pourrait chercher le *conocybe caesia* dans le guide des champignons.

Il aperçut le maquis de jeunes sapins. Il prit ses jumelles et s'assura que le petit arbre était encore planté devant l'entrée. Il l'atteignit peu après, et le sortit de terre. Il se pencha dans les fourrés et replanta l'arbrisseau. Les branches et les buissons avec lesquels il camouflait le passage étaient encore en place, eux aussi. En observant son campement, il constata qu'il n'était sans doute pas à son affaire au moment où il l'avait quitté : il était un peu plus en désordre que d'habitude. Mais rien ne paraissait changé.

Blank fit du feu et posa sur l'âtre une casserole d'eau. En savourant un café instantané, un luxe qu'il s'était offert à l'épicerie, près de l'auberge de jeunesse, il étudia son guide des champignons. La taille, la forme et la description du *conocybe caesia* correspondaient aux notes de Joe Gasser. Blank avait déjà souvent remarqué ce champignon dans son guide, en raison de son jaune lumineux. Mais il ne s'y était jamais intéressé de plus près. Il n'était ni bleu, ni comestible.

Cette fois, pourtant, il lut le texte plus précisément. À la rubrique « localisation », on indiquait : « Sous les ifs, apparaît d'août au début novembre après les pluies. Très rare. »

À la rubrique « remarques », on lisait : « Le nom *conocybe caesia* se rapporte aussi bien à la fréquence du champignon (*caesius* = très rare) qu'au phénomène qui fait que le jaune du champignon se teint en bleu peu après la cueillette (*caesius* = bleu gris). »

Urs Blank étudia le *conocybe caesia* de près. Avec un chapeau et un pied teints en bleu, il correspondait exactement à la description que Joe Gasser avait faite du « bleuet ». Il souligna « sous les ifs » avec la pointe rouge de son stylo bille à quatre couleurs. Il espérait que la pluie cesserait de tomber au cours de la nuit. Il connaissait quelques endroits où poussaient des ifs.

Christoph Gerber revint au bureau en fin d'après-midi. À la demande de Pius Ott, il s'était rendu à Paris pour des discussions exploratoires avec une entreprise de vêtements sportifs. Gerber passa son courrier en revue et alluma l'ordinateur. Il voulait donner à ses notes une forme présentable. Pius Ott attendait son rapport à son domicile, devant un petit en-cas.

Il tapa son mot de passe et ouvrit la liste des derniers documents utilisés, le moyen le plus rapide pour accéder au dossier parisien d'Ott.

Aucun des dix documents recensés ne provenait de ce dossier. Pourtant, Gerber était certain que c'était le dernier qu'il eût traité avant son départ.

Ce seul fait aurait suffi à l'inquiéter. Mais il fut pris de panique en découvrant la nature des derniers documents ouverts. Ils provenaient tous du dossier « Cecicela » et concernaient l'*Externag*, la *Bonotrust* et *Unifonda*. Quelqu'un avait forcé le code et ouvert les documents qui établissaient les participations au capital de l'*Externag* et son lien avec *Bonotrust* et *Unifonda*. Quelqu'un qui connaissait bien les systèmes informatiques et savait précisément ce qu'il cherchait.

Gerber ouvrit la liste des derniers programmes ouverts, et cessa de chercher une explication anodine : le dernier programme à avoir été utilisé était le pilote de l'imprimante. L'intrus avait fait un tirage des documents.

Il constata ensuite que le browser Internet se trouvait lui aussi parmi les programmes récemment utilisés. C'était plausible : il s'en était servi, comme tous les jours, avant de partir pour Paris. Mais l'affichage de tous les fichiers et programmes utilisés en son absence ne lui laissa plus aucun doute : quelqu'un, en son absence, était venu fouiller dans ses dossiers les plus sensibles, s'était servi de l'imprimante et s'était connecté à l'Internet. Dans la nuit de l'avant-veille à la veille, entre 1 h 40 et 3 h 30, le système avait enregistré trois cent vingt fichiers temporaires. Gerber en ouvrit quelques-uns. Ils menaient tous à des sites Web liés à la drogue. Et la plupart à des champignons psychédéliques.

Pendant un moment, Gerber ressentit une sorte de soulagement. Il avait été victime d'un toxicomane cambrioleur, qui avait joué avec Internet. Il appela Petra Decarli et la fit venir un moment. Gerber n'avait pas seulement hérité du bureau de Blank.

— Il y a eu un cambriolage pendant mon absence, Petra ?

— Un cambriolage ?

— Quelqu'un s'est installé à mon ordinateur et a fait joujou sur Internet. Il a visité quelques centaines de pages Web sur la drogue.

— Tu es certain ?

— Parfaitement sûr. Avant-hier, entre deux et quatre heures du matin.

— Mais il n'y a pas eu de cambriolage.

— Alors c'est quelqu'un qui avait une clef.

— De ton bureau ?

— J'avais peut-être oublié de fermer.

Petra secoua la tête.

— C'est moi qui avais verrouillé la porte.

Ils se regardèrent : ils avaient eu la même idée en même temps.

— Mais le mot de passe ? Il ne peut pas l'avoir, et il ne connaît rien aux ordinateurs.

Un autre indice du passage de Blank, se dit-il. Un homme qui aurait mieux connu l'informatique n'aurait pas laissé autant de traces.

Petra Decarli s'installa sur l'un des fauteuils des visiteurs.

— Il possédait une *hot key.*

— Qu'est-ce que tu dis ?

— Urs avait une combinaison de touches qui lui permettait de contourner le mot de passe.

— Et tu attends maintenant pour me le dire ?

— Jusqu'à maintenant, il était mort.

— C'était quoi, cette combinaison ?

— Je ne sais pas. Je sais seulement qu'il appuyait sur plusieurs touches au moment où il démarrait. J'ignore lesquelles.

Gerber avait blêmi. Blank n'était pas mort. Et il connaissait les dessous de l'*Externag.*

— Dois-je appeler la police ? demanda doucement Petra.

Gerber réfléchit.

— Il faut d'abord que j'en parle aux patrons.

Le soleil s'était couché, mais les collines se découpaient encore distinctement sur le ciel gris pigeon. Sur la route qui longeait le lac, les voitures avaient allumé leurs feux de croisement. Quelques lumières brillaient déjà depuis les maisons de l'autre rive.

Pius Ott était installé avec Christoph Gerber dans le groupe de fauteuils situé près de la cheminée ouest, là où il avait mangé au printemps avec Urs Blank. Le maître d'hôtel lui avait apporté une desserte roulante avec différents *antipasti*, accompagnés d'un *vino da tavola* en bouteille de designer, que Gerber ne connaissait pas. Ça n'avait pas grande importance. Il n'en était pas encore, et de loin, à pouvoir se permettre de s'intéresser aux vins.

Gerber avait un peu agrémenté, de vive voix, l'austère compte rendu de ses entretiens liminaires à Paris, qu'il avait remis à Ott. De son point de vue, son interlocuteur avait manifesté un certain intérêt. Pius Ott en prit connaissance et parut satisfait. Mais Gerber ne capta toute son attention qu'au moment où il lui parla de son mystérieux visiteur. Le fait que celui-ci détienne les documents de l'*Externag* paraissait moins le préoccuper que la possibilité qu'il s'agisse d'Urs Blank.

Il formula des questions détaillées qui témoignaient d'une connaissance étonnante de l'informatique. Lorsque Gerber lui parla des pages Web qu'il avait visitées, Ott posa son assiette sur la table.

— Des drogues ?

— Essentiellement des champignons hallucinogènes.

— Pouvez-vous me donner la liste ?

— Il y a plus de trois cents sites, objecta Gerber.

— Pouvez-vous me la donner ?

Gerber hocha la tête. Il avait appris à ne pas contredire Ott.

— Qui est au courant ?

— Uniquement ma secrétaire et moi-même. Mais demain, je vais devoir informer mes supérieurs.

— Si j'étais à votre place, je m'arrêterais là.

— C'est ce que je prévoyais.

— Je pense que ce sera aussi l'intention de vos supérieurs.

— Cela me paraît probable.

Lorsque Gerber fut reparti, Ott, agité, fit les cent pas devant son mur aux trophées. Il s'arrêta devant un crâne de lion. La crinière était terne et en bataille, il manquait la moitié de l'oreille, et une cicatrice courait en diagonale sur le dos du nez. Sur le petit écriteau en laiton, en dessous, on pouvait lire : « Oula, 15 janvier 1985, *man-eater.* »

Ce n'était pas un trophée particulièrement beau. Mais c'était son plus précieux. Il l'avait trouvé par hasard. Pendant un safari de chasse au Zimbabwe, ils étaient passés devant un village où un lion avait déjà tué trois habitants. Le village se situait dans une réserve, mais il s'agissait d'un *man-eater.*

Trois nuits et trois jours durant, il avait traqué le lion avec son guide. Il n'avait jamais vécu une chasse aussi palpitante. Il avait affaire à un animal dangereux, y compris pour Ott lui-même.

Depuis, il n'avait jamais plus eu un tel adversaire.

Le lendemain, Fritz Fenner tomba à moto. La chute n'eut pas de conséquences, mais elle le rendit ridicule. Benziker faisait traverser le village à ses vaches et bloquait la circulation – c'est-à-dire Fenner, sur sa moto, et la Toyota de la sœur de Widmer, qui venait de la ville où elle était allée rendre visite à sa famille, avec deux filles bientôt adultes. Quelques paysans papotaient devant la laiterie après y avoir déposé leur lait. Plus haut, de l'autre côté du troupeau de vaches, les Widmer attendaient leurs visiteurs.

Dès que la route fut dégagée, Fenner mit les gaz et dépassa la Toyota. La roue patina dans les bouses fraîches. La moto glissa sous lui et Fenner atterrit dans les excréments, juste devant la Toyota. Les paysans debout devant la laiterie, les sœurs et les nièces de Widmer, Benziker et sa femme, la famille Widmer : tous avaient assisté à la scène. Et ceux qui ne l'avaient pas vue riaient avec les autres.

Fenner se redressa, remit la moto d'aplomb et tenta de repartir au kick. Il lui fallut cinq essais avant que le moteur redémarre. Lorsqu'il repartit finalement à toute allure, il les entendit applaudir.

Un jour, vous serez étonnés, se dit-il.

L'endroit où Blank se rappelait avoir vu pousser des ifs était situé en hauteur, sur un coteau raide et ombragé. Le chemin qui y menait était difficile, et l'emprunter n'allait pas sans danger. Mais le risque de tomber l'inquiétait moins que celui d'être vu. Il devait traverser deux prés qu'il ne pouvait contourner et sur lesquels les vaches paissaient de nouveau en cette saison. Là où il y avait du bétail, les hommes et les chiens n'étaient jamais très loin.

La première prairie ne lui posa pas de problème. Il vit le vacher redescendre la pente avec un petit tracteur. Mais la deuxième lui donna du fil à retordre.

La famille de paysans avait de la visite de la ville : une femme et ses deux grandes adolescentes. Bien que le ciel ait été couvert et le pré encore trempé de pluie, ils avaient choisi cette journée pour organiser un pique-nique et paraissaient décidés à ne pas y renoncer, quoi qu'il arrive.

Blank n'eut pas d'autre choix que d'attendre. Dès que le terrain serait dégagé, il comptait traverser le pâturage et accomplir la dernière partie de la montée, jusqu'aux ifs.

Il observa longuement la famille : les adultes étaient de plus en plus bruyants, les jeunes s'ennuyaient profondément. Mais les adultes tinrent bon, presque jusqu'à cinq heures. Puis ils prirent le chemin du retour. Blank les entendait encore alors qu'il avait déjà presque atteint les ifs.

Il ne trouva pas de conocybes. Mais il découvrit au moins une saillie du rocher sur laquelle il put aménager un bivouac à peu près confortable.

La plupart du temps, les champignons ne pointent leur tête hors du sol qu'au deuxième jour après la pluie. Il aurait peut-être plus de chance le lendemain.

Des sons de cloches montaient du pâturage. La nuit tomba vite. Au-dessus de lui, dans les ramures, un geai imitait d'autres cris d'oiseau. Un vent froid se leva. Blank se glissa dans son sac de couchage et ferma la fermeture à glissière de son sac de bivouac. Il mangea du *pumpernikel* et du salami, rapportés de la ville qui avait été jadis le centre de son univers.

Le lendemain matin, il examina soigneusement l'entourage des ifs. Aucun conocybe n'avait poussé pendant la nuit. À la lueur de cette fraîche matinée d'automne, il attribua à une résurgence de la trop bonne opinion qu'il avait de lui-même le fait qu'il ait pu sérieusement croire trouver du premier coup un champignon en voie de disparition.

On ne voyait personne sur le pré où avaient pique-niqué les familles. Il le traversa sous le regard curieux des vaches. Mais lorsqu'il approcha du deuxième, il entendit des voix.

Depuis l'orée de la forêt, il aperçut un tracteur tirant une bétaillère. Deux hommes tentaient d'y charger une vache. L'animal se cabrait et dérapait sur la rampe boueuse. Les hommes poussaient, tiraient et juraient. Blank s'assit et attendit. À moins de vingt mètres de lui, au bord de la forêt, se dressait un majestueux épicéa. L'herbe ne poussait pas dans son ombre. Le sol était couvert de bouses de vache séchées. Les vaches y avaient cherché un abri contre le soleil et la pluie. Un bon emplacement pour les scatophiles et les saprophytes.

Blank examina les lieux à la jumelle. À l'orée, là où la terre commençait à se couvrir d'herbe, il aperçut un groupe de champignons à petit chapeau.

Les deux hommes avaient enfin chargé la vache dans la remorque. Ils relevèrent la rampe et montèrent sur leur tracteur. Dès qu'ils furent hors de vue, Blank se dirigea vers les champignons. Ce n'étaient pas des conocybes, mais tout de même des psilocybes fer-de-lance. Il y en avait une trentaine. Blank les cueillit tous. Il en aurait besoin dès qu'il aurait trouvé un bleuet

Il traversa rapidement la prairie et se remit sous la protection de la forêt.

Il atteignit le bassin couvert de fougères par le nord-ouest. Dès qu'il put apercevoir, de loin, le fourré de sapins, il prit ses jumelles. L'arbrisseau était à sa place.

Blank rangea les jumelles dans l'étui qu'il portait à la ceinture. Il parcourut prudemment, pas à pas, les derniers mètres ravinés et couverts de fougères qui menaient à la clairière. Il s'arrêta en flairant une odeur qui n'avait rien à faire ici.

Trois mois dans la forêt avaient affiné les sens de Blank. Le vent allait vers lui. Il lui avait apporté la fumée d'une Boyard maïs.

Il se retourna lentement et refit pas à pas le chemin qu'il venait de parcourir.

Il avait déjà presque atteint le bord de la cuvette lorsqu'une voix cria :

— Eh !

Blank continua.

— Halte !

Quelques mètres le séparaient encore du lieu où un groupe de blocs rocheux couverts de mousse lui permettrait d'échapper aux regards.

Une autre voix cria :

— Arrêtez-vous ! Police !

Presque au même moment, un chien se mit à aboyer.

Blank avançait plus vite à présent. Après les blocs rocheux, il se mit à escalader la pente à quatre pattes.

Il avançait bien. Les appels étaient plus feutrés. Mais l'aboiement du chien semblait se rapprocher.

Blank posa son sac à dos sur un petit palier. Avec sa scie de poche, un morceau de fil de fer denté muni de deux poignées, il scia une branche d'épicéa ; il en détacha les aiguilles et l'affûta avec son couteau de chasse. Armé de cette lance, il se plaça au bord du palier.

Le chien était à portée de vue. C'était un berger allemand. Lorsqu'il découvrit Blank, son aboiement vira au couinement. Il dévala les derniers mètres qui le séparaient du palier, les babines retroussées. Blank l'attendait, son javelot à la main.

Lorsque le museau du berger toucha presque la pointe des chaussures de Blank, il frappa de toutes ses forces.

Il s'était attendu à ce que l'aboiement se transformât en gémissement. Mais il cessa aussitôt. La lance avait pénétré sous le sternum, elle avait dû toucher le cœur.

L'animal et la lance glissèrent sur quelques mètres et disparurent dans les fougères aigles qui poussaient dans une fissure rocheuse. Blank attendit d'avoir retrouvé son souffle, se chargea de son sac à dos et reprit sa progression.

Très loin en dessous de lui, il entendit quelqu'un siffler et appeler « Pacha ».

Tente, bâche, nécessaire de cuisine, réchaud, assiettes, gobelets, pantalons, sous-vêtements, chemise, casquette en laine, gants, corde, pitons, guide de la faune, dictionnaire de survie, guide des champignons, différentes provisions de bouche dont viande séchée, champignons, salade, graisse végétale, farine, sucre, une plaque de chocolat, un saucisson sec, quatre savons, différents instruments et ustensiles de fabrication manuelle : la police du canton avait fini l'inventaire.

Fritz Fenner aida les policiers à porter les objets à Rimmeln, où ils avaient garé leur véhicule. Le maréchal des logis Welti, le maître-chien, resta sur place. Il voulait attendre le retour de Pacha.

Ida, de la laiterie de Rimmeln, confirma que le sel, la graisse végétale, la farine, le sucre, les allumettes, les piles et les savons avaient été achetés chez elle et donna du promeneur une description qui concordait avec celle de Fenner.

Pendant ce temps-là, quelques villageois s'étaient rassemblés devant la boutique. Fritz Fenner leur raconta à plusieurs reprises comment il avait découvert la cachette et informé la police. Il avait su tout de suite que cet homme était un criminel.

Lorsque les policiers sortirent de la laiterie, Benziker demanda :

— Pourquoi vous a-t-il échappé ?

Le plus âgé des policiers désigna Fritz Fenner :

— Parce que ce type-là n'a pas pu s'empêcher d'allumer l'une de ses Boyard maïs puantes.

Blank avait trouvé son rythme. Il marchait comme un automate, le cap au nord-est, le plus souvent vers les hauteurs. Il avait quitté depuis longtemps le territoire délimité par sa carte au vingt-cinq millième et devait se débrouiller avec un plan au cinq cent millième. Il voulait quitter aussi vite que possible la chaîne de collines sur lesquelles il avait passé ces derniers mois. Il devait pour cela la traverser. Selon la carte, il était à environ mille quatre cents mètres d'altitude. Une route peu fréquentée menait au col. Dès qu'il la trouverait, il la suivrait, à l'abri de la forêt.

Il faisait une brève halte toutes les heures. Il buvait une gorgée d'eau. À midi, il mangeait un peu de pain noir et de salami. Avec un fond de sel, de la graisse, du sucre, du pemmican et une dose de sardines, c'étaient les seules provisions qu'il n'ait pas laissées dans son campement.

L'après-midi, il rencontra les premiers pins. De plus en plus souvent, la forêt était interrompue par de grandes clairières qu'il devait contourner par des voies difficiles.

L'obscurité tombait déjà lorsqu'il entendit un moteur. Peu après, la forêt s'éclaircit. Blank avait atteint une arête rocheuse. En-dessous de lui se trouvait la route menant au col. Il déplia la carte. L'endroit où il pensait pouvoir trouver le bois de Rubli se trouvait à une bonne heure de voiture de là. À pied, avec un peu de chance, il pourrait l'atteindre en trois jours.

Il aménagea un âtre capable de dissimuler les flammes et alluma un petit feu. Il fit sécher sur des pierres chaudes les psilocybes fer-de-lance qu'il avait trouvés au petit matin sous les épicéas. Il s'installa pour la nuit, en rêvant qu'il avait emporté sa casquette de laine et ses gants.

La police du canton ne prenait pas l'affaire très au sérieux. Personne ne s'était évadé, on ne recherchait personne, cet homme n'avait commis aucun crime, et il n'était pas interdit de passer la nuit dans la forêt.

Le seul à ne pas prendre cette histoire à la rigolade était le maréchal des logis Welti, le maître-chien que l'on avait réclamé à la police urbaine. Il avait attendu Pacha jusqu'à la tombée de la nuit. Le lendemain, il revint avec deux collègues et leurs bergers allemands sur les lieux du campement camouflé. Les chiens commencèrent par flairer l'endroit où s'était tenue la tente et trouvèrent très rapidement les traces de l'homme. Moins d'une heure plus tard, ils découvrirent la faille rocheuse dans laquelle se trouvait Pacha.

— Je t'aurai, salopard, murmura Welti lorsqu'ils recouvrirent le cadavre de terre, de fougères et de branches d'épicéa. Ses collègues lui tapèrent sur l'épaule. Welti avait les larmes aux yeux.

C'est le maréchal des logis Welti qui veilla à ce que l'on relève les empreintes sur les casseroles et sur les livres.

C'est lui aussi qui trouva dans la marge du guide des champignons les mots : « Le champignon surprise de Pius Ott ! »

Pius Ott avait passé toute la journée à la chasse avec l'un de ses braques. Depuis quelques semaines déjà, il était à la poursuite d'un chevreuil à trois bois qui s'intégrerait bien à sa collection de trophées peu communs.

Il s'était déjà fait à l'idée de rentrer bredouille une fois de plus. Il était déjà sur le chemin du retour lorsqu'il l'aperçut au bord d'une petite clairière. Le vent soufflait dans la bonne direction, le chevreuil ne l'avait pas remarqué. Il mangeait tranquillement. On distinguait très bien ses trois merrains.

Ott ôta le cran de sécurité sur sa carabine à répétition et l'arma. La lumière était faible dans le viseur, mais il était à une centaine de mètres de distance et ses balles demi-blindées modernes développaient une pression gazeuse d'au moins trois mille bars. C'était un tireur confirmé. Il n'était pas rare qu'il réussisse des coups au défaut de l'épaule à plus de deux cents mètres de distance.

Il regarda le chevreuil dans sa lunette de visée, chercha l'omoplate, appuya sur la détente et tira.

Le chevreuil s'effondra, comme s'il avait été touché par la foudre. Ott jura à voix basse. C'est ainsi que réagit le gibier que l'on a touché à l'échine. Il devait s'attendre à ce que le chevreuil ait été atteint tout en haut, sur une épine de la colonne vertébrale, et qu'il soit simplement anesthésié.

— Au pied ! ordonna-t-il à son braque, et il marcha lentement vers sa proie.

Il avait à peine parcouru la moitié de la distance lorsque le chevreuil se leva d'un bond. Ott s'était apprêté à donner le coup de grâce, mais l'animal était trop près du couvert. Avant que le chasseur ne puisse tirer, il avait disparu dans la forêt. Cette fois, Ottt jura à voix haute.

Arrivé au point de chute, il s'agenouilla et examina le sol. Il y trouva une touffe de poils avec un peu de peau. La couleur des poils prouvait qu'ils venaient du dos. C'était bien cela : un toucher d'épiphyse. Comme un débutant !

Ott prit une branche de sapin et marqua le point de chute avec une croix. Il était trop tard pour traquer l'animal. Il reviendrait le lendemain matin.

Dans son pick-up Dodge Aventure, sur la route qui le ramenait chez lui, il écouta les nouvelles que sa secrétaire lui avait laissées sur sa boîte vocale. La seule chose qui suscitât son intérêt concernait un policier nommé Welti ; il demandait qu'il le rappelle. Il composa le numéro.

Il s'agissait d'une mention manuscrite où l'on avait découvert son nom, sur un guide des champignons que l'on avait trouvé dans d'étranges circonstances. Le policier souhaitait qu'il passe voir cette note. Il pourrait peut-être identifier l'écriture manuscrite.

— C'est pressé, monsieur Welti ? demanda Ott.

— Chez nous, tout est pressé.

— Alors, c'est ce soir ou jamais. Demain, j'ai des rendez-vous toute la journée.

Vers dix-neuf heures, Ott se présenta en grande tenue de chasse au poste central de la police urbaine. On le conduisit dans une salle d'attente noire de monde, où Welti vint le chercher au bout de deux minutes. « Épatant, ce déguisement », dit l'une des personnes qui attendaient lorsque les deux autres furent sortis. Ils furent quelques-uns à en rire.

Welti conduisit Ott dans une salle d'interrogatoire, et lui montra la note : « Le champignon surprise de Pius Ott ! »

— Connaissez-vous cette écriture ?

Ott secoua la tête.

— Savez-vous ce que cela signifie ?

— Aucune idée. D'où le tenez-vous ?

Tandis que Welti décrivait les circonstances dans lesquelles ils avaient fait leur découverte, Ott feuilletait négligemment le guide. Plusieurs passages étaient soulignés ou annotés. Toutes les notes étaient portées de l'écriture sobre et académique d'un homme qui savait s'approprier le savoir livresque. Aucune n'était inscrite avec autant de rage que ces mots : « Le champignon surprise de Pius Ott ! »

— Vous l'avez vu ? demanda Pius Ott tout en feuilletant le manuel.

— Moi, non, mais un collègue. Mince, taille moyenne, cheveux bruns mi-longs, barbe poivre et sel.

Ott tomba sur une page où l'on avait souligné quelque chose au stylo à bille rouge. C'était la première fois qu'apparaissait un trait de stylo à bille rouge. Les mots avaient été soulignés à plusieurs reprises, si fort que les traces des trois traits s'étaient gravées sur la page suivante. Le champignon portait le nom de *conocybe caesia*. Les trois mots soulignés avec tant de rage étaient « sous les ifs ». Ott retint le nom et continua à feuilleter.

— Et qu'est-ce qu'il a fait de mal, cet homme, à part camper dans la forêt ? demanda Ott.

— Nous ne le savons pas. Mais un homme qui embroche les chiens n'a pas la conscience tranquille.

— Votre chien ?

Welti hocha la tête.

— Pacha.

Ott promit de lui donner de ses nouvelles s'il lui venait une idée.

Peu après le lever du jour, Ott était revenu au point où était tombé le chevreuil. C'était un matin gris, on pouvait s'attendre à ce qu'il pleuve. Il attacha le braque à la longue longe, lui fit faire le pied et lui ordonna :

— Cherche blessé !

Le braque commença à prendre la voie, le nez bas. Normalement, Ott aimait la traque. Il incarnait alors l'inéluctabilité du destin. On ne lui échappait pas. On n'avait qu'une alterntive : être déjà mort ou s'apprêter à être tué.

Mais cette fois-ci, il n'était pas à son affaire. La pensée d'Urs Blank, qui l'avait gardé éveillé presque toute la nuit, ne le quittait plus.

Blank se cachait donc dans la forêt. Il avait suffisamment acquis les techniques de survie pour pouvoir chasser, conserver la viande et déshydrater des champignons. Il possédait les instincts et la condition physique suffisants pour échapper aux forces de l'ordre ; et le sang-froid nécessaire pour empaler des chiens policiers.

Dans l'une de ces forêts vivait un homme officiellement considéré comme mort. Et lui, Pius Ott, était le seul à le savoir.

Le braque tira sur sa longe. Ott accéléra le pas. Puis le chien s'immobilisa et aboya contre quelque chose. Ott marcha vers l'endroit désigné.

Le chevreuil à trois bois tenta de se redresser sur son fort. Mais ses pattes arrière ne lui obéissaient plus.

Pius Ott n'était pas un partisan du coup de grâce tiré au fort. Il préférait une méthode plus personnelle. Il ouvrit son couteau de chasse, se pencha vers le chevreuil et lui enfonça la lame dans le flanc, entre les côtes, jusqu'aux poumons.

Il attendit que l'animal ait cessé de vivre. Puis il le coucha sur le dos et se mit au travail de rouge.

Peu près, la trachée-artère était sortie du cou et coupée au-dessus de la gorge, le pharynx noué, les bourses et le pénis coupés, le chevreuil ouvert et évidé.

Il prit une petite branche d'épicéa, l'humecta d'un peu de sang du touché d'épiphyse et la coinça sur son chapeau. Il attacha un plus gros morceau au collier du chien, pour le remercier de sa recherche réussie. Pius Ott prit un troisième morceau et le plaça dans la gueule du chevreuil à trois bois, comme une dernière bouchée.

Pius Ott savait respecter son gibier.

La librairie Harder était une petite boutique spécialisée dans la nature et le jardin. Elle se situait dans une vieille maison du centre-ville. L'encorbellement en forme de tour, sur sa façade, avait fourni le motif du signet de la boutique, que le maréchal des logis Welti avait trouvé dans la couverture du guide des champignons.

Il entra dans la boutique, le manuel sous le bras.

En théorie, ce type d'enquêtes ne faisait pas partie du travail d'un maître-chien. Il n'avait ni l'expérience ni, pour être honnête, la légitimité pour s'en charger. Il avait espéré que l'entretien avec Pius Ott lui épargnerait d'autres recherches sur l'identité de l'homme de la forêt. Il n'avait pas eu de chance. Il n'était pas certain que Ott lui ait dit la vérité. Mais il n'avait pas pu insister. Il pouvait déjà s'estimer heureux que Pius Ott ait répondu à son appel. Cet homme était multimillionnaire.

Par chance, Harder n'était pas une librairie politique. Le fait qu'elle soit spécialisée dans la nature et le jardin lui laissait espérer qu'elle entretenait des rapports décontractés avec les autorités.

Le vieux monsieur qui le reçut sembla confirmer cet espoir. Il jeta un regard fugitif sur la carte de Welti et l'emmena dans une salle minuscule, derrière la caisse. Une table et deux chaises sur lesquelles s'entassaient des livres. Une cafetière dans laquelle un reste de café diffusait une odeur de brûlé.

Le vieux monsieur se présenta sous le nom de Meinrad Harder junior. Welti lui montra le guide des champignons et le signet de la librairie Harder.

— Pouvez-vous savoir à qui vous l'avez vendu ?

Harder junior fronça les sourcils.

— Attendez un moment.

Il sortit et revint avec le même guide. Il en tira une carte où l'on avait noté proprement, avec un tampon dateur, la date où avaient été vendus les exemplaires.

— Cette année, le guide a été vendu onze fois. Je peux savoir à qui, mais uniquement si nous avons établi une facture, ou s'il a été payé par carte de crédit.

— Vous pouvez vérifier ?

— C'est pressé ?

Welti hocha la tête.

— Dans ce cas, je vais essayer de trouver d'ici la fin de la semaine.

Ça n'était pas précisément le traitement rapide qu'avait espéré Welti. Il remercia tout de même le libraire, donna son numéro de téléphone à Harder junior et prit congé.

Sous le regard vitreux de ses trophées, Pius Ott était installé devant l'écran d'un PC et surfait sur le Web. Il introduisit les mots *« conocybe caesia »* sur un moteur de recherche, le nom de ce champignon que Blank avait souligné avec tant de virulence.

Le moteur lui fournit une liste de douze liens. Il les compara avec la liste des sites que l'intrus avait visités pendant son passage nocturne sur l'ordinateur de Christoph Gerber. L'un d'eux coïncidait.

Ott cliqua dessus. Un peu plus tard, le PC avait chargé une liste de questions fréquemment posées à propos des champignons hallucinogènes. Le *conocybe caesia* avait été mentionné en réponse à la question : « Existe-t-il une alternative aux graines d'harmala ? » Si Ott en croyait la réponse, le champignon contenait des IRMO.

Il entra l'acronyme IRMO dans le moteur de recherche. Une longue liste apparut sur l'écran. Ott comprit rapidement qu'il s'agissait d'une substance active et qu'elle renforçait, entre autres, l'effet de la psilocybine.

Blank était donc en quête d'un champignon qui renforçait l'effet des champignons psychoactifs. Avait-il un problème de drogue ? Est-ce pour cette raison qu'il avait fait un séjour à La Frênaie ?

La forêt que parcourait Blank n'offrait pas beaucoup de couvert. Elle était plantée d'épicéas entre lesquels on avait laissé suffisamment de place pour les lourds engins de transport du bois. À intervalles de quelques centaines de mètres, il croisait l'un des chemins forestiers qui découpaient la forêt en petites sections facilement accessibles. Le grondement de l'autoroute recouvrait le chant des oiseaux.

Il s'était trompé en croyant qu'il pourrait atteindre le bois de Rubli en quatre jours. Il en était au cinquième, et il lui en faudrait certainement un de plus.

En marchant vers le nord-est, il était de plus en plus souvent tombé sur des surfaces non boisées, trop grandes ou trop animées pour les traverser à la lumière du jour. Il avait dû les contourner, ou attendre que le soir tombe. Une fois, il était tombé en pleines manœuvres d'un centre d'instruction militaire ; il lui avait fallu rester caché près de huit heures dans une cuvette plate.

Et depuis une heure à présent, il tentait de traverser l'autoroute.

La recherche de nourriture lui avait elle aussi pris du temps. Il devait économiser ses maigres provisions ; il n'avait d'autre ressource que de trouver des champignons dans cette forêt beaucoup trop fréquentée. Sur un champ tout juste labouré, il avait trouvé des restes de betteraves sucrières, qu'il avait fait cuire en bouillie.

Mais il avait beau faire, il croisait de plus en plus souvent des êtres humains : ouvriers forestiers, promeneurs, paysans. Il les saluait comme un excursionniste du dimanche, et la haine qu'il ressentait à leur égard grandissait à chaque fois.

Enfin, il aperçut à travers les troncs un passage pour piétons. Lorsqu'il s'approcha de la passerelle, il remarqua qu'un vieil homme s'y tenait. Accoudé à la rambarde, il regardait les voitures filer en dessous de lui.

Blank posa son sac à dos et s'assit derrière un billot de bois.

Au bout d'un quart d'heure, l'homme était toujours à la rambarde. Blank lui donna encore dix minutes.

Un autre quart d'heure plus tard, l'homme n'avait toujours pas bougé d'un pouce. Blank reprit son sac à dos et monta sur la passerelle.

Lorsque Blank approcha, il vit que le vieux tenait à la main un objet sur lequel il appuyait à chaque fois qu'une voiture passait devant lui en vrombissant. L'homme comptait les autos.

Blank était presque à sa hauteur. Il restait les yeux fixés sur l'autoroute et bougeait les lèvres à chaque fois qu'il appuyait sur le compteur.

Blank passa à côté de lui. L'homme ne leva pas les yeux.

Blank l'aurait jeté sur l'autoroute s'il avait ouvert la bouche.

17

Les samedis d'octobre, la saison battait son plein pour le contrôleur officiel des champignons. Theo Huber se tenait sur son petit stand, au bord du marché aux légumes, et triait les champignons que lui apportaient les gens. Les bons restaient sur la table, ceux qui n'étaient pas comestibles passaient à la poubelle. Pour les toxiques, il avait un seau peint en noir et orné d'une tête de mort. Aujourd'hui, celui-ci contenait déjà trois bolets Satan que quelqu'un avait pris pour des cèpes. Ils provoquaient de sévères troubles gastriques et intestinaux, mais ils n'étaient pas mortels. Tout au contraire des six galères marginées, qui auraient suffi à exterminer toute une famille.

— Bon sang, disait-il toujours, quand on ne sait pas faire la différence entre des pholiotes changeantes et des galères marginées, il ne faut pas y toucher.

Theo Huber accomplissait son travail avec joie. Il tentait d'enseigner aux gens les champignons et la manière de s'en servir. « Un pied-de-mouton. Le jeune, ici, vous pouvez le manger. Mais ce vieux, là, va avoir un goût amer », expliquait-il. Ou encore :

« La pholiote ridée est un mets de choix, mais elle a une forte teneur en cadmium et, depuis Tchernobyl, en césium. » Ou encore : « Un tricholome équestre ! Il a un goût délicieux, mais la prochaine fois, vous feriez mieux de le laisser en place, il est en voie d'extinction. » Ou encore : « Un *lactarius salmonicolor.* À faire griller, pas à la vapeur. Un peu de beurre, du sel, du poivre, terminé. » Ou encore : « Ne vous effrayez pas, le gomphide visqueux vire au violet à la cuisson. Il a tout de même un goût excellent. »

Certains des amateurs qui venaient le voir étaient ses clients depuis des années. Le contrôle n'était pour eux qu'un prétexte pour venir échanger des opinions de spécialistes avec l'un des meilleurs mycologues du pays.

Vers midi, il ne venait plus guère de clients. La plupart savaient qu'il fermait à midi. Il avait déjà versé les champignons éliminés dans la poubelle, lavé son seau à la fontaine, refermé son parasol et son étal. Il s'apprêtait à tout rapporter à la guérite lorsqu'un homme maigre aux cheveux blancs l'aborda.

— Savez-vous où l'on trouve le *conocybe caesia* ?

— Ça n'est pas un champignon comestible.

— Je m'intéresse à sa composition chimique.

— Vous êtes chercheur ?

Ce n'était pas la première fois que quelqu'un l'interrogeait sur le *conocybe caesia.* Il contenait des substances qui intéressait la science. Mais aussi la communauté croissante des amateurs de champignons hallucinogènes.

L'homme avait plutôt l'air d'appartenir à la première catégorie.

— On m'a dit que s'il y avait une personne capable de m'aider, c'était vous.

Theo Huber n'était pas vaniteux, mais il savait apprécier un compliment.

— Le *conocybe caesia* est pratiquement éteint. Et savez-vous pourquoi ? Il vit en symbiose avec l'if, que nous éliminons lui aussi lentement, mais sûrement.

Le scientifique était intéressé. Huber lui donna un petit cours d'histoire. L'if était très recherché en raison de son élasticité pour les arcs et les arbalètes ; il avait ainsi disparu de nombreuses régions dès le Moyen Âge. Et ceux qui survivaient n'étaient qu'en sursis, car ils étaient toxiques pour les chevaux. Quant aux rares qui avaient franchi cette deuxième épreuve, la surabondance du gibier en avait eu raison.

C'est surtout le dernier point qui paraissait intéresser l'homme. Il l'aida à entasser ses affaires dans le débarras de la guérite et l'invita à boire un café à l'Auberge du Marché. Theo Huber prit une bière. Ils discutèrent un bon moment du principal nuisible de la forêt, le gibier, un sujet sur lequel le scientifique avait de sérieuses connaissances. À la deuxième bière, ils en revinrent au *conocybe caesia.*

— Le chapeau et la tige se teignent en bleu immédiatement après la cueillette, expliqua le contrôleur de champignons d'un ton docte.

— Savez-vous où il en reste ?

— Là où il y a encore des ifs.

— Par exemple ?

— Je n'aime pas le dire. Mais entre hommes de science : le dernier qui me soit passé entre les mains venait du bois de Rubli. Cela dit, ça remonte bien à quatre ans.

À la troisième bière, Theo Huber lui décrivit le chemin.

Meinrad Harder junior avait tenu parole. À la fin de la semaine, il avait vérifié les ventes du guide des champignons. Pour les libraires, la semaine durait jusqu'au samedi après-midi. Si, pour les policiers, elle s'était arrêtée le vendredi, le maréchal des logis Welti n'aurait pas eu de chance.

Mais Welti était de service. Après avoir patienté quelques minutes sur la musique du standard, il eut le libraire en ligne.

— Il a été payé huit fois en liquide. Mais je connais l'identité de trois clients.

Il dicta les noms et les adresses à Welti : une vieille habituée qui payait sur facture mensuelle, un enseignant qui avait commandé le guide par le biais du secrétariat de son école, un avocat qui avait payé par carte de crédit.

— À cette époque, il a acheté régulièrement, et pour des sommes importantes, des livres sur la faune et la flore. Mais il ne pourra pas vous aider. Il s'est noyé en juillet dans le lac de Gründel.

Rolf Blaser était un bon policier, mais pas un fanatique de l'ordre. Son bureau ne paraissait rangé que lorsque ses armoires à dossiers étaient fermées. Lorsqu'il en relevait les rouleaux, il mettait au jour un chaos de documents, de vieux papiers, d'immondices et de pièces à conviction dans lequel il avait lui-même du mal à se retrouver.

Il se tenait à présent devant l'une de ces armoires à rouleaux et cherchait le dossier « Gasser ».

Un collègue de la police urbaine l'avait appelé et ressorti cette vieille histoire : le suicide du suspect Blank. On avait trouvé un guide de mycologie qui lui appartenait dans la cachette d'un homme qui vivait manifestement dans la forêt. Cet homme avait pris la fuite. Le collègue soupçonnait qu'il s'agissait d'Urs Blank. Il avait trouvé dans les dossiers une note mentionnant que Blaser devait entendre cet homme à propos d'une affaire d'incendie ayant provoqué un décès. À l'époque, on avait évoqué cette histoire parmi les motifs éventuels du suicide.

Le maréchal des logis Welti avait proposé de venir lui rendre visite au bureau. Blaser n'y avait vu aucune objection.

— Quand vous voudrez, avait-il dit.

— Dans ce cas, d'ici une heure, avait répondu Welti.

À présent, Blaser cherchait le dossier.

Il le trouva peu avant l'arrivée de Welti, dans un endroit où il ne l'avait pas cherché parce qu'il était certain qu'il ne pouvait s'y trouver : entre un journal qu'il avait gardé pour une raison qu'il ne se rappelait plus et une veste de tricot gris qu'il portait autrefois, entre deux saisons, avant que l'on installait la nouvelle chaudière.

Le maréchal des logis Welti avait vingt-cinq ans, c'était un homme robuste à la peau claire et aux mains rouges, qui n'avait pas beaucoup plus de cheveux que Blaser. Pas antipathique. Il lui raconta sa rencontre fugitive avec le présumé Blank et lui décrivit son campement dans tous les détails. Il expliqua, non sans fierté, comment il en était arrivé au nom de Blank. Lorsque Blaser lui demanda pourquoi il s'engageait autant dans cette affaire, il lui raconta la triste fin de Pacha.

Lorsque Welti lui montra le guide des champignons et la note manuscrite qui y figurait, Blaser confirma :

— C'est exact, il s'intéressait aux champignons.

Il lui parla de ces cercles magiques de consommateurs de champignons auxquels Blank avait participé. Il lui apprit que, juste avant l'incendie de la Ferme aux Épicéas, on avait vu sur place la Jaguar de Blank.

Ils mangèrent au Soleil, la meilleure des deux auberges campagnardes où la police cantonale invitait ses visiteurs. Au café, Blaser désigna le manuel de mycologie de Blank :

— Et les empreintes digitales ont donné quoi, Paul ?

Devant le pichet de beaujolais qu'ils s'étaient partagé, Blaser avait proposé à Welti de se tutoyer.

— Il y en a des tas. Mais je ne sais pas si ce sont celles de Blank. Les siennes ne figurent dans aucun fichier.

— Pourquoi ne demandes-tu pas à son bureau s'ils accepteraient qu'on envoie une équipe ?

— Sous quel motif ?

— Savoir si Blank est encore vivant ou non devrait les intéresser, eux aussi.

Blaser prit le guide et commença à le feuilleter.

— Quel genre de champignons a-t-on retrouvés dans ses provisions ?

— Des champignons séchés.

— Moi, je les ferais déterminer. Il serait intéressant de savoir s'il y a des champignons hallucinogènes dans le lot.

— Je comprends.

— Et puisque tu en es déjà là, renseigne-toi donc sur celui-ci.

Blaser désigna le *conocybe caesia*, dont Blank avait souligné l'habitat au stylo bille rouge.

Welti se fit un mémo. Blaser était brigadier enquêteur, Welti maréchal des logis de la police. Bien que leur rencontre soit informelle et qu'ils appartiennent à des corps différents, la hiérarchie fonctionnait.

Dans une ravine humide, à moins de vingt kilomètres de l'Auberge du Soleil, l'homme dont parlaient Blaser et Welti était adossé au tronc d'un hêtre déraciné. Six journées s'étaient écoulées depuis qu'il avait échappé de justesse à Pacha et aux policiers. Il avait certainement parcouru plus de deux cents kilomètres en marchant, en grimpant, en s'égarant, en courant et en rampant, pour couvrir une distance qui, à vol d'oiseau, en représentait peut-être la moitié. Plus il se rapprochait de son objectif, plus il veillait à ce que personne ne le voie. Il avait accompli le dernier tronçon de nuit. La lune était presque pleine, et le vent d'automne, qui ne cessait de déchirer la couverture nuageuse, avait apporté un peu de clarté entre les cimes des hêtres, qui perdaient déjà leurs feuilles.

Blank n'avait qu'une très vague idée du lieu où se situait le bois de Rubli. Mais à la première lueur du jour, il était parvenu à déchiffrer sur un poteau indicateur le mot « *Rublifluh* », « Molasse de Rubli ». Il avait marché dans cette direction jusqu'à un petit pont en rondins bruts. Là, il avait quitté le chemin et avait suivi la ravine d'où provenait le torrent. Il croyait se rappeler que les ifs poussaient sur des coteaux de marne abrupts.

La ravine se rétrécissait. Elle montait désormais à pic des deux côtés du torrent. Blank avançait péniblement sur le talus qui n'offrait aucune prise et que les restes de feuillage de l'automne passé rendaient glissant.

Tout d'un coup, tout en haut, entre les troncs, il vit un groupe d'ifs. Ils se dressaient, presque noirs, sur un fond de feuilles de hêtres qui commençaient déjà à se teindre de vert. Blank s'adossa au tronc d'un hêtre déraciné et rassembla ses forces pour la montée.

Il était hors d'haleine lorsque, une demi-heure plus tard, il atteignit les ifs. Il sentait à présent combien sa longue marche et son alimentation spartiate l'avaient affaibli. Il but un peu d'eau dans sa gourde et mangea la moitié de son avant-dernier pemmican. Puis il attacha le sac à dos à un hêtre et entreprit de fouiller systématiquement l'humus de feuillages et d'aiguilles.

Les ifs avaient le parfum de son enfance. Il y en avait un petit groupe dans le jardin d'un ami d'école, entouré de buissons de troènes. Leurs aiguilles étaient vertes comme les verres à conserve, à la cave, et leurs baies, visqueuses et empoisonnées, rouges comme le sirop de framboise avec lequel ils se désaltéraient les après-midi d'été. Dans la pénombre de la grotte fraîche formée par le branchage bas des arbres, ils avaient fait leurs premières suppositions sur l'anatomie de l'autre sexe.

Les ifs qui se courbaient sous les hêtres, dans cette pente raide, ne lui paraissaient pas moins graves et mystérieux que jadis. Ils poussaient isolés ou en petits groupes entre les alises, l'érable à feuille d'obier, le chèvrefeuille des buissons et les boules-de-neige.

Blank les inspecta jusqu'au point où la forêt de coteau s'arrêtait sur une arête rocheuse. Puis il fit demi-tour et fouilla le dessous des ifs de l'autre côté de la ravine. Il trouva un point où le ruban rocheux qui refermait la ravine vers le sud était sapé. L'érosion avait creusé la couche de grès jusqu'aux conglomérats, ouvrant une grotte d'environ cinq mètres de large et, tout au plus, deux mètres de profondeur. À son extrémité ouest, une roche formait une terrasse d'environ cinq mètres carrés. La partie extérieure était à l'abri d'un groupe d'ifs. Toute l'ouverture était couverte par les racines d'un groupe d'épicéas tordus qui se penchaient sur le ruban rocheux

Blank inspecta la grotte. Il trouva des plumes et des os qu'un renard avait sans doute abandonnés longtemps auparavant. Il ne repéra pas de traces humaines.

Il reprit le chemin difficile de l'autre côté de la ravine, afin d'aller reprendre son sac à dos. À chaque fois qu'il passait près d'un if, il fouillait le sol. Il ne trouva pas de conocybe, mais un groupe entier de lépiotes pudiques dont les chapeaux délicieux se faisaient cuire comme des escalopes. Sa déception demeura donc contenue.

Pour le cabinet d'avocats Geiger, von Berg, Minder & Blank, la demande de la police tombait très mal. Mais on se promit d'en discuter à la réunion des associés. Von Berg, auquel on avait passé l'appel du policier, demanda à ses partenaires qu'ils conviennent d'un rendez-vous, le plus tôt possible. Compte tenu du caractère explosif de la situation, il étendit le cercle des participants à leurs deux complices, Gerber et Ott.

— La police soupçonne Blank d'être encore vivant et de s'être caché tout ce temps dans la forêt.

Ils ont relevé des empreintes digitales dans sa cachette présumée et nous demandent s'ils peuvent venir prendre des échantillons d'empreintes dans son ancien bureau.

Seul l'effroi de Pius Ott était feint.

— Je peux parler à Gubler, proposa Geiger.

L'avocat connaissait le commandant de la police depuis son passage à l'armée.

Minder secoua la tête.

— Nous ne pouvons tout de même pas nous opposer à ce que la police essaie de déterminer si notre associé est toujours en vie.

— Et s'ils le trouvent ? demanda Gerber, qui s'affolait : il voyait sa carrière s'achever avant même d'avoir commencé.

— Ce serait effectivement embarrassant, admit von Berg.

— Ne nous racontons pas d'histoires, dit Geiger. S'il s'est procuré les dossiers de l'*Externag*, c'est qu'il mijote quelque chose. Il ne faut pas qu'ils le trouvent. En aucun cas.

— On ne le trouvera pas.

Jusqu'ici, Ott s'était contenté d'écouter.

— Qu'est-ce qui te rend si sûr de toi ? demanda Geiger.

— Mon instinct.

— J'espère qu'on peut se fier à ton instinct, gémit Geiger.

— Normalement, on peut.

On demanda à Christoph Gerber de rendre son bureau accessible à la police.

Le lendemain, un policier, tout seul, se présenta au cabinet. Un homme blême à la peau grasse, à deux doigts de la retraite, qui empesta le bureau avec ses exhalaisons de sueur et d'acides gastriques. Gerber se réfugiait, à intervalles de plus en plus courts, dans l'antichambre, pour humer le parfum de Petra Decarli.

Lorsqu'il revint de l'une de ces pauses, le policier travaillait sur l'imprimante.

— Ça n'est pas nécessaire, nous l'avons achetée après la disparition de Maître Blank.

Le policier releva tout de même les empreintes qu'il avait déjà fait apparaître. Pour deux d'entre elles, il aurait pu jurer avoir déjà vu une fois la cicatrice qui courait en diagonale sur le pouce – en relevant des empreintes, justement.

Depuis près de vingt ans, Theo Huber vivait seul dans un pavillon de lotissement. Sa femme lui avait laissé le choix : c'était elle ou les champignons. Il avait choisi les champignons.

Les jours où il n'était pas de service sur le marché et où il ne faisait pas de contrôles de champignons destinés au commerce, il travaillait à son guide. C'était un projet de longue haleine : il en était à la douzième année et n'avait même pas atteint la moitié. Il avait déjà publié des guides mycologiques, mais cette fois, il avait l'ambition de fournir lui-même, autant que possible, toutes les photos et illustrations. C'est la raison pour laquelle il passait à cette époque la majeure partie de son temps libre dans la forêt. Lorsqu'il rentrait chez lui après la tombée de la nuit, il était fatigué.

Voir un policier l'attendre dans son jardin ne lui causa aucun plaisir.

— Vous ne pouvez pas venir à une heure normale ? demanda-t-il.

Il avait dû paraître agacé, car le policier se montra aussitôt agressif :

— Vous savez depuis combien de temps j'essaie de le faire ?

Huber l'emmena à la cuisine et contrôla les champignons que Welti avait apportés à la lueur de la lampe, au-dessus de la table de la cuisine. Ils avaient séché, mais ça n'était pas un problème pour lui.

— *Gomphidius helveticus*, golmotte, girolle, cèpe.

À la cinquième espèce, il s'arrêta net.

— Qu'est-ce que nous avons là ?

Il souleva un champignon.

— Un fer-de-lance ! *Psilocybe semilanceata.* Un petit champignon hallucinogène très apprécié.

Le maréchal des logis Welti commit l'erreur de demander :

— Vous êtes sûr ?

Cela lui fit perdre une demi-heure au cours de laquelle le contrôleur officiel des champignons lui donna un petit aperçu de ses vastes connaissances.

Il se tut seulement au moment où Welti parvint à glisser une question sur le conocybe.

— Encore ! nota Theo après une brève pause. Plus ils sont rares, plus ils les aiment. D'abord les drogués, ensuite la science, et maintenant la police.

— La science ?

— Il y a quelques jours, un chercheur est venu se renseigner là-dessus.

— Comment s'appelle-t-il ?

— Il ne me l'a pas dit.

— Vous pouvez le décrire ?

Huber réfléchit.

— La soixantaine, plutôt petit, mince, des cheveux blancs et courts.

Welti nota la description.

Alfred Wenger se rappelait très bien le coup de téléphone que lui avait passé le policier. Mais celui-ci n'avait pas à le savoir.

— J'ai eu beaucoup d'appel des autorités à propos de Maître Blank, s'excusa-t-il en le conduisant dans son cabinet. Il était sept heures. Ils avaient pris rendez-vous pour six heures. Blaser avait dû attendre trente minutes avant que le dernier patient soit sorti.

— Quand avez-vous été en contact avec lui pour la dernière fois ?

— Quelques jours avant sa disparition. Pourquoi cette question ?

— Certains éléments nous permettent de penser qu'il est encore en vie.

L'étonnement de Wenger paraissait sincère.

— Quel genre d'éléments ?

Blaser lui donna les informations qu'il jugeait utiles. Puis il ouvrit sa mallette, qui paraissait n'avoir encore jamais servi, en sortit le guide des champignons et lui montra la page.

Wenger hocha la tête.

— « Le champignon surprise de Pius Ott ! » C'est Urs qui a écrit ça.

Il décida que cette anecdote ne tombait pas sous le coup du secret médical et raconta de quoi il s'agissait.

— Et comment Blank a-t-il réagi ? demanda Blaser lorsque Wenger eut achevé son récit.

— Il lui a mis son poing dans la figure.

— Ça se comprend, commenta Blaser. Il chercha dans sa mallette et en sortit un sac en plastique contenant des champignons. Il le tendit à Wenger.

— Nous savons que Maître Blank a fait des expériences avec des champignons hallucinogènes.

Cela, en revanche, relevait du secret médical, décida Wenger.

— Vous comprendrez que je ne puisse rien déclarer à ce propos.

Mais cette déclaration suffisait à Blaser. Il ouvrit le guide des champignons au deuxième signet et le tendit à Wenger. Il y lut la description du *conocybe caesia*.

— Les mots soulignés au stylo à bille rouge sont aussi de Maître Blank. Contient des IRMO. Ça vous dit quelque chose ?

Wenger hocha la tête.

— Inhibiteurs réversibles de la monoamine oxidase. Ils renforcent l'effet de certains hallucinogènes.

— De ceux-là, par exemple ? demanda Blaser en soulevant le sac de champignons desséchés.

— C'est bien possible.

Blaser rangea dans sa mallette les champignons et le guide.

Wenger était resté assis à son bureau. Urs Blank se cachait donc quelque part dans les forêts et cherchait un champignon rare qui faisait office d'IRMO. Cela signifiait qu'il tentait toujours d'annuler l'effet de son trip aux champignons. Et, par conséquent, qu'il était toujours dangereux.

Il prit le téléphone et composa le numéro d'Évelyne Vogt. Elle répondit à la cinquième sonnerie.

Mais Wenger raccrocha de nouveau. Pour elle, apprendre que Blank vivait encore serait forcément pire que la nouvelle de sa mort.

Le maréchal des logis Welti revenait de l'entraînement avec son nouveau chien, Rambo. Rambo était un jeune chiot berger allemand pataud qui devait encore mériter le nom que le dresseur lui avait donné. Si Welti avait espéré que Rambo l'aiderait à oublier Pacha, il s'était trompé. C'était le contraire. Rambo, à tous égards, était inférieur à son prédécesseur. Sauf, peut-être, comme pisteur. Dans ce domaine, il faisait preuve d'un grand talent.

Il trouva dans son casier une enveloppe passée par la navette. Elle venait du laboratoire et contenait l'exploitation des comparaisons d'empreintes. La note affirmait que certaines d'entre elles correspondaient avec celles relevées sur le guide des champignons.

Un petit malin avait intitulé la note « Affaire Pacha ». Le délai de deuil que l'on accordait à un collègue dont le chien était mort en service paraissait expiré. Welti commençait à embêter tout le monde avec sa croisade personnelle contre l'homme de la forêt.

Il s'en moquait. Il était désormais certain que cet homme était bien Urs Blank, celui qui avait simulé un suicide et que la police du canton voisin recherchait à propos de la mort de Joe Gasser. Cela devait suffire pour transformer l'affaire Pacha en une affaire Blank.

Selon le rapport, toutes les empreintes digitales relevées sur le guide de mycologie, hormis celles des collègues, étaient celles de la personne dont on avait trouvé trente-deux traces dans l'ancien bureau de Me Blank. Suivait un inventaire des lieux de découverte : clavier d'ordinateur, sous-main, plusieurs dossiers transparents, plusieurs CD-Roms. Quatre empreintes de doigts avaient été trouvées sur l'imprimante. Quelqu'un avait commenté cette constatation de trois points d'exclamation.

Welti appela Kempf, le collègue qui avait rédigé le rapport.

— Les points d'exclamation ? C'est plutôt interne. Le gars qui travaille dans ce bureau avait affirmé que l'imprimante avait été achetée après la disparition de ton client. Mais à l'œil nu, j'ai vu que c'étaient les mêmes empreintes. Au bout de trente années de métier, tu repères vite ce genre de choses.

Welti remercia. Plus ils sont vieux, plus ils veulent avoir raison, se dit-il.

Cette fois, c'était à Welti de payer le repas. Blaser était passé le prendre au poste central, et ils étaient partis dans la voiture de Welti pour rejoindre un restaurant des faubourgs. Lorsqu'ils y entrèrent, ils furent saisis par l'odeur du fromage chaud.

— J'espère que tu aimes la raclette.

Blaser aurait été gêné de dire non. Ici, on ne servait rien d'autre.

Welti était un consommateur passionné de raclette. Il bâtissait de belles constructions de pommes de terre, de fromage fondu, de cornichons et d'oignons blancs, les assaisonnait de poivre et de paprika avant d'acheminer tout cela en équilibre vers sa bouche, d'un geste routinier.

Pendant ce temps-là, Blaser lui raconta sa visite chez Wenger.

— Et c'est pour cette raison que Ott joue l'ingénu en voyant ce morceau de papier où l'on parle de son « champignon surprise » ? demanda Welti, la bouche pleine.

— Peut-être que cette affaire l'embarrasse.

— Tu l'as déjà rencontré ?

Blaser secoua la tête.

— Cet homme-là, rien ne l'embarrasse. Tu n'aimes pas ?

Welti regardait l'assiette de Blaser. Le fromage fondu avait refroidi et s'était couvert d'une pellicule graisseuse et luisante.

— Si.

— Eh bien, mange ! C'est à discrétion.

Blaser se prépara docilement une bouchée absorbable.

— Les IRMO sont des substances qui accroissent l'effet des champignons hallucinogènes. Je le tiens aussi de Wenger.

Il poussa son petit tas de fromage dans la bouche et mâcha. Le fromage était déjà un peu caoutchouteux.

Welti avait vidé une deuxième assiette. Il fit signe au garçon.

— L'affaire Gasser, ça pourrait être un meurtre ?

— La victime avait une fracture du crâne. Nous avons pensé que Gasser était tombé dans l'escalier, et que sa cigarette ou son joint avait provoqué l'incendie. (Il fit descendre le fromage durci avec un peu de thé.) Mais d'un point de vue purement théorique, quelqu'un pourrait aussi l'avoir poussé vers le bas et avoir mis le feu à la maison. Pourquoi ?

— Les empreintes digitales sur le livre et une tentative de meurtre, ça pourrait animer un peu les recherches. Chez nous, en interne, ils appellent déjà cette histoire « l'affaire Pacha ».

Blaser cessa de ricaner lorsque le garçon revint avec deux assiettes de raclette fraîche.

Welti avait fini la sienne depuis longtemps, il lui parlait de Kempf et de sa volonté frénétique d'avoir eu raison à propos des empreintes. Blaser y trouva un bon prétexte pour renoncer à sa lutte avec le fromage en cours de refroidissement. Il écarta son assiette.

— Ce type avait peut-être raison. Mais depuis, Blank est revenu dans son bureau.

La force de Welti tenait plus à son maniement des chiens qu'à son don pour les combinaisons.

— Je n'y avais jamais pensé, admit-il.

— Nous avons peut-être tout de même une affaire Blank, marmonna Blaser.

Lorsqu'ils quittèrent le restaurant, Welti suggéra :

— Tu aurais sans doute voulu aller dans un restaurant moins paysan, pour une fois que tu es en ville.

— La prochaine fois, répondit Blaser.

— Tu aimes les champignons ? demanda Welti.

Blaser lui lança un regard en biais, en se demandant si la question était sérieuse.

Le contact suivant entre Geiger, von Berg, Minder & Blank et la *Ott Financing* était informel : c'était une rencontre entre Geiger et Ott au lobby de l'Impérial. La crise s'était aggravée.

Un policier avait appelé Petra Decarli dans la matinée et lui avait demandé, d'un ton parfaitement anodin, quand avait été achetée l'imprimante de l'ancien bureau de Blank. Elle n'avait pas pensé à mal, avait vérifié les factures et lui avait donné la réponse exacte : c'était un peu plus de six semaines auparavant.

Elle avait seulement compris en entendant le policier constater : « C'est-à-dire bien après la disparition de Maître Blank. »

Elle avait tenté de rectifier sa déclaration, mais le policier l'avait interompue : « Non, non, ça ira comme ça, cela recoupe les indications de Maître Gerber. »

— Et merde ! laissa échapper Pius Ott. D'une voix plus forte que prévue. Mais Geiger avait choisi le groupe de fauteuils le plus retiré, et le pot-pourri de Gershwin interprété par le pianiste avala le juron comme un tapis de haute laine.

— Deux agents de la police urbaine se sont présentés au cabinet ce matin. Ils ont directement demandé à Gerber pourquoi il n'avait pas dit que Blank était passé au bureau depuis sa disparition.

— Qu'a-t-il répondu ?

— Que si tel était le cas, c'est qu'il y avait accédé en secret.

Ott s'adossa à son fauteuil et regarda le plafond de stuc. Blank lui était passé sous le nez une deuxième fois.

— Et maintenant, évidemment, ils le recherchent.

— Ça en a tout l'air.

— Dans ces conditions, il vaudrait mieux que tu parles avec Gubler.

— J'en avais l'intention.

Ott conclut, d'une voix plus basse que nécessaire :

— Il me faut un peu de temps.

Geiger hocha la tête. Il ne demanda pas pourquoi.

18

Le soleil faisait briller d'un jaune déplacé la couronne des hêtres. Ici et là, seulement, quelques sapins conservaient avec leurs aiguilles persistantes la verte majesté de la forêt. Sur toutes les branches, on entendait des pépiements et des gazouillements : tout se réjouissait de cette journée d'été tardive offerte au cœur de l'automne. Urs Blank était le seul à espérer la pluie.

Au cours des journées précédentes, il avait systématiquement inspecté les environs des ifs et avait vu le soleil bas illuminer par le côté les pentes abruptes et dessécher le sol. La saison était terminée pour la plupart des champignons. S'il ne pleuvait pas bientôt, même ceux qui poussent jusqu'en novembre ne se montreraient plus.

Blank avait mis à profit la sécheresse pour se faire une réserve de bois. À l'abri de promontoires rocheux et de petites creusées de la molasse, il avait empilé des tas de branches camouflés. Sa caverne était à moitié remplie de petit bois et de branches mortes de toutes les épaisseurs. Son âtre se trouvait tout au fond de la caverne. Le soir, avant de se coucher, il allumait un feu avec du bois sec, dont la fumée à peine visible courait sur le plafond de la grotte jusqu'à la sortie. Sa couverture de survie lui servait de déflecteur : il l'accrochait devant l'issue de sa grotte, comme un rideau. La caverne se réchauffait ainsi rapidement et conservait toute la nuit une température agréable.

Pendant la journée, il entretenait un foyer. Il en gardait un aussi, par sécurité, dans un brasero en argile qu'il avait cuit lui-même – on trouvait ce matériau en abondance en contrebas, au bord du torrent. Il y conservait, enveloppés dans de la mousse sèche, quelques petits morceaux de braise. Ils se maintenaient ainsi pendant plusieurs jours.

Jusqu'ici, lors de ses promenades exploratoires, il n'était pas parvenu à déterminer l'endroit où il se trouvait. Au nord-est, la ravine se transformait en une forêt de sapins. Au sud, elle se rattachait à un bosquet de hêtres qui s'ouvrait rapidement en une petite forêt de haute futaie. Aucun bois de jeunes plants, aucun fourré n'y offrait de couvert.

Blank savait à quoi ressemblait l'ouest de la ravine : c'est de là qu'il était venu. De petites surfaces de forêt variée et de bois de coupe, ponctuées de champs et de fermes, sillonnées par les chemins de bûcherons et de randonnée.

Si l'une de ces forêts était le bois de Rubli, c'était sans doute la forêt de sapins et de hêtres située au nord-est. Là aussi, il avait trouvé quelques ifs isolés.

Blank était assis sur la petite plate-forme située devant la caverne. Il noua l'extrémité d'un fagot de jeunes branches et les fixa autour de deux cerceaux en verges souples. Il accrochait les branches à intervalles réguliers. Dans les interstices, il tissa des tiges vertes d'épicéa. Il avait ainsi bâti une longue corbeille. Aux branches de son extrémité ouverte, il ajusta un entonnoir composé de branches convergeant vers le passage le plus étroit. Ses gestes révélaient un certain exercice. C'était déjà la quatrième nasse que fabriquait Blank.

Il la porta au torrent et la déposa dans un goulet. Il le rétrécit encore avec des pierres, jusqu'à ce que le piège soit l'unique issue.

Ses maigres provisions s'épuisaient, et la quête de nourriture était difficile. La saison des fruits sauvages était terminée, il faisait trop sec pour les champignons, et il n'avait, jusque-là, pas trouvé de terrier de lapin. Dès le premier jour, deux truites s'étaient laissées prendre dans sa nasse. Il en avait grillé une et l'avait mangée. L'autre, il l'avait découpée en filets et mise à sécher près de la braise, en prévision des périodes de vaches maigres.

La première avait débuté dès le surlendemain. Sa nasse était restée vide. Il en avait construit une deuxième, une troisième ; il venait même d'en fabriquer une quatrième.

À présent, il remontait le torrent, le long du talus, et contrôlait les trois autres. Quand il souleva la deuxième hors de l'eau, une truite y frétillait. Il déplia son couteau de chasse et passa le bras dans l'ouverture. Lorsqu'il tint fermement le poisson glissant qui se débattait sauvagement, il fit passer le couteau à travers les mailles de sa nasse et lui transperça la colonne vertébrale.

Il écailla la truite, traça avec la pointe de son couteau une entaille bien nette depuis l'anus jusqu'à une zone située juste derrière les branchies et la vida. Il enterra les entrailles près du talus.

La troisième nasse était vide. Il remonta vers la caverne, découpa le poisson et planta les filets sur une petite baguette. Il plaça dans un pot la tête, la queue, la peau et les nageoires, et le remplit d'eau tirée de son outre. Il posa du petit bois sur la braise, attisa le feu et y plaça sa casserole. Il espérait que la peau contenait assez de graisse pour donner un peu de substance à sa soupe de poisson. Il avait consommé la quasi-totalité de sa graisse alimentaire. Il n'avait presque plus de sel non plus.

Il était grand temps de reconstituer ses réserves.

Le bois de Rubli se situait dans une zone donnée en fermage par un industriel du textile. Pius n'eut aucun mal à s'y faire admettre comme invité de chasse : l'*Elegantsa* était l'un des principaux clients du directeur de l'usine.

Depuis quelques jours, Ott parcourait régulièrement le secteur et explorait systématiquement, avec ses deux braques, les parcelles qu'il avait relevées sur la carte. Il avançait au hasard. La supposition que Blank pouvait se trouver dans cette région reposait sur l'espoir qu'il soit effectivement en quête du *conocybe caesia* et qu'il ait découvert – comme lui-même – que le champignon apparaissait ou était apparu dans le bois de Rubli. C'était un point de départ bien mince pour la battue qu'il menait dans cette forêt inaccessible aux pentes souvent raides, une quête qui lui prenait beaucoup de son temps et de son énergie. Mais il avait un meilleur indice : son instinct. Or celui-ci lui disait que Blank allait venir ici, ou qu'il s'y trouvait déjà. Ott avait toujours pu se fier à son instinct.

Il atteignit la limite orientale de la parcelle qu'il avait décidé d'explorer ce jour-là. Quelques mètres plus loin, un chemin forestier décrivait une fourche.

Ott s'approcha du panneau indicateur et compara les inscriptions avec sa carte. L'une d'elles annonçait « Molasse de Rubli ».

Ott replia la carte. Il avait commencé à pleuvoir.

La pluie tambourinait sur la petite avancée de toit en fer-blanc, devant la fenêtre du bureau. Welti était assis sur le siège inconfortable réservé aux visiteurs, devant le bureau de Blaser. Il était en civil. Il avait trempé sa veste en parcourant sous la pluie battante les quelques mètres séparant le parking des locaux de la police.

Une photo en couleurs d'Urs Blank se trouvait sur le bureau. La spécialiste des retouches à la police urbaine l'avait pourvu d'une barbe plus vraie que nature et de cheveux mi-longs. Les témoins interrogés à Rimmeln et le collègue de la police du canton qui avait entr'aperçu Blank l'avaient aussitôt reconnu.

— Et pour quelle raison la photo ne doit-elle pas être publiée ? demanda Blaser.

— Le motif officiel, c'est le souci de proportionnalité. Il ne faut faire intervenir les médias que si l'on a franchi un certain degré d'urgence. Sans cela, il paraît que l'instrument risque de s'user.

— Allons donc, les gens adorent jouer au policier.

— Tu veux connaître le motif officieux ? (Le visage blanc de Welti était rouge de fureur.) Il y a eu une intervention d'en haut. Une personne qui n'aimerait pas voir la presse annoncer que la chasse à l'associé de l'un des premiers cabinets d'avocats de la ville est ouverte. Nos chefs ont rappelé les chiens, et déclassé l'affaire.

— Qu'est-ce que je dois faire, maintenant ? demanda Blaser.

— Vous, vous le cherchez pour une affaire de meurtres. Tu peux mettre la presse dans le coup.

Blaser éclata de rire.

— Le brigadier Blaser, Rolf, de Dellikon, lance la presse internationale !

S'il n'avait pas plu depuis aussi longtemps, il en serait resté là. Mais le climat le força à rester dans son bureau et à écouter la tirade de Welti contre leur hiérarchie. Il finit donc par dire :

— Bon, d'accord, laisse-moi la photo.

Welti le remercia et repartit vers la ville. Blaser rentra chez lui. Il espérait que la pluie durerait encore un moment. Il aimait rester assis avec sa femme sur le canapé, devant la télévision, lorsqu'il pleuvait dehors.

Une botte de racines d'épicéas qui, depuis le ruban rocheux, descendait en se courbant vers l'entrée de la grotte faisait office de gouttière et acheminait la pluie vers l'intérieur. Mais lorsque Blank l'eut découpée avec sa scie de poche, la grotte ne fut plus accessible à l'eau.

Il posa du bois sur le feu et regarda les flammes se refléter dans le rideau de pluie qui barrait l'entrée. On aurait dit le reflet des bougies sur les cheveux d'ange accrochés à l'arbre de Noël.

La grotte sentait la fumée, le poisson, la mousse et les feuilles de hêtre trempées. Il était couché au sec, il avait chaud. À l'extérieur, la pluie gouttait, s'infiltrait, courait et ruisselait sur les ifs au pied desquels, parfois, un *conocybe caesia* nouait une brève symbiose.

Lorsque Blaser revint au bureau, il avait cessé de pleuvoir, mais les nuages étaient bas et lourds. Cela pouvait repartir d'un instant à l'autre.

Le portrait-robot de Blank se trouvait toujours sur son bureau. Il appela le porte-parole de la police au chef-lieu de canton et prit rendez-vous avec lui.

— J'ai une affaire de presse, Felix, se contenta-t-il de dire.

Le porte-parole de la police accepta la mission avec plaisir. Une bonne photo, une bonne histoire. Il n'était pas si fréquent qu'il ait quelque chose à mettre sous la dent des journalistes.

Sur le chemin du retour, Blaser remarqua un pick-up Dodge Aventure. On ne voyait pas souvent ce genre de voitures. Elles n'étaient livrées, sur commande, que par quelques importateurs spécialisés dans les tout-terrain américains. Celle-là, vert sapin métallisé, était équipée de roues extra larges et de vitres teintées.

La voiture le dépassa en excès de vitesse et en doublant la ligne blanche. Blaser, en vieux policier, nota le numéro sur un bloc-notes magnétique fixé au tableau de bord.

Après le virage, sur la longue ligne droite que l'on embrassait d'un seul regard, le pick-up avait disparu. Il avait sans doute tourné à droite, dans le sentier qui menait au bois de Rubli.

Blaser détacha le morceau de papier de son bloc et le plaça dans la poche de sa chemise. La pluie se remit à battre le pare-brise. Il ralentit et augmenta la cadence de l'essuie-glace.

Au poste, au moment où il posait son parapluie au portemanteau, son collègue de permanence lui fit un signe. Le porte-parole de la police venait de demander qu'il le rappelle.

Blaser monta dans son bureau.

— Rolf, j'ai un problème avec ton histoire.

— Quel genre de problème ?

— Le patron s'oppose à ce que nous laissions sortir l'affaire. Après une conversation avec la ville.

— Motif ?

— La proportionnalité.

Blaser remercia et raccrocha.

Les lourdes gouttes de pluie éclataient sur le toit en fer-blanc. Blaser se rappela le pick-up. C'était certainement un chasseur. Qu'est-ce qu'il pouvait bien faire d'autre dans cette région par un temps pareil ? Il sortit le numéro de sa poche de chemise. Il appela son collègue de permanence et lui demanda de vérifier l'immatriculation.

Il le rappela peu après.

— La carte grise est au nom de *Ott Financing*.

Blaser raccrocha. C'était donc Ott. Le chercheur aux cheveux blancs qui s'était renseigné sur le *conocybe caesia* auprès du contrôleur de champignons. Et sans doute aussi l'homme qui voulait éviter que la police retrouve Blank.

Blaser appela Welti.

— Il te reste une photo ?

Le Dr Alfred Wenger était fier de n'avoir, de toute sa vie, jamais acheté une feuille à scandale. Mais ce matin-là, lorsqu'il vint chercher son quotidien, comme tous les jours, au kiosque installé devant son cabinet, il transgressa tous ses principes. Sur la manchette du journal à grand tirage suspendu devant lui, au-dessus du comptoir, il lut : « Attention, homme des bois ! » La photo montrait Urs Blank, avec une barbe et des cheveux longs.

Légende : « L'avocat star, Urs Blank, que l'on croyait mort, se cache dans la forêt ! »

Wenger acheta un exemplaire et lut l'article dans son cabinet. On y lisait l'histoire du suicide simulé d'Urs Blank. On pouvait désormais supposer que cette mise en scène était due au soupçon qui pesait sur lui : Blank avait un rapport avec la mort de Joe « Champignons » Gasser. Suivaient quelques éléments sur Gasser, les circonstances de son décès, et le récit poignant de la mort atroce de Pacha, fidèle chien policier. On mentionnait le rôle clé joué par Blank dans plusieurs grandes fusions, mais aussi, bien entendu, le cabinet Geiger, von Berg, Minder & Blank. Tout indice sur cette affaire pouvait être envoyé à l'adresse de la rédaction.

Wenger eut du mal à se concentrer sur son premier patient. Lorsqu'il le raccompagna à la porte, son assistante lui remit deux messages urgents. Le premier était d'Évelyne, l'autre de Lucille.

Il les rappela toutes les deux. Évelyne ne parvenait pas à croire à cette histoire et vitupérait contre la presse à scandale. Lucille, elle, y croyait et craignait pour sa vie. Il ne parvint à les calmer ni l'une ni l'autre.

Au Doré, où Wenger alla déjeuner, monsieur Foppa ne prononça pas un mot sur l'affaire. Mais cette fois, il débarrassa le deuxième couvert.

Chez Geiger, von Berg, Minder & Blank, la réunion de crise entre partenaires durait depuis deux heures déjà. Me Geiger avait appelé Gubler immédiatement après la parution du reportage. Gubler s'esquiva, prétextant une indiscrétion volontaire de ses collègues de la police cantonale.

— On a déclenché une enquête interne sur cette histoire, tu peux nous faire confiance, l'assura le commandant de la police.

— Ton enquête, tu peux te la foutre au cul, répondit Geiger. Ses partenaires le regardèrent, bouche bée. D'ordinaire, « la mettre au panier » était une expression bien assez verte dans la bouche de Geiger.

M^e^ von Berg discuta longuement au téléphone avec l'éditeur dont la maison possédait aussi la feuille à scandale. Il leur arrivait de jouer ensemble au golf.

— Tu sais que je ferais pas mal de choses pour toi. Mais intervenir directement sur une rédaction et arrêter une enquête... Désolé.

Il promit d'essayer d'exercer une influence suffisante sur les reporters pour qu'ils ne mentionnent plus le nom du cabinet.

Me Minder alla chercher le meilleur spécialiste du pays en relations publiques, interrompit le cours qu'il donnait à l'École supérieure de commerce et confia à son agence un mandat de communication de crise pour le cabinet Geiger, von Berg, Minder & Blank. Il lui arracha la promesse de s'occuper personnellement de cette affaire et de passer au cabinet immédiatement après la fin de son cours.

La première mesure concrète fut le licenciement de Petra Decarli, qui avait provoqué le pataquès avec l'imprimante. Pour Christoph Gerber, on s'en tint à une sévère admonestation. Il en savait trop.

Après la réunion, Me Geiger tenta en vain de joindre Pius Ott sur son numéro confidentiel. Sa secrétaire l'informa qu'il était à la chasse.

Blank était couché dans les fougères, à la lisière de la forêt. De temps en temps, il laissait ses jumelles au sol, pour pouvoir se reposer les yeux.

Cela faisait plus d'une heure qu'il observait la maison. C'était le matin, de bonne heure. Le paysan n'était pas loin d'ici, il épandait du lisier. On pouvait entendre le moteur de son tracteur. Deux fois de suite – à intervalles d'environ quinze minutes – il était déjà revenu pour remplir la remorque. Le bouvier qui l'accompagnait, la langue pendante, se couchait pendant ce temps-là sur sa couverture, devant la porte de la maison. Lorsque le tracteur repartait, il le suivait.

Dix minutes plus tôt, la paysanne était sortie avec un cageot de pommes et l'avait chargé dans une camionnette garée devant la porte. Blank voulut y voir un signe annonçant son départ.

Deux enfants sortirent alors de la maison, tous deux chargés d'un cartable. Ils montèrent dans la camionnette. Leur mère les suivait avec un deuxième cageot, le chargea, monta dans le véhicule et partit.

Presque au même moment, le tracteur réapparut. Il passa devant la maison. Le paysan coupa le moteur et descendit. Il entra dans la maison. Tout indiquait que l'homme avait terminé son travail.

Mais il ressortit peu après, conduisit le tracteur à la conduite de lisier et brancha le tuyau.

Blank dut attendre dix minutes avant que la cuve soit pleine et que le tracteur reparte en pétaradant. Lorsqu'il fut hors de vue, Blank se leva et marcha vers la maison. L'agriculteur lui laissait un quart d'heure, mais il ignorait à quelle distance se trouvait l'école, et d'ici combien de temps la paysanne reviendrait.

La porte de la maison donnait directement sur la cuisine. Il y faisait chaud, elle sentait le café et le lait brûlant. Les couverts du petit déjeuner se trouvaient encore sur la table de la cuisine. Un chat tigré était couché sur un poêle en faïence vert. Lorsqu'il vit Blank, il se leva, fit le gros dos et feula. Puis il sauta par terre et disparut par une porte. Blank regarda par l'entrebâillement. Il vit un escalier qui menait à l'étage supérieur.

Une deuxième porte était fermée. On avait percé des trous d'aération dans le panneau supérieur. Il ouvrit la porte. Deux marches descendaient dans une pièce sans fenêtre. Il alluma la lumière.

Un grand congélateur se dressait contre le mur. De part et d'autre, on trouvait des étagères et des armoires, certaines avec des portes pleines, d'autres avec de simples grillages. Blank avait trouvé le cellier du premier coup.

Il inspecta les armoires l'une après l'autre et ne prit que le strict nécessaire. De la graisse, de l'huile, du sucre, du maïs, de la farine, un paquet de lessive en poudre pour remplacer le savon.

Il ouvrit la porte d'une vieille armoire en noyer. Elle était pleine de viande fumée. Blank attrapa une tranche de lard et l'emballa dans le sac à dos avec les autres victuailles.

Il entendit des pas dans la cuisine.

Il était trop tard pour éteindre la lumière. Il eut tout juste le temps de se cacher avec son sac à dos derrière la plus grande des armoires.

Il déplia son couteau et retint son souffle.

Emma Felder n'avait pas l'habitude de rester couchée toute la journée sur son lit. Dans une ferme, il y avait toujours du travail. Mais sa belle-fille avait insisté pour qu'elle reste au lit. « Je préfère t'avoir deux jours au lit avec un refroidissement que deux semaines à l'hôpital avec une pneumonie. » En prononçant le mot de pneumonie, on avait une chance d'effrayer Emma. Son mari en était mort quatre ans plus tôt.

Elle restait donc au lit et écoutait les bruits. Le tracteur de son fils, les enfants et sa belle-fille à la cuisine, le chien. Elle avait dû s'endormir à ce moment-là.

Lorsqu'elle se réveilla, on n'entendait plus rien. Sa belle-fille avait dû accompagner les enfants à l'école. Elle passa sa robe de chambre et descendit dans la cuisine. Elle voulait se faire chauffer du café. Sans café, elle se sentait encore plus malade.

C'est l'odeur de fumée qui attira son attention sur la porte du cellier : elle était ouverte, et la lumière était allumée à l'intérieur. Son mari, comme tous les hommes du village, avait été pompier volontaire. C'est exactement cette odeur-là qu'il sentait lorsqu'il revenait d'une intervention. Chaque fois, elle avait dû aérer son uniforme pendant des jours, tant la fumée s'était incrustée dans le tissu.

Elle descendit les deux marches qui menaient au cellier. L'odeur se renforça. Mais il n'y avait personne. Elle fit quelques pas dans la pièce. Elle s'immobilisa devant la grande armoire. L'odeur était devenue encore plus pénétrante.

— Il y a quelqu'un ? demanda-t-elle.

Elle vit alors que la porte de l'armoire en noyer contenant la viande séchée était ouverte. C'est certainement son refroidissement qui lui faisait confondre l'odeur des produits fumés avec la puanteur des vêtements portés pendant un incendie.

Elle éteignit la lumière et ferma le cellier.

Tapi dans la pénombre, Blank resta aux aguets. Des bruits lui parvinrent de la cuisine. Il avait vu la femme au moment où elle avait refermé la porte de l'armoire. Elle lui tournait le dos. Il avait déjà choisi l'endroit où il enfoncerait le couteau.

Il ne lui restait que dix petites minutes avant le retour du tracteur. Il en attendrait cinq. Ensuite, il sortirait. Si elle était encore dans la cuisine à ce moment-là, elle n'aurait pas eu de chance.

Le café était brûlant. Emma Felder s'en servit une grande tasse et y ajouta un peu de lait. Elle s'assit à la table de la cuisine et souffla dans la tasse.

Le vent de novembre qui, ce matin-là, s'infiltrait par la fente de la porte et refroidissait le sol de pierre sauva la vie à Emma Felder. Elle sentit le froid monter dans ses jambes et se rappela à quel point il était facile, à son âge, d'attraper une pneumonie. Elle prit sa tasse et la porta dans sa chambre.

Blank n'avait pas parcouru la moitié de la distance qui le séparait de la lisière de la forêt lorsqu'il entendit le tracteur approcher. Il courut jusqu'aux premiers hêtres avec son lourd sac à dos. À peine fut-il à couvert que le tracteur apparut. Le paysan le gara sur le parvis et commença à passer le jet d'eau sur la citerne à lisier.

Blank ouvrit le sac à dos, se découpa un petit morceau de lard et le mangea avec recueillement.

La femme revint avec la camionnette. Elle échangea quelques mots avec son époux. Ils rirent tous les deux. Elle entra dans la maison. Peu après, il la suivit.

Blank se mit en route.

À un moment, Blank n'eut plus d'autre choix que de quitter la forêt et de parcourir une partie du trajet sur le sentier. Il ne put le quitter de nouveau qu'après avoir franchi la bifurcation où se tenait le panneau annonçant la « Molasse de Rubli ».

Peu avant, il rencontra un vieux paysan. Il portait un sac à dos militaire avachi et un jerrican en plastique jaune. Lorsqu'ils furent à la même hauteur, il dévisagea Blank, méfiant.

— Bonjour, grogna-t-il.

Blank se contenta de hocher la tête.

Blank se retourna peu avant la patte d'oie. L'homme s'était arrêté et le suivait des yeux. Blank aurait dû prendre le chemin qui menait à la molasse de Rubli. Il choisit celui de Rotenstein. Lorsqu'il se retourna, la fois suivante, il vit entre les troncs d'arbre que l'homme continuait à l'observer. Blank poursuivit son chemin.

Le sentier menait hors de la forêt. Depuis sa lisière, Blank aperçut une cuvette où des cerisiers délimitaient les champs. Derrière se trouvait une forêt de sapins et d'épicéas qui recouvrait toute la colline et s'arrêtait très loin, en haut, sur une paroi rocheuse à pic. Près des cerisiers, une petite route entrait dans la forêt. Elle menait à une clairière que Blank ne pouvait apercevoir de là où il se trouvait.

Blank eut l'impression de connaître cet endroit. Il l'examina avec ses jumelles. Les cerisiers. La cabane près de l'entrée dans la forêt. C'était le chemin qui menait à la Ferme aux Épicéas. Sur la paroi rocheuse, il distinguait la chute d'eau qui plongeait dans la clairière au tipi.

Blank revint dans la forêt et entama le long détour par la ravine.

La rédaction de la feuille à scandale avait reçu soixante-trois renseignements sur le « Maître la forêt », comme l'avait appelé Moor, le journaliste chargé du dossier.

Moor y cherchait les éléments exploitables pour son sujet et les transmettait ensuite à Blaser. C'était une partie de l'accord, qui comprenait aussi la ferme promesse de ne pas révéler que le policier était la source de l'information.

On avait vu le « Maître de la forêt » dans tout le pays. La plupart des renseignements étaient inutilisables. Moor avait alimenté l'affaire en publiant des allusions mystérieuses et des interviews effectuées dans l'entourage de Blank ; mais ces gens-là n'étaient pas très bavards. Pour l'instant, son plus beau coup avait été Petra Decarli, l'ancienne secrétaire de Blank. Elle était séduisante, et elle avait une dent contre Geiger, von Berg, Minder & Blank. Elle avait fourni des détails sur l'étrange transformation de Blank, sur la rage avec laquelle il s'était mis à étudier tout ce qui avait un rapport avec la forêt. Mais cela remontait à deux jours. Le sujet s'épuisait.

Moor passa en revue les nouveaux témoignages et les marqua avec de petits drapeaux sur la carte. Il planta l'un d'eux tout près de Dellikon.

Joe « Champignons » Gasser avait été carbonisé à proximité de Dellikon. Le sujet se ranimait.

Moor emmena un photographe pour aller rendre visite à Hans Kunz. Il n'en informa Blaser qu'après l'avoir interviewé. Ce qui ne le lui rendit pas plus sympathique.

La description que Kunz donnait du suspect concordait. Il ressemblait à son portrait sur la photo, mais en plus hirsute. Il portait certes un sac à dos et, pour le reste, une tenue de touriste. Mais le sac et les vêtements étaient sales. Il paraissait ne pas avoir vu un lit depuis longtemps. Et il puait comme ceux qui dorment près du feu.

Kunz avait vu l'homme prendre la direction de Rotenstein. C'est dans cette région que se situait ce qui restait de la Ferme aux Épicéas.

Blaser appela Welti. Il n'était pas de service le lendemain.

— Alors arrive à sept heures. Et viens avec ton Rambo.

Blank dut attendre les environs de huit heures pour que la lumière du jour lui permette de commencer son inspection des coins à champignons. Il commença avec les ifs qui poussaient devant la caverne et remonta lentement jusqu'aux rochers situés au début de la ravine. De là, il passa de l'autre côté.

Vers midi, il avait presque achevé son tour ; il n'avait trouvé que des strophaires vert-de-gris, des tricholomes couleur de vache et des paxilles à pied noir. Aucun n'était comestible. Mais tout près de la caverne, ses efforts furent récompensés. Il les vit briller de loin, avec leur couleur jaune, au milieu d'un groupe d'ifs à plusieurs troncs. Ce n'étaient certes pas des *conocybe caesia*, mais des craterelles jaunes, un excellent champignon comestible. Les limaces les avaient déjà entamés : certains n'avaient plus que leurs pieds. Blank cueillit toutes les parties comestibles. Il n'avait plus rien mangé de convenable depuis longtemps. Le torrent était en crue et avait emporté deux nasses. Les deux autres étaient vides.

Il posa les champignons sur la pierre plate qui lui servit de planche à côté de l'âtre. Il alluma un feu et souffla sur la braise jusqu'à ce que des flammes fassent crépiter le petit bois.

Lorsqu'il se retourna vers les champignons, l'un des pieds s'était teint en bleu.

19

Pius Ott s'arrêta en route dans une auberge. Il voulait prendre un thé et voir ce que la feuille à scandale racontait sur le « Maître de la forêt ». L'histoire était revenue à la une.

« Le Maître de la forêt : retour sur le lieu du crime ? » interrogeait la manchette. L'article était illustré par le portrait habituel de Blank et par une photo du paysan Hans Kunz. On racontait sa rencontre avec Blank. On mentionnait aussi le fait que Blank empestait la fumée.

Ott écarta le journal en jurant à voix basse et s'en alla. Il n'avait pas touché son thé.

Il passa toute la journée dans la partie la plus impraticable du bois de Rubli, une forêt en coteau abrupte de sapins et de hêtres, où un treuil était la seule trace d'activité humaine. Une forêt pleine de fourrés, de pierres, de poches rocheuses et autres cachettes. Le terrain ne permettait pas de mener les braques à la longe. Ils étaient libres et ne cessaient de trouver des pistes de gibier dont il était difficile de les éloigner. Ils ne comprenaient pas ce que cherchait Ott.

Ott ne ressentait aucune fatigue. La fièvre de la

chasse s'était emparée de lui. Il se trouvait dans la transe où il sombrait d'ordinaire lorsqu'il traquait un gibier depuis longtemps et *savait* tout d'un coup qu'il était là, tout proche de lui.

De lourds nuages de pluie étaient suspendus au ciel. Les jours raccourcissaient. Ott avait accompli plus que son ouvrage quotidien. En l'espace de deux jours, il aurait inspecté tout le bois de Rubli.

Sur le chemin du retour, il franchit un simple pont de bois qui surmontait un torrent. Il venait d'une ravine qui, selon la carte, n'appartenait plus au bois de Rubli. Lorsque Ott regarda le torrent gonflé par la pluie, il vit un fagot de branches qui était resté suspendu entre le talus et le pont. Une truite y était coincée.

Ott descendit le talus et libéra le poisson. Ce n'était pas un fagot. C'était une nasse primitive.

Ott décida d'abandonner son projet de quadrillage et d'entreprendre le lendemain l'exploration de la ravine.

La tombée précoce du soir força aussi Blaser et Welti à interrompre leurs recherches. Ils avaient laissé l'Opel de Blaser à l'orée de la forêt, avant de monter à pied vers la ruine de la Ferme aux Épicéas.

Elle était entourée d'une ceinture de barbelés que l'on avait aplatie à plusieurs endroits. Sans doute des enfants qui utilisaient la ruine comme terrain d'aventures.

Une renouée avait survécu à l'incendie et poussait gracieusement sur les restes de bois et de murs, comme pour ôter son caractère terrifiant au lieu de l'incendie.

Welti avait sur lui la casquette de laine que Blank avait laissée dans sa cachette. Il la fit renifler à Rambo et le prit par la longe. Mais Rambo ne sentit rien qui rappelât l'odeur de cette casquette. Au lieu de tirer furieusement sur sa longe dans toutes les directions, il marchait au pied, comme il ne l'avait encore jamais fait à l'entraînement.

Ils prirent le chemin qui montait à travers la forêt. Une petite demi-heure plus tard, ils atteignirent la clairière.

Le tipi n'était plus là, mais l'étuve était encore à peu près intacte. Sa perquisition par Rambo permit de recueillir deux bouteilles de vin et trois préservatifs usagés.

Ils passèrent la forêt voisine au peigne fin, cherchant des cachettes sans avoir d'objectif bien précis. Welti fit preuve de plus d'engagement que Blaser, heureux que le soir tombe si vite.

Blank confectionna une pâte avec de la farine, de l'eau et un peu de sel, la roula en saucisse et l'entoura en spirale autour d'un bâton. Il la tendit au-dessus de la braise et regarda la pâte dorer. Un parfum de pain frais commença à se répandre dans la grotte.

Il mangea le pain sans attendre qu'il refroidisse, avec du lard. Il but une tisane à la menthe de torrent. Un festin.

Pendant la nuit, il constata que son corps n'était plus habitué à une nourriture aussi robuste. Le lard lui restait sur le ventre, son estomac enflé lui appuyait sur le diaphragme, son cœur battait vite.

Il tenta de ne penser à rien. Mais le bleuet lui revenait constamment à l'esprit. *Pied : couleur du chapeau, 2-3 cm, mince, fragile.* Cela concordait avec la tige jaune qui s'était teinte de bleu. Cela n'avait rien à voir avec la tige des craterelles jaunes. Celles-ci s'élargissaient en pavillon vers le haut et elles étaient creuses jusqu'au fond.

Il tenta de respirer tranquillement et régulièrement. Mais il se surprit ensuite à retenir son souffle et à attendre le prochain « houhou » du chat-huant. Il lui paraissait inquiétant, cette nuit-là.

À en juger par le chant des oiseaux, ce serait une belle journée. L'aurore se leva plus tôt que les jours précédents. Le ciel blafard que l'on voyait réapparaître au-dessus des couronnes brunes et clairsemées des arbres paraissait sans nuages. Blank s'habilla, but du thé sucré et mangea le reste du pain cuit sur le bâton.

Il s'installa sur la plate-forme, devant la caverne, et attendit de pouvoir discerner les manteaux de baies rouges sur les ifs les plus proches.

Il se força à ne pas se précipiter d'abord sur le lieu où il avait trouvé les craterelles et le pied du conocybe. Il n'eut pas besoin pour cela d'un grand effort de volonté : lorsqu'il commençait sa tournée par l'ouest, cet emplacement-là était de toute façon le troisième qu'il visitait.

Lorsqu'il s'en approcha, il vit de nouveau quelque chose briller entre les troncs brun cannelle des ifs. Il oublia toute retenue et parcourut les derniers mètres en courant et en trébuchant.

Il les cueillit du bout des doigts et les examina : chapeau : 7-9 mm, jaune safran, mucosité luisante, bosse pointu, cannelé. Lamelles : jaune safran, pas au pied. Pied : couleur du chapeau, 2-3 cm, mince, fragile. Chair : couleur des lamelles, parfum légèrement désagréable.

Blank regarda les deux champignons qui commençaient à se teindre en bleu.

Dans la ravine, en-dessous de lui, des chiens aboyaient. Il prit ses jumelles. Deux braques avaient trouvé une piste. Un sifflement aigu retentit. Les braques abandonnèrent leur piste et repartirent en courant.

Blank rapporta les deux petits champignons à sa grotte, dans le creux de sa main. Il laissa les craterelles sur place.

Blaser avait eu l'intention de passer personnellement au crible la forêt qui s'élevait au-dessus de la ruine de la Ferme aux Épicéas. Welti était de service et ne pourrait pas reprendre les recherches en sa compagnie avant le lendemain. Blaser n'en était pas fâché. La veille, il avait parfois eu le sentiment que Rambo les gênait plus qu'il ne les aidait.

Mais une instruction transmise par son service le força à changer ses plans.

Sur le chemin de la ruine, il fit un saut au poste. Pour voir ce qui s'était passé pendant la nuit et si Moor avait donné de ses nouvelles. Son collègue était au téléphone dans la salle du standard des guichets. Il lui fit un signe. Blaser attendit qu'il ait raccroché.

— C'était Felder, de la ferme du Schönacker. Des vivres ont disparu de leur cellier.

— Eh bien ! Envoie quelqu'un !

— Sa mère dit que le voleur empestait comme un uniforme de pompier.

— Elle l'a vu ?

— Senti.

Blaser se dirigea vers la sortie.

— J'y vais moi-même.

— C'est bien ce que je pensais, dit son collègue. Mais Blaser était déjà dehors.

Il revint un instant plus tard :

— Si ce Moor appelait : nous n'avons rien de neuf.

La ravine était recouverte d'une profonde couche de feuilles de hêtres qui froufroutaient sous les pas. En certains endroits, les braques excités s'enfonçaient jusqu'au cou. Pius Ott se fraya un chemin sur le coteau raide et tenta de faire aussi peu de bruit que possible. Il n'avait aucune chance. Si Blank était là, il l'entendrait venir de loin.

Il s'arrêtait régulièrement, à quelques mètres d'intervalle, et tentait de calmer les chiens qui, dans le sous-bois, prenaient constamment de nouvelles pistes. À chaque halte, il examinait soigneusement le terrain à la jumelle.

Plus haut, sous un ruban rocheux, il aperçut quelque chose qui ressemblait à une caverne. Il commença à grimper.

Les chiens aussi avaient découvert l'endroit. Ils attendaient Ott en remuant la queue avec enthousiasme. C'était effectivement une grotte. Elle était camouflée avec des branches et remplie de morceaux de bois. Du bois de chauffe, rangé en fagots bien agencés et triés selon leur épaisseur.

Ott remit les branches à leur place. Un peu plus loin, à l'avant, les braques aboyaient. Du même jappement que lorsqu'ils avaient trouvé un gros gibier au vautré et qu'ils voulaient l'empêcher de tenir le ferme en l'assommant sous leurs aboiements.

Ott ôta de son épaule son fusil à répétition et s'approcha prudemment.

Les chiens aboyaient dans l'ouverture d'une autre grotte fermée par un rideau de racines. Ott leva le cran de sécurité, arma et se dirigea vers la caverne.

— Sortez de là ! ordonna-t-il.

Rien ne bougea.

— Je compte jusqu'à trois. Un.

Pas de réaction.

— Deux.

— Trois.

Ott visa en l'air et pressa sur la détente. Le coup résonna dans l'étroite ravine comme sur un stand de tir. Rien ne bougea dans la caverne.

Ott fit passer le canon de son fusil entre les racines, se baissa et entra.

La grotte était à moitié remplie par le bois de chauffe. Près de l'âtre se trouvaient quelques objets primitifs en argile cuit. La braise était encore chaude.

Ott trouva des provisions, dont une grosse tranche de lard. La caverne était noire de suie ; il y régnait une odeur de fumoir. On n'y trouvait ni sac de couchage, ni sac à dos.

Pius Ott ne toucha à rien. Il quitta la grotte sans laisser de traces, siffla ses chiens et descendit le coteau vers le torrent.

20

Vers dix heures, Blank atteignit la clairière de la Ferme aux Épicéas. Il resta à couvert de la forêt, mais il voyait distinctement, entre les troncs, les lieux de l'incendie. Il sortit ses jumelles.

Il ne ressentit aucune émotion. La ruine avait l'air de s'être toujours dressée là. Il ne ressentit une sorte de regret qu'au moment où il distingua la trouée hideuse que le feu avait tracée dans la forêt. Quelqu'un avait commencé à replanter les lieux avec de jeunes épicéas. Il faudrait des années avant que la blessure soit cicatrisée.

Il continua sa route, en gardant toujours à portée de vue le chemin qu'il avait parcouru bien des mois plus tôt avec Lucille et le groupe d'amateurs de champignons. À la recherche de la face cachée de la lune.

Blank ne s'était pas attendu à ce que le tipi soit encore dressé. Il fut tout de même déçu au moment où il entra dans la petite clairière et ne trouva même plus une pierre de l'âtre à l'endroit où il se trouvait jadis. Ni des trous aux endroits où les tiges avaient dû être plantées.

En revanche, l'étuve était toujours debout.

Blank construisit un âtre en pierre à côté de l'entrée. Il ramassa du bois et fit du feu. Pendant que les pierres chauffaient, il nettoya l'étuve. Il déroula son tapis isolant et installa sa couverture de survie devant la porte, comme un rideau.

Il remplit la marmite d'eau puisée dans le bassin, sous la chute d'eau. Il scia deux lourdes branches sur un épicéa, les posa l'une sur l'autre à côté du feu, y fit rouler quelques pierres chaudes avec un bâton, les traîna dans la cabane et les fit basculer dans la cuvette qui se creusait au milieu.

Lorsque toutes les pierres se trouvèrent dans l'étuve, il se déshabilla. Il s'assit sur sa serviette éponge élimée et versa de l'eau sur les pierres brûlantes.

La première bouffée de vapeur chaude lui coupa le souffle. Blank ferma les yeux, attendit quelques secondes et commença à respirer, profondément et régulièrement. Il se concentra sur le fin chatouillement que lui causaient les petits ruisseaux de sueur qui s'échappaient des pores de sa peau. Il se détendait peu à peu.

Il fit brûler de la menthe de torrent, de la résine d'arbre et du thym sauvage. La cabane tordue par le vent s'emplit d'un parfum de forêt et de prairie estivale. Il versa de nouveau de l'eau sur les pierres qui sifflaient.

Il resta dans la cabane jusqu'à ce qu'il ne supporte plus la fournaise. Puis il courut à la chute d'eau et plongea dans le bassin glacé.

À la chaleur de l'étuve, il se sécha et s'habilla chaudement. Si tout se passait normalement, il allait passer quelques heures dans la forêt.

Urs Blank plongea la main dans sa poche de poitrine et en tira un petit sac plastique. Il vida son contenu sur le fond de la marmite retournée. Trente fers-de-lance séchés et les deux conocybes frais, dont le jaune safran amusant avait viré depuis longtemps au bleu menaçant. Cette fois, il choisit deux psilocybes fer-de-lance moyens et trois petits. Il avait certainement perdu quinze kilos depuis cette époque. Et s'il se rappelait bien, le dosage dépendait du poids du corps.

Pour les bleuets, il n'eut pas à réfléchir longtemps. Ils étaient aussi minuscules l'un que l'autre.

Il glissa les champignons dans sa bouche, l'un après l'autre, et commença à mâcher. Il ferma les yeux et se rappela les images de l'époque. Shiva, qui mâchait, les bras écartés, comme si elle se trouvait sur une corde de funambule. Lucille, qui gloussait lorsqu'il lui chuchota que Shiva mâchait comme une chèvre.

Il se rappela le goût de chaussettes trempées et l'amertume qui augmentait au fur et à mesure qu'il mâchait.

Il se rappela qu'au moment où lui et Lucille n'y avaient plus tenu, ils avaient compté jusqu'à dix et craché la bouillie.

Cette fois, il compta jusqu'à trente.

La marmite faisait un bon tambourin. Il pouvait taper dessus, et son anse claquait contre l'aluminium lorsqu'il lui donnait la bonne impulsion.

Son jeu commença à se transformer. Il ne venait plus seulement de lui, à présent : il coulait vers lui. Et c'est lui, pourtant, qui lui donnait sa forme.

Il devint polyphonique. Le battement sourd sur la paroi de la marmite, les coups plus aigus sur son fond, le claquement de l'anse, l'écho dans la cabane de bois. Chacun de ces sons prit son autonomie. Mais tous se pliaient à l'harmonie de l'ensemble, selon la volonté de Blank.

Blank dirigea ses sons jusqu'à ce que le sol bascule et qu'il soit forcé de s'échapper à l'extérieur.

Là, il fut englouti par la prairie hirsute de l'automne.

Il faisait clair à l'intérieur.

Il était translucide.

Les couleurs explosèrent en lui. Jaune safran et bleu-cyan.

La prairie le recracha.

Il se leva.

Dans la forêt, la houle était forte.

Deux fonctionnaires de l'identité judiciaire, venus du chef-lieu de canton, travaillaient dans le cellier. On avait pris les dépositions, l'inventaire des provisions manquantes était dressé dans le moindre détail, leur valeur établie à plus de cent francs suisses. Blaser n'avait en réalité plus rien à faire ici. Mais il voulait attendre que le travail de relevé des empreintes soit achevé et que ses collègues lui communiquent leurs premières conclusions.

Il était donc installé à la cuisine et buvait un café avec les Felder, qui ressassaient toujours les mêmes phrases : « En plein jour ! », « Si je l'avais pris ! », « Quand j'ai lu le témoignage de Kunz, qui disait qu'il empestait la fumée, il a fallu que je m'assoie. »

Blank était assis sur un coussin de mousse violette et regardait le kaléidoscope de la forêt.

Des fougères magenta glissaient devant des épicéas noirs, des troncs de sapins noirs portaient des motifs en algues couleur cyan.

Blank décomposa la forêt en couleurs primaires, et la recomposa de nouveau.

Il transforma ensuite ses formes. Une forêt de dés colorés, une forêt de cubes, de cylindres, de pois et de voiles.

Une forêt d'êtres humains.

Les fougères mâles étaient toutes des Dr Fluri, Halter + Hafner étaient en sphaigne, Pius Ott était un épicéa desséché, Alfred Wenger un sapin sérieux. Dans un plumeau de fougère pectinée, il forma les traits d'Évelyne. Les touffes de myrtilles devinrent la chevelure de Lucille, il laissa pourrir Joe Gasser sous la forme d'une souche d'épicéa. Geiger, von Berg et Minder devinrent un buisson de ronces.

Amis, ennemis, aimés, anciennes amantes, tous ceux qui avaient représenté quelque chose dans sa vie, tous ceux qui lui avaient été indifférents ou l'étaient devenus : il les fit tous mettre en rang.

Si le sapin sérieux n'avait pas été Wenger – il les aurait tous éliminés.

Mais le sapin dit : « Tu peux définir la trajectoire. Tu peux définir la trajectoire. »

Alors, Blank ordonna à la fougère mâle de redevenir le Dr Fluri.

La sphaigne se transforma de nouveau en Halter + Hafner, le sapin en Alfred Wenger, la fougère pectinée en Évelyne, les myrtilles en cheveux de Lucille, la souche d'épicéa en Joe Gasser, le buisson de ronces en Me Geiger, M^e^ von Berg et Me Minder. Et l'épicéa desséché en Pius Ott.

Amis, ennemis, aimés, défunts, personnages clés et comparses de sa vie se rassemblèrent autour de lui sur le fond de la forêt. Il se balancèrent avec lui, la fougère, la mousse, les branches, dans le doux courant de l'univers. Et ils en devinrent une partie, avec lui.

Pius Ott passa de longs sous-vêtements thermostatiques, un pull-over à col roulé, une veste en fourrure synthétique, une salopette molletonnée, imperméable et coupe-vent, plusieurs paires de chaussettes fines, des bottes de protection contre le froid. Dans son sac, il rangea un passe-montagne, des gants, des moufles de dessous et de dessus, une parka matelassée et imperméable au vent en tissu à aération active, une couverture de survie, des barres de céréales, des fruits déshydratés, de la viande séchée, du pain au levain, des Thermos, des jumelles, une lampe de poche, une pelle pliable, des jumelles à infrarouge et des munitions.

Il ouvrit l'armoire à fusils et choisit un fusil à répétition maniable, avec lunette de tir à longue distance et visée lumineuse. Dans son holster, il glissa un Luger 9 mm.

Le soleil teignit en rouge clair les fragments de nuages au-dessus du lac lorsqu'il mit son chapeau de chasseur et monta dans le pick-up. La neige s'annonçait.

Le silence réveilla Urs Blank. Pas un oiseau, pas de vent, pas de froufroutement, aucun avion au loin. Pas de chute d'eau.

Il était comme emballé dans du coton.

Il ouvrit les yeux. De la lumière blanche s'infiltra dans l'étuve à travers les planches en bois brut. Il était couché au chaud dans son sac de couchage. Entre la couverture de survie et l'encadrement de la porte, il vit une bande blanche.

Il sortit de son sac de couchage et écarta la feuille d'aluminium.

La clairière était enfouie sous une couverture de neige. Les sapins, au bord de la forêt, se courbaient sous le poids de la neige humide.

Blank mit ses chaussures, attrapa son ballot et se fraya un chemin dans la neige, jusqu'à la chute d'eau. Elle était devenue un mince ruisseau qui coulait sans faire de bruit dans le bassin, le long de la roche. Comme si quelqu'un avait tourné le robinet.

Blank se lava et rentra à la cabane. Il mangea un peu de lard et but de l'eau. Il fit son sac et se prépara.

Un vautour volait sans bruit au-dessus de la clairière. Blank sentit que la tranquillité qui l'entourait se répandait aussi, lentement, à l'intérieur de lui-même..

Il passa le sac à dos et imprima avec recueillement les premières traces dans la nouvelle neige.

Il était presque arrivé à l'orée de la forêt lorsqu'il entendit un bruit derrière lui. Il se retourna et vit un chargement de terre, de bois, d'éboulis et de neige, suivi par une masse d'eau, dévaler la paroi et se précipiter dans le bassin. La cascade était revenue.

Welti s'était fait attendre. Il avait l'air exténué. Il avait été de service pendant la nuit, et on l'avait envoyé sur un épouvantable accident de voiture juste avant la fin de son quart. Lorsqu'il avait enfin pu repartir, il lui avait encore fallu aller chercher le chien.

Blaser lui avait fait savoir dès la veille au soir, au poste, que les empreintes digitales relevées dans le cellier de la famille Felder étaient vraisemblablement identiques à celles de Blank. À son arrivée à Dellikon, la confirmation était déjà là.

Blaser laissa tout juste à Welti le temps de prendre une tasse de café debout. Felder avait appelé une demi-heure plus tôt. Kunz, le paysan qui avait rencontré Blank à la patte d'oie, avait vu dans la neige des traces de pas qui venaient des environs de la Ferme aux Épicéas. Il avait trouvé cela étrange et avait appelé Felder. Celui-ci était passé prendre Kunz en Jeep. Ils s'étaient rendus tous les deux à la Ferme aux Épicéas et, autant que possible, étaient remontés jusqu'à la chute d'eau. Les pas partaient de l'étuve de Joe Gasser; apparemment, quelqu'un y avait passé la nuit.

Le silence de la forêt enneigée n'était troublé que par le choc sourd des paquets de neige tombant des branches d'épicéas. Blank était heureux de la voir fondre : d'ici quelques heures, ses traces de pas auraient disparu.

Il ne rencontra personne de tout le trajet. Une fois seulement, au moment où il devait traverser un champ, un tracteur approcha. Depuis le bord de la forêt, Blank observa le conducteur avec ses jumelles. Il s'était arrêté, mais il ne regardait pas dans sa direction. Il descendit, se rendit à l'arrière du réservoir fixé à sa remorque, revint en vitesse, monta et repartit. Le véhicule laissa dans la neige une large trace brune de lisier.

Dans la ravine, il n'y avait pratiquement plus de neige. Blank monta tout en haut, là où la marne s'arrêtait contre l'étroit ruban rocheux. Ses traces étaient ainsi hors de vue, et il pouvait atteindre la grotte depuis le haut.

Il avançait prudemment, pas à pas, en se retenant aux troncs, aux buissons et aux racines.

S'il n'avait pas fait aussi attention à l'endroit où il posait le pied, il n'aurait peut-être pas remarqué les excréments. Ils avaient été déposés là par un être humain, qui utilisait en outre du papier toilette. Blank, lui, se servait d'eau. Et il s'était construit des latrines un peu plus loin, à distance de la grotte.

Il ôta son sac à dos sans faire de bruit et l'accrocha sur un jeune épicéa. Il sortit le couteau de chasse de sa poche et le déplia.

La neige avait attendri le feuillage froufroutant des hêtres. Il parvint à poser le pied au sol sans faire le moindre bruit perceptible. Il attendit une minute avant de faire le pas suivant.

Vingt minutes plus tard, il se tenait à côté de l'entrée de la grotte, serré contre la paroi de grès.

Il attendit.

Au bout d'un moment, il perçut un toussotement.

Au cours des derniers mois, Blank avait passé des heures à attendre devant plus d'un terrier. Il avait appris à rester calme, à laisser passer le temps et à ne pas se laisser surprendre lorsque le lapin sortait tout d'un coup.

— Cherche perdu ! ordonnait sans arrêt Welti à son Rambo, qui tirait de toutes ses forces sur sa longe. Entre deux rappels des consignes, il félicitait son chien – « C'est bien, c'est bien » – et se retournait fièrement vers Blaser, qui suivait, le souffle un peu court, l'homme et son animal. Ils avaient pris la piste dans l'étuve. Depuis, Rambo ne l'avait plus perdue.

Blaser n'était pas très impressionné par cette performance. Lui-même aurait pu faire aussi bien. On distinguait nettement les traces dans la neige.

Il avait pris un peu de retard lorsqu'il constata que Welti l'attendait. Il comprit pourquoi lorsqu'il fut revenu à sa hauteur. Ils étaient à l'orée de la forêt, devant un grand champ que l'on venait de fumer. La piste menait droit dans le lisier.

— Je ne peux pas traverser ça avec Rambo, autrement il va perdre son flair.

— Avec moi non plus, répondit Blaser, autrement je vais perdre ma femme.

Ils contournèrent le champ. Ils suivirent la lisière de la forêt, vers l'est, jusqu'au point où la neige était redevenue blanche.

De là, un chemin pénétrait dans la forêt. Au bord du sentier, quelqu'un avait garé un pick-up Dodge Adventure aux vitres teintées. Il s'y trouvait certainement avant que la neige se soit mise à tomber.

L'homme qui sortit de la grotte avait une carabine à répétition. Il portait une parka et un passe-montagne.

Son instinct avait dû le mettre en garde : il se retourna à l'instant même où Blank lui sautait dessus. Il laissa tomber le fusil et saisit la main qui tenait le couteau.

Blank attrapa le poignet gauche de l'homme. Ils se retrouvèrent ainsi, face à face. L'homme était plus petit que lui. Mais il était solide et nerveux.

C'est alors qu'il reconnut Pius Ott.

Ott tenta d'envoyer un coup de genou entre les jambes de Blank. Blank contra Ott en le jetant au sol.

Ott se battait comme un fox-terrier. Ils se roulèrent devant la grotte, glissèrent devant la plate-forme et dévalèrent le coteau, imbriqués l'un dans l'autre.

Près du torrent, un hêtre arrêta brutalement leur chute.

Ott, hébété par le choc, relâcha sa prise. Blank libéra la main qui tenait le couteau.

Il tordit dans le dos le bras de Pius Ott et posa la pointe de son couteau de chasse entre la troisième et la quatrième vertèbre.

Never hesitate.

Mais quelque chose l'empêcha d'enfoncer la lame.

Blank libéra Ott. Il se leva, referma le couteau et le laissa glisser dans sa poche.

Ott était couché devant lui, haletant, dans une boue où se mêlaient le feuillage, la terre de la forêt et la neige.

Blank secoua la tête et sourit.

Il vit bien la main droite de Pius Ott glisser lentement sous la parka. Il aurait eu le temps de l'en empêcher. Mais il attendit en souriant qu'elle réapparaisse avec le Luger.

Blank se sentait bien.

Même lorsque le coup l'atteignit.

Pius Ott, l'air grave, se tenait au bord de la petite fosse qu'il avait creusée avec sa pelle pliable dans le sol tendre de la forêt. Il resta ainsi quelques instants. Puis il prit sur le ruban de son chapeau le rameau de deuil taillé dans une branche d'if et le jeta dans la tombe.

Il reprit la pelle et se mit à remblayer.

Une couche odorante d'aiguilles de pin sèches.

Puis une couverture de paille en putréfaction tissée de mycélium.

Puis la couche terreuse de l'humus noir.

De plus en plus profond, jusqu'à ce qu'il atteigne les roches.

Urs Blank devint une partie de la forêt.

— Tu vois, dit Welti, quand il a pris la piste, il vaut de l'or.

Ils avaient ouvert le pick-up – forcer les portières des voitures était une spécialité de Blaser – et avaient fait renifler à Rambo le coussin sur le siège du chauffeur. Depuis, le chien avait suivi la piste sans que rien ne l'arrête.

— Comme sur un rail magnétique, fit Welti, enthousiaste.

Ils suivirent longtemps Rambo sur le sentier forestier. Il le quitta près d'un petit pont de bois, et les mena dans une étroite ravine.

Au bout de deux cents mètres, un chasseur vint à leur rencontre. Il était couvert de boue, sa parka était déchirée en plusieurs endroits, des éraflures sanglantes lui striaient le visage. Il fumait un cigare.

Rambo l'accueillit en aboyant, les babines retroussées.

— Monsieur Ott, dit Blaser, il vaut peut-être mieux que vous me donniez l'arme.

Ott lui remit son fusil à répétition.

Il plongea la main dans sa parka et lui remit aussi le Luger.

Un peu plus tard, le nom de Blank disparut de la plaque en laiton qui ornait discrètement la porte de son cabinet.

Et quelque mois plus tard, la plaque en laiton.

DU MÊME AUTEUR

Small World
Christian Bourgois éditeur, 1998
Seuil, « Points », n° P703

Impression Société Nouvelle Firmin-Didot
au Mesnil-sur-l'Estrée
Dépôt légal : février 2002
N° d'édition : 48605 – N° d'impression : 57700